Oscar Wilde

O Retrato de Dorian Gray

Tradução: João do Rio

Veríssimo

Veríssimo é um selo da Faro Editorial.

Diretor editorial **PEDRO ALMEIDA**
Coordenação editorial **CARLA SACRATO**
Assistente editorial **LETÍCIA CANEVER**
Revisão **BÁRBARA PARENTE E MARIANA SANTIAGO**
Capa e diagramação **REBECCA BARBOZA**
Ilustrações de capa **REBECCA BARBOZA | MIDJOURNEY**
Ilustrações de miolo **GILDA VILLARREAL | SHUTTERSTOCK**

Dados Internacionais de Catalogação na Publicação (CIP)
Jéssica de Oliveira Molinari CRB-8/9852

Wilde, Oscar, 1854-1900
O retrato de Dorian Gray / Oscar Wilde ; tradução de João do Rio. --
São Paulo : Faro Editorial, 2023.
160 p.

ISBN: 978-65-5957-409-4
Título original: The picture of Dorian Gray

1. Ficção inglesa I. Título II. Rio, João do

23-3065 CDD 823

Índices para catálogo sistemático:

1. Ficção inglesa

Veríssimo

1ª edição brasileira: 2023
Direitos de edição em língua portuguesa, para o Brasil, adquiridos por FARO EDITORIAL

Avenida Andrômeda, 885 — Sala 310
Alphaville — Barueri — sp — Brasil
cep: 06473-000
www.faroeditorial.com.br

Prefácio

Um artista é um criador de belas coisas.

Revelar a Arte ocultando o artista é o fim da Arte.

Crítico é aquele que pode traduzir doutra forma ou com processos novos a impressão deixada pelas belas coisas.

A autobiografia é, ao mesmo tempo, a mais alta e a mais baixa das formas da crítica.

Aqueles que encontram intenções feias nas belas coisas são corrompidos sem sedução. E isso é um crime.

Os que acham belas intenções nas belas coisas são cultivados. Esses têm esperança.

Para os eleitos é que as belas coisas significam simplesmente a Beleza.

Um livro não é moral ou imoral. É bem ou mal escrito. Eis tudo.

O desdém do século XIX pelo realismo parece a raiva de Caliban vendo a própria face num espelho.

O desdém do século XIX pelo romantismo parece a raiva de Caliban não vendo a própria face num espelho.

A vida moral do homem forma uma parte do assunto do Artista, mas a moralidade da Arte consiste no uso perfeito de um meio imperfeito.

O Artista não deseja provar nada. Mesmo as coisas verdadeiras podem ser provadas.

O Artista não tem simpatias éticas. A simpatia moral num artista traz o maneirismo imperdoável do estilo.

O Artista vê e pode exprimir tudo.

Para o Artista, pensamento e linguagem são instrumentos de uma arte.

O vício e a virtude são materiais. No ponto de vista da forma, a música é o tipo das artes. No ponto de vista da sensação, é a profissão do comediante.

Toda Arte é, ao mesmo tempo, superfície e símbolo.

Aqueles que procuram ver por baixo da superfície, fazem-no por conta e risco.

O mesmo acontece aos que tentam penetrar o símbolo.

É o espectador e não a vida que a Arte realmente reflete.

A diversidade de opiniões a respeito de uma obra de arte mostra que essa obra é nova, complexa e viável.

Quando os críticos diferem, o Artista está de acordo consigo mesmo.

Podemos perdoar a um homem ter feito uma coisa útil enquanto ele não a admira. A única desculpa de ter feito uma coisa inútil é admirá-la intensamente.

A Arte é completamente inútil.

Oscar Wilde.

Nota do Tradutor

O *retrato de Dorian Gray* apareceu no *Lippincott's Magazine* em 1890. Foi de súbito o maior escândalo literário de que há memória. Os jornais, numa crise de furor inaudito, diziam do romance os maiores horrores. E consequentemente diziam também do autor.

Oscar Wilde escreveu várias cartas aos jornais em resposta aos ataques. O romance apareceu em volume com maior número de capítulos e com muitos cortes. Asseguram que Pater, o granWWde espírito dos *Retratos imaginários*, que escreveu um artigo de louvor ao romance, corrigiu com Wilde as provas do livro.

Os pormenores da história da vida de *O retrato de Dorian Gray*, artigos, ataques, respostas, foram publicados pelo editor Mason sob o título *Arte e moralidade*.

O livro deu uma exasperante fama a Oscar Wilde. O admirável artista teve de escrever para outra edição o *Prefácio*, que é sua teoria da arte e uma resposta em epígrafes à obtusidade da crítica.

Em 1895, em seu processo, *Dorian Gray* voltou ao escândalo. Leram no tribunal vários trechos da edição do *Lippincott's*, interrogando Wilde a respeito. Ele foi quase sempre esplendidamente impertinente. Apenas foi suficientemente menos para que *Dorian Gray* pudesse parecer uma confissão.

Essa confissão seria, em todo caso, uma antecipação. Quando o pai de lorde Alfredo Douglas deixou no clube um bilhete dizendo que Wilde *posava* de vicioso e comprometia o filho; quando lorde Alfredo Douglas, belo, tão belo que parecia ter dezesseis anos tendo vinte e tantos, exigiu que Wilde processasse o pai, para pregar uma peça ao pai que se divorciara da esposa, quando rebentou o desastre que levou Wilde à prisão, o romance *O retrato de Dorian Gray* já estava escrito havia cinco anos. E é público que lorde Alfredo Douglas conheceu Oscar Wilde muito tempo depois de aparecer o romance.

De resto, tudo quanto Wilde escreveu era a história do que se iria dar. E ninguém sabe dos três personagens principais do romance — Dorian, lorde Harry e Basil —

quem é Wilde. São os três decerto...

Os horrores contra este livro fascinador nada adiantaram, porém. *O retrato de Dorian Gray* é há trinta anos o livro de ficção mais sensacional da Terra. A sua sedução persiste, é cada vez maior. Hoje passou a ser o credo de uma estética nova na Terra inteira. Porque *Dorian Gray* foi traduzido como *Salomé* em todas as línguas.

Achei necessário traduzir a esplêndida obra em português. A tradução por circunstâncias independentes da minha vontade esteve oito ou nove anos em provas. Ao revê-la, senti ainda útil publicá-la. Dorian Gray é um dos mais belos livros. É integralmente belo.

Traduzir é servir. Consequentemente, trabalho de inferiores. Nunca um homem de espírito traduz senão quando a sua admiração é culminante. Ainda assim traduz mal. Sempre mal. A tradução tem o perdão de ser uma dádiva generosa, apenas. Traduzi Oscar Wilde como um presente a quantos só podem ler na nossa língua. Esses, através dos defeitos da tradução, serão tocados do inebriante clarão da Beleza.

Não é quanto basta à generosidade do trabalho?

(LONDRES, 1919)

O RETRATO DE DORIAN GRAY

I

O estúdio estava impregnado do forte cheiro das rosas. Quando, por entre as árvores do jardim, passava a leve o vento fresco, entrava pela porta aberta o odor dos lilases, de mistura com o perfume mais sutil das madressilvas.

De um canto do divã entre almofadas persas, onde habitualmente se estirava, fumando inúmeros cigarros, lorde Henry Wotton percebia perfeitamente o brilho das doces flores cor de mel, cobrindo uma árvore de ébano com galhos que chacoalhavam, como se estivessem cansados de suportar o peso de tão fascinante esplendor. De vez em quando, sombras fantásticas de pássaros passavam além das translúcidas cortinas abertas da larga janela, produzindo como que um efeito japonês momentâneo, fazendo-o pensar na figura dos pintores de Tóquio, que, por meio de uma arte necessariamente imóvel, tentam produzir a sensação da rapidez e do movimento.

O zumbido monótono das abelhas, por entre altas ervas não ceifadas ou revoando em torno de dourados ramalhetes de um isolado arbusto de madressilva, tornava ainda mais opressiva essa grande calma. O surdo ruído de Londres lembrava a nota ressoante de um órgão afastado.

No centro da sala, em um cavalete, estava o retrato, em tamanho natural, de um rapaz singularmente formoso, e, um pouco distante, achava-se sentado o próprio pintor, Basil Hallward, cujo desaparecimento súbito, alguns anos antes, havia causado grande comoção pública e provocado muitas suposições.

O pintor olhava a graciosa e encantadora figura tão finamente reproduzida pela sua arte e um demorado sorriso de prazer passava-lhe pela face. Subitamente, porém, estremeceu e, fechando os olhos, comprimiu com os dedos as pálpebras, como se quisesse reter no cérebro algum estranho sonho de que receava despertar.

— Isso é a tua melhor obra, Basil; a melhor coisa que até hoje fizeste — disse lorde Henry. — É preciso enviá-la, no ano próximo, à exposição Grosvenor. A academia é muito grande e muito vulgar. Cada vez que lá vou, o excesso de espectadores não me permite ver os quadros, o que é espantoso; ou melhor, o excesso de quadros não me deixa ver os espectadores, o que é horrível! Grosvenor ainda é o lugar mais conveniente...

— Não pretendo mandá-lo a parte alguma — respondeu o pintor, sacudindo a cabeça de um modo singular, que excitava o riso aos seus amigos de Oxford. — Não, não o enviarei a nenhuma exposição.

Lorde Henry abriu mais os olhos, olhando-o com surpresa através das finas espirais de fumaça azul que se desprendiam da ponta de seu cigarro.

— Não? E por que, meu caro amigo? Qual o motivo? Como são estranhos vocês, pintores! Movem o mundo para ganhar a reputação e, logo que a conquistam, querem se livrar dela! Isto é ridículo, pois, se há alguma coisa no mundo pior que o renome, é a privação desse renome. Um retrato como este colocaria você acima de todos os jovens da Inglaterra e tornaria os velhos ciumentos, se os velhos ainda pudessem sentir qualquer emoção.

— Eu sei que rirás de mim — replicou o outro —, mas não posso realmente expô-lo. Essa tela fala muito sobre mim próprio.

Lorde Henry esticou-se, rindo, no divã...

— Eu sabia que irias rir, mas pouco importa.

— Muito de ti próprio! Não percebo a semelhança entre tua rude e forte figura, de cabeleira negra como carvão, e esse jovem Adônis, cujo aspecto lembra uma combinação de marfim e folhas de rosas. Temos aqui o próprio Narciso, ao passo que tu! É evidente que tua face transpira inteligência e o resto..., mas a beleza, a verdadeira beleza acaba onde começa a expressão intelectual. A intelectualidade é por si mesma exagerada e destrói a harmonia de qualquer semblante. No momento em que se assenta para pensar, tudo é nariz, tudo é fronte ou coisa pior. Olha os homens triunfantes na sua profissão científica e observa como são realmente horrendos! Excetuam-se, naturalmente, os da Igreja. Mas os da Igreja não pensam. Um bispo de 80 anos repete o que lhe ensinaram a dizer aos dezoito, e o resultado natural é que ele sempre conserva um ar de frescura. Teu jovem e misterioso amigo, cujo nome nunca me disseste, mas cujo retrato realmente me fascina, é outro que nunca pensou. Tenho certeza disso. É uma admirável criatura sem cérebro, que aqui, sempre junto a nós, bem poderia, no inverno, substituir as flores e refrescar-nos a cabeça, no verão. Não te lisonjeies, Basil: tu não te assemelhas nem de longe a ele.

— Tu é que não me compreendes, Harry — respondeu o artista. — Eu bem sei que não me pareço com ele; sei perfeitamente. Não gostaria de me parecer. Eu te digo a verdade. A fatalidade pesa sobre as distinções físicas e intelectuais, a mesma fatalidade que, na história, vai na pista dos erros dos reis. É melhor não nos diferenciarmos dos contemporâneos. A este respeito, os feios e os tolos são os mais bem distribuídos neste mundo. Podem assentar-se à vontade e bocejar durante o espetáculo. Se nada sabem da vitória, o conhecimento da derrota lhes é poupado. Vivem como quiséramos viver, sem serem perturbados, indiferentes e tranquilos. Não importunam quem quer que seja, nem são importunados. Mas, tu, Harry, com o teu título e a tua fortuna; eu, com minha cabeça tal qual é, com a minha arte imperfeita quanto possa ser; Dorian Gray, com sua beleza, nós todos sofremos pelo que os deuses nos deram, havemos de sofrer terrivelmente...

— Dorian Gray? É o nome dele? — perguntou lorde Henry, encaminhando-se para Basil Hallward.

— Sim, é o seu nome. Eu não tinha intenção de o te dizer.

— E por quê?

— Ora! Não posso explicar. Quando amo intensamente alguém, nunca digo a outros o seu nome. É quase uma traição. Aprendi a amar o segredo. Parece-me ser a única coisa capaz de fazer-nos a vida moderna misteriosa ou maravilhosa. O que possa haver de mais comum nos parecerá estranho, desde que alguém o oculte. Quando deixo esta cidade, não refiro o destino que tomo, porque, fazendo-o, perco todo o meu prazer. É um mau hábito, confesso, mas que me faz sentir na vida qualquer coisa de romanesco... Estou certo de que me julgarás doido, ouvindo-me falar assim...

— Não — respondeu lorde Henry —, absolutamente, meu caro Basil. Tu, ao que parece, esqueces que sou casado e que o único encanto do casamento está na vida de decepção indispensável a ambas as partes. Nunca sei onde está minha mulher e ela nunca sabe o que faço. Quando nos encontramos — o que sucede de tempos em tempos, quando juntos jantamos fora, ou quando vamos à casa do duque — narramos um ao outro as mais absurdas histórias, com o ar mais sério deste mundo. Nessa ordem de ideias, minha mulher está acima de mim. Não se embaraça com as datas, o que me acontece frequentemente. Ela, aliás, o percebe, mas não revela surpresa, quando, às vezes, eu desejaria que revelasse.

— Não gosto desse teu sistema de falar de tua vida conjugal — disse Basil Hallward, dirigindo-se para a porta que abria sobre o jardim. — Tenho-te na conta de ótimo marido, envergonhado das próprias virtudes. És um tipo extraordinário. Nunca dizes duas palavras de moral e nunca praticas um mau ato. Teu cinismo é simplesmente uma afetação.

— Ser natural é também uma afetação e a mais irritante que eu conheço — exclamou, rindo, lorde Henry.

Os dois moços encaminharam-se juntos para o jardim e assentaram-se num longo banco de bambu colocado à sombra de um bosquezinho de loureiros. O sol deslizava pelas folhas polidas; na relva, brancas margaridas destacavam-se trêmulas.

Depois de um silêncio, lorde Henry puxou o relógio.

— Devo retirar-me, Basil — murmurou —, mas, antes de partir, quisera ouvir uma resposta à pergunta que há pouco te fiz.

— Que pergunta? — indagou o pintor, com os olhos fixos na terra.

— Tu sabes.

— Não sei, Harry.

— Pois bem, vou repeti-la. Preciso que me expliques por que não queres expor o retrato de Dorian Gray. Quero conhecer a legítima razão.

— Já te disse qual é.

— Não. Disse que não exporias esse retrato por haver nele muito de ti mesmo. Isso é infantil...

— Harry — disse Basil Hallward, fixando os olhos do outro —, todo retrato pintado compreensivelmente é um retrato do artista, não do modelo. O modelo é puramente o acidente, a ocasião. Não é ele o revelado pelo pintor; é antes o pintor quem se revela na tela colorida. A razão que me impede de exibir esse quadro consiste no terror de, por meio dele, patentear o segredo de minha alma!

Lorde Henry pôs-se a rir...

— E qual é ele?

— Eu te contarei — respondeu Hallward, sombriamente.

— Sou todo ouvidos, Basil.

— É bem simples, Harry, e acredito que não o compreenderás direito. Talvez apenas acredites...

Lorde Henry sorriu. Baixando-se, apanhou na relva uma margarida de pétalas róseas e, examinando-a:

— Estou bem certo de que compreenderei — afirmou ele, olhando atentamente o discozinho dourado, de pétalas brancas. — E, quanto a crer nas coisas, eu creio em todas elas, desde que sejam incríveis.

O vento destacou algumas flores dos arbustos e as pencas de lilases balançaram-se lânguidas no ar. Uma cigarra zumbiu estridulamente junto ao muro e, com um fio azul, passou uma fina libélula, ouvindo-se o frêmito de suas cinzentas asas de gaze. Lorde Henry conservava-se silencioso, como se quisesse perceber as pulsações do coração de Basil Hallward, e cogitando o que ia passar-se.

— Ouve a história — disse o pintor depois de algum tempo. — Há cerca de dois meses, ia eu a uma reunião em casa de *lady* Brandon. Bem sabes que nós outros, pobres artistas, temos que aparecer na sociedade, uma vez por outra, exclusivamente para provar que não somos selvagens. Com uma casaca e uma gravata branca, todo mundo, até um agente de câmbio, pode conseguir a reputação de um ser civilizado. Achava-me eu, pois, no salão, havia uns dez minutos, palestrando com viúvas de dote, carregadas de adereços, ou fastidiosos acadêmicos, quando, de súbito, obscuramente, percebi que alguém me observava. Dei meia-volta e, pela primeira vez, vi Dorian Gray. Nossos olhares cruzaram-se e eu senti-me empalidecer. Penetrou-me um singular terror... Compreendi que estava em face de alguém cuja simples personalidade era tão fascinante que, se eu me abandonasse, ela me absorveria inteiramente, a minha natureza, a minha alma e até o meu talento. Não gosto de influências na minha existência. Sabes, Harry, quanto a minha vida é independente. Sempre fui senhor de mim mesmo, ou, ao menos, sempre o havia sido até o dia do meu encontro com Dorian Gray. Então... Mas não sei como explicar-te isso... Qualquer coisa parecia dizer-me que a minha vida ia atravessar uma crise terrível. Tive a estranha sensação de que o destino me reserva exóticos prazeres e pesares extravagantes. Intimidei-me e dispus-me a deixar o salão. Não era a consciência que assim me fazia agir, mas havia uma espécie de covardia na minha ação. Não achei outro meio de escapar.

— A consciência e o acovardamento são, afinal, as mesmas coisas, Basil. A consciência é alcunhada de firmeza. É tudo.

— Assim não penso, Harry, e creio que também pensas diversamente. Entretanto, fosse qual fosse então o motivo — talvez o orgulho, porque sou muito orgulhoso —, o fato é que me precipitei pela porta. Aí, naturalmente, encontrei *lady* Brandon. "Não tem a intenção de partir tão cedo!", exclamou ela. Conheces o timbre agudo de sua voz?...

— Sim, lembra-me em tudo um pavão, exceto na beleza — disse lorde Henry, desfolhando a margarida com seus longos dedos nervosos...

— Não pude desembaraçar-me dela. Apresentou-me a Altezas, a figuras de estrelas e jarreteiras, a damas maduras, cobertas de tiaras gigantescas e com narizes de papagaio... Falou de mim como do seu melhor amigo. Eu antes a vira uma vez somente, mas ela decidira-se a exibir-me. Creio que um dos meus quadros era então objeto de grande sucesso e merecia referências dos jornais populares, que são, como sabes, os estandartes da imortalidade no século XIX. Subitamente, eu me encontrei face a face com o jovem cuja personalidade me havia tão singularmente intrigado; quase roçamos um no outro e, de novo, nossos olhares se cruzaram. Independentemente de minha vontade, não pude deixar de pedir a *lady* Brandon que nos aproximasse por uma apresentação.

"Talvez nada houvesse nisso de temerário, mas era simplesmente inevitável. O certo é que nos teríamos comunicado sem apresentação antecipada; quanto a mim, tenho disso a certeza, e Dorian, mais tarde, disse-me a mesma coisa; ele sentira também que estávamos destinados a nos conhecermos."

— E o que te disse *lady* Brandon desse rapaz maravilhoso? — perguntou o amigo. — Sei que ela tem o hábito de fornecer o esboço rápido de cada um de seus convidados. Certa vez, apresentou-me a um apoplético e corpulento *gentleman*, coberto de ordens e fitas, e a respeito dele disse-me ao ouvido, de modo trágico, os mais detalhados absurdos, que deveriam ser percebidos por todas as pessoas no salão. Isso pôs-me em guarda, sobretudo porque gosto de conhecer os homens por mim mesmo... *Lady* Brandon trata seus convidados exatamente como um agente de leilão trata as suas mercadorias. Explica as manias e os hábitos de cada um, mas esquece-se naturalmente de tudo quanto poderia interessar-nos no personagem.

— Pobre *lady* Brandon! Tu és severo com ela — observou Hallward, negligentemente.

— Meu caro, ela tentou criar um salão e só conseguiu abrir um restaurante. Como poderia admirá-la?... Mas, dize-me, que te confiou ela sobre o sr. Dorian Gray?

— Oh! Qualquer coisa muito vaga neste gênero: "Belo rapaz! Sua pobre mãe e eu éramos inseparáveis. Não me recordo bem do que faz ou, antes, receio... que nada faça! Ah! Sim, toca piano... Ou é violino que toca, meu caro sr. Gray?". Não pudemos ambos reprimir o riso e imediatamente nos fizemos amigos.

— A hilaridade não é absolutamente um mau começo de amizade e está longe de traduzir um mau desígnio — disse o jovem lorde, colhendo outra margarida.

Hallward sacudiu a cabeça.

— Não podes compreender, Harry — murmurou ele —, em que espécie de amizade ou ódio o riso influi, nesse caso particular. Tu não prezas ninguém ou, se chegas a preferir alguém, este alguém não te interessa.

— Como és injusto! — exclamou lorde Henry, levantando a aba do chapéu e olhando as pequenas nuvens no céu, onde, como flocos de uma meada de seda luzente, fugiam, no profundo azul-turquesa.

— Sim, horrivelmente injusto! Estabeleço uma grande diferença entre as pessoas. Escolho meus amigos pela sua boa cara, meus simples camaradas pelo seu caráter e meus inimigos pela sua inteligência; um homem não saberia ligar tanta importância à escolha de seus inimigos; eu não tenho um só que seja um tolo; são todos homens de certo poder intelectual e, portanto, todos me apreciam. É talvez ocioso agir assim!

— Eu também, Harry. Mas, referindo-me à tua maneira de seleção, devo ser à tua vista um simples camarada.

— Meu bom e caro Basil, tu vales mais que um camarada...

— E menos que um amigo: uma espécie de... Irmão, suponho!

— Um irmão! Não! Pouco me importam os irmãos! Meu irmão mais velho não quer morrer e os mais moços querem, ao que parece, imitá-lo.

— Harry! — protestou Hallward, num tom lamentoso.

— Meu caro, eu não sou absolutamente sério. Mas não me posso coibir de detestar os parentes. Isso vem, talvez, do fato de cada um de nós não poder suportar outras pessoas possuidoras de iguais defeitos. Simpatizo, entretanto, francamente com a democracia inglesa, na sua raiva contra o que ela chama os vícios da alta sociedade. A massa sente que a bebedeira, a estupidez, a imoralidade são sua propriedade; e, se algum de nós toma-lhe esses defeitos, parece-lhe uma caça furtiva nos seus domínios... Quando o pobre Southwark compareceu perante o tribunal do divórcio, a indignação dessa mesma massa foi magnífica. Estou convencido de que a décima parte do povo não vive como devia viver.

— Não aprovo uma única palavra das que acabas de proferir e sinto, Harry, que não as aprovas mais do que eu.

Lorde Henry acariciou sua longa barba castanha talhada em ponta, dando pancadinhas na botina de couro fino com a sua bengala de ébano:

— Basil, tu és bem inglês! É a segunda vez que fazes essa observação. Se se comunica uma ideia a um verdadeiro inglês — o que é sempre uma coisa temerária —, ele nunca procura saber se a ideia é boa ou má; dá apenas alguma importância ao fato de descobrir o que se fica pensando de si próprio. Afinal, o valor de uma ideia nada tem a ver com a sinceridade do homem que a exprime. Na verdade, temos muita sorte quando a ideia é interessante em proporção direta com o caráter falso do personagem, porque, neste caso, ela não será colorida por quaisquer necessidades, desejos ou prejuízo deste. Entretanto, não me proponho a abordar questões políticas, sociológicas ou metafísicas contigo. Estimo mais as pessoas que seus princípios e estimo ainda mais as pessoas sem princípios que qualquer outra coisa no mundo. Conversemos ainda sobre o sr. Dorian Gray. Viste-o muitas vezes?

— Todos os dias. Não me sentiria feliz se não o visse cada dia. Ele me é absolutamente necessário.

— Deveras curioso! Suponho que não te ocupasses de mais nada além da tua arte...

— Ele é agora toda a minha arte — replicou o pintor, gravemente. — Algumas vezes penso, Harry, que não há senão duas eras de alguma importância na história do mundo. A primeira é a da aparição de um novo processo de arte, a segunda será a da constituição de uma nova personalidade artística. O que a descoberta da pintura foi para os venezianos, a face de Antínoo para a arte grega antiga, isso mesmo

Dorian Gray me há de ser algum dia. Não é simplesmente por pintá-lo, por desenhá-lo ou fazer dele esboços; tudo isso fiz antes. Ele vale muito mais que um modelo. Não quero dizer que não me satisfaça com o que executei pela sua imagem ou que a sua beleza seja tal que a arte não possa reproduzi-la. Não há nada que a arte não reproduza e sei muito bem que a obra por mim feita, após meu encontro com Dorian Gray, é uma bela obra, a melhor da minha vida. Mas de uma maneira indecisa e curiosa — pasmarei, se me compreenderes — sua pessoa sugeriu-me uma maneira de arte inteiramente nova, um modo de expressão inteiramente novo. Vejo as coisas diferentemente e penso-as diferentemente. Posso agora viver uma existência que antes me estava oculta. "Uma forma sonhada em dias de pensamento" — quem disse isto? Não me lembro; mas é exatamente o que me foi Dorian Gray. A simples presença visível desse adolescente — pois ele só me parece um adolescente, embora tenha mais de vinte anos — a simples presença visível desse adolescente! Que pasmo o meu, se puder compreender o que isto significa! Inconscientemente, ele define para mim as linhas de uma escola que uniria a paixão do espírito romântico à perfeição do espírito grego. A harmonia do corpo e da alma, que sonho! Nós, na nossa cegueira, separamos estas duas coisas para inventar um realismo vulgar e uma idealidade vazia! Ah! Harry! Se pudesses conceber o que Dorian Gray representa para mim! Deves lembrar-te daquela paisagem, pela qual Agnew me oferecia uma soma tão considerável e da qual eu não quis separar-me. É um dos meus melhores trabalhos. E sabes por quê? Porque enquanto o executava, Dorian Gray se conservava assentado ao meu lado. Qualquer sutil influência passou então dele a mim, e, pela primeira vez na vida, surpreendi na paisagem esse não sei que, sempre procurado e... Sempre falhado.

— Basil, é espantoso! Preciso ver Dorian Gray!

Hallward levantou-se, deu uns passos pelo jardim... Um instante depois parou...

— Harry — disse ele. — Dorian Gray, para mim, é simplesmente um motivo de arte; tu nada verás nele; eu nele vejo tudo. Quando não o vejo e apenas o recordo é que ele se apresenta mais vivamente à minha imaginação. Como te disse, é uma sugestão de nova espécie. Eu o descubro nas curvas de certas linhas, na adorável sutileza de certas nuanças. É tudo.

— Então por que não quer expor o seu retrato? — perguntou de novo lorde Henry.

— Porque, sem o querer, a ele transmiti a expressão de toda essa estranha idolatria artística, de que nunca lhe falei. Ele nada sabe e nunca saberá. Mas o mundo pode adivinhá-la e não quero descobrir minha alma aos baixos olhares pesquisadores; meu coração nunca será sujeito a um microscópio... Há muito de mim mesmo nesse trabalho, Harry — muito de mim mesmo!

— Os poetas não são tão escrupulosos como tu, sabem quanto a paixão utilmente divulgada ajuda a venda. Hoje, um coração partido dá várias edições.

— Eu os detesto por isso mesmo! — exclamou Hallward. — Um artista deve produzir belas coisas, mas nada de si próprio lhes deve comunicar. Vivemos numa idade em que os homens só compreendem a arte sob um aspecto autobiográfico.

Perdemos o sentido abstrato da beleza. Algum dia, hei de mostrar ao mundo o que isso é, e por esta razão o mundo jamais verá o meu retrato de Dorian Gray.

— Penso que tu andas errado, Basil, mas não quero discutir contigo. Só me ocupo da perda intelectual... Dize-me: Dorian Gray gosta de ti?

O pintor refletiu alguns instantes.

— Ama-me, sim — respondeu depois de uma pausa. — Eu sei que ele me ama... Eu o lisonjeio bastante, como se pode compreender. Acho um estranho prazer em lhe dizer palavras que, noutro caso, sentiria muito ter dito. Ordinariamente, ele é bom comigo e passamos dias no ateliê a falar de mil coisas. Uma vez por outra, mostra-se horrivelmente desagradável e parece achar o verdadeiro prazer em me atormentar. Sinto, Harry, ter dado toda a minha alma a um ser que a trata como uma flor a pôr à lapela, uma ponta de fita para a sua vaidade, um enfeite de dia de verão...

— E os dias de verão são longos — insinuou Henry. — Talvez te fatigues dele mais cedo do que ele pensa. É um triste assunto para indagações, mas não se pode duvidar que o espírito dura mais que a beleza. Isto explica por que tanto nos custa instruirmo-nos. Precisamos, para a medonha luta da vida, de qualquer coisa que persista e enchemos o espírito de ruínas e fatos, na ingênua esperança de conservar o nosso lugar. O homem bem informado: eis o moderno ideal... O cérebro desse homem bem informado é uma coisa espantosa. É como uma loja de coisas usadas, onde pode haver relógios... Poeira e muito objeto cotado acima do devido valor. Creio que serás o primeiro a cansar... Um dia, olharás o teu amigo e ele te parecerá que já não é o mesmo; não mais apreciarás a sua tez ou outra qualquer coisa... Hás de condená-lo no teu íntimo e acabarás por pensar que se portou mal contigo. No dia seguinte, te sentirás perfeitamente calmo e indiferente. Será lastimável, porque isso te transformará... O que me disseste é romance, um romance de arte, direi, e o mais desolador é que te deixará uma recordação pouco romanesca.

— Harry, não fales assim. Enquanto Dorian Gray existir, serei dominado por sua personalidade. Tu não podes sentir do mesmo modo que eu. Tu varias frequentemente.

— Ah! Meu caro Basil, é justamente por tal motivo que eu sinto. Os fiéis só conhecem o lado trivial do amor; é a traição que conhece as tragédias.

E lorde Henry, riscando um fósforo numa caixeta de prata, começou a fumar com uma placidez de consciência tranquila, com um ar satisfeito de quem houvesse definido o mundo em uma frase.

Um bando chilreante de passarinhos pousou no verde profundo das heras... Como uma revoada de andorinhas, a leve sombra das nuvens passou sobre a relva... Que encanto despertava esse jardim! Quanto — pensava lorde Henry — deviam ser deliciosas as emoções dos outros! Muito mais deliciosas que suas ideias, parecia-lhe! O cuidado de sua própria alma e as paixões de seus amigos, tais lhe pareciam ser as coisas notáveis da vida. Divertindo-se ao pensar assim, lembrava-se do almoço abarrotante que lhe evitara a visita à casa de Hallward; se houvesse ido à casa de sua tia, ali encontraria certamente lorde Goodbody, e toda a conversa rolaria sobre o sustento dos pobres e a necessidade de estabelecer casas modelares de socorro.

Ouviria cada classe pregar a importância de diferentes virtudes, que nenhuma delas, bem entendido, punha em prática. O rico discorreria sobre a necessidade da economia e o ocioso vaticinaria eloquentemente a dignidade do trabalho... Que inapreciável sorte ter escapado a tudo isso! Subitamente, como pensava em sua tia, veio-lhe uma ideia. Voltou-se para Hallward.

— Meu caro, lembro-me...

— Lembras-te de quê, Harry?

— Do lugar onde ouvi referências a Dorian Gray.

— Onde foi? — perguntou Hallward, carregando ligeiramente as sobrancelhas.

— Não me olhes tão furioso, Basil... Foi em casa de minha tia, *lady* Agatha. Ela disse-me que se relacionara com um jovem "maravilhoso", que quisera acompanhá-la em East End e se chamava Dorian Gray. Posso assegurar-te que só me falou dele como de um belo rapaz. As mulheres não formam juízo exato do que pode ser um belo rapaz; as mulheres dignas, pelo menos... Ela me disse que ele era muito sério e possuía um bom caráter. Eu, imediatamente, tive a ideia de um indivíduo de óculos, com cabelos emplastados, a pele com sardas, equilibrando-se sobre pés enormes... Estimaria saber que era o teu amigo.

— Pois eu estimo que não tivesses sabido.

— E por quê?

— Não desejo que o conheças.

— Não desejas que eu o conheça?!

— Não...

— Sr. Dorian Gray acha-se no ateliê, senhor — disse o mordomo, aparecendo no jardim.

— Agora serás forçado a me apresentar — exclamou, rindo, lorde Henry.

O pintor voltou-se para o servidor, que se conservava ao sol, piscando os olhos:

— Parker, diga ao sr. Gray que espere; lá irei já.

O homem inclinou-se e retirou-se.

Hallward fixou os olhos em lorde Henry.

— Dorian Gray é o meu mais caro amigo — disse ele. — É uma simples e bela natureza. Tua tia teve toda a razão em dizer dele o que me repetiste... Não me o estragues; não o impressiones; a tua influência lhe seria perniciosa. O mundo é grande e está cheio de gente interessante. Não me subtraias a única pessoa que empresta à minha arte o encanto que ela pode possuir; minha vida de artista depende dele. Preste atenção, Harry, eu te peço!

O pintor falava em voz baixa e as palavras lhe saíam dos lábios como contra a sua vontade.

— Quanta tolice! — replicou lorde Henry, sorrindo. E tomando o braço de Hallward, conduziu-o quase à força para casa.

II

Ao entrarem, perceberam ambos Dorian Gray. Estava assentado ao piano, de costas para eles, folheando um volume das *Cenas da floresta*, de Schumann.

— Vou levá-las emprestadas, Basil — exclamou. — Preciso estudá-las... São encantadoras!

— Isso depende do modo como "posar" hoje, Dorian...

— Ah! Estou fatigado de "posar" e não preciso de um retrato de tamanho natural — respondeu o adolescente, girando com ar petulante sobre o tamborete do piano. Um ligeiro rubor cobriu-lhe as faces e fê-lo mudar de gesto, quando percebeu lorde Henry.

— Peço-te perdão, Basil, mas não sabia que vinhas acompanhado.

— Dorian, é lorde Henry Wotton, um dos meus velhos amigos de Oxford. Dizia-lhe justamente que és um admirável modelo e vens estragar tudo...

— Não está, porém, estragado o meu prazer de encontrá-lo, sr. Gray — disse lorde Henry, adiantando-se e estendendo-lhe a mão. — Minha tia muitas vezes me tem falado de si. O senhor é um dos seus favoritos e receio que também seja... uma de suas vítimas...

— Ah! Presentemente, creio estar entre as suas más noites — replicou Dorian, com um trejeito gaiato de arrependimento. — Terça-feira última, prometera acompanhá-la a um clube de Whitechapel e esqueci-me inteiramente da promessa. Devíamos fazer ouvir um duo, ou melhor, três duos! Não sei o que me dirás; assusto-me com a simples ideia de vê-la!

— Ah! Eu o reconciliarei com minha tia. É-lhe muito dedicada e não creio que o caso ofereça motivo para irritações. O auditório contava com um duo. Quando minha tia Agatha se achega ao piano, faz barulho por dois...

— É mau para ela... e pouco gentil comigo — observou, Dorian, dando uma gargalhada.

Lorde Henry examinava-o. Ele era, decerto, extraordinariamente belo, com os lábios escarlates finamente talhados, os claros olhos azuis, a cabeleira de cachos de ouro. Tudo na sua face atraía a confiança desde que nela não se descobrisse essa candura de mocidade aliada à pureza ardente da adolescência. Sentia-se que o mundo ainda não o havia poluído. Como se surpreender que Basil Hallward o estimasse de tal forma?

— O senhor é realmente bem sedutor para ocupar-se de filantropia, sr. Gray, muito sedutor...

E lorde Henry, estirando-se no divã, abriu a cigarreira.

O pintor preparava febrilmente a palheta e os pincéis. Mostrava um ar aborrecido. Quando ouviu a última frase de lorde Henry, lançou-lhe os olhos, hesitou um instante, mas, afinal, decidiu-se:

— Harry — disse —, preciso acabar hoje este retrato. Não terias vontade de ir-te embora?

Lorde Henry sorriu e contemplou Dorian Gray.

— Devo partir, sr. Gray? — perguntou ele.

— Ah! Não, peço-lhe, lorde Henry! Eu percebo que Basil está indisposto e não posso suportá-lo quando faz essa cara... Mas por que não me posso ocupar de filantropia?

— Não sei o que lhe responder, sr. Gray. É um assunto tão maçante que dele só se pode tratar seriamente... Não me vou, porém, desde que me convida. Tu, Basil, não insistes na minha retirada, não é assim? Já me disseste muitas vezes desejar descobrir alguém para tagarelar com teus modelos.

Hallward trincou os lábios.

— Já que Dorian deseja, podes ficar. Seus caprichos são leis para todos, exceto para ele.

Lorde Henry apanhou o chapéu e as luvas.

— És muito bom, Basil, mas quero ir. Tenho ma entrevista com alguém no Orleans. Adeus, sr. Gray. Venha ver-me uma dessas tardes na rua Curzon. Pelas cinco horas, estou geralmente em minha casa. Escreva-me quando vier: icarei desolado se não me encontrar.

— Basil — exclamou Dorian Gray —, se lorde Henry Wotton se retira, eu também parto. Tu nunca abres a boca quando pintas e é horrivelmente enfadonho ficar-se pregado em um tamborete com ar amável. Pede-lhe que fique. Eu insisto para que ele se demore.

— Fica então, para satisfazer-nos, Harry — disse Hallward, mirando atentamente o quadro. — É verdade; afinal, eu nunca falo nem escuto quando trabalho, e compreendo que isto deve ser desagradável aos meus desafortunados modelos. Peço-te que fiques!

— Mas que pensará a pessoa à minha espera no Orleans?

O pintor pôs-se a rir.

— Penso que tudo se deslindará naturalmente... Experimenta, Harry... E agora, Dorian, sobe ao estrado; não te mexas muito e não prestes atenção ao que te disser lorde Henry. Sua influência é má para todo mundo, salvo para ele.

Dorian Gray subiu o estrado com o ar de jovem mártir grego, mostrando uma ligeira expressão de descontentamento a lorde Henry, por quem já sentia certa inclinação. Era tão diferente de Basil, ambos formavam tão delicioso contraste... e lorde Henry tinha uma voz tão doce... Ao fim de alguns instantes, disse-lhe:

— É verdade que a sua influência chega a prejudicar tanto quanto quer Basil?

— Ignoro o que os homens entendem por uma boa influência, sr. Gray. Toda influência é imoral... imoral, do ponto de vista científico.

— E por quê?

— Porque considero que influir sobre uma pessoa é transmitir-lhe um pouco de sua própria alma. Esta pessoa deixa de pensar por si mesma, deixa de sentir suas paixões naturais. Suas virtudes não são mais suas. Seus pecados, se houver qualquer coisa semelhante a pecados, serão emprestados. Ela se tornará eco de uma música estranha, autora de uma peça que não se compôs para ela. O fim da vida é o desenvolvimento da personalidade. Realizar a sua própria natureza — eis o que todos procuramos fazer. Os homens, hoje, amedrontam-se deles mesmos. Esqueceram-se do maior de todos os deveres, do dever que cada um deve a si próprio. Naturalmente, são caridosos. Nutrem o pobre e vestem os maltrapilhos, mas deixam as suas almas famintas e andam nus. A coragem nos abandonou; é possível que nunca a possuíssemos! O terror da sociedade, que é a base de toda a moral, o terror de Deus, que é o segredo da religião — eis as duas coisas que nos governam. E ainda...

— Volta a tua cabeça um pouco mais para a direita, Dorian — disse o pintor, embebido na sua obra e tendo descoberto na fisionomia do adolescente um ar que nunca vira.

— E ainda continuou a voz musical de lorde Henry, num tom mais baixo, com a graciosa flexão de mão que lhe era particularmente característica desde o colégio de Eton —, creio que se um homem quisesse viver plena e completamente, quisesse dar uma forma a cada sentimento, uma expressão a cada pensamento, uma realidade a cada sonho — creio que o mundo experimentaria tal impulso de alegria nova que nos esqueceríamos de todos os males medievais para voltarmos ao ideal grego, talvez mesmo a qualquer coisa mais linda que esse ideal! O mais bravo, porém, dentre nós tem medo de si próprio. A renúncia de nossas vidas é tragicamente semelhante à mutilação dos fanáticos. Somos punidos pelo que negamos. Cada impulso que tentamos sufocar persevera em nosso íntimo e nos intoxica. O corpo peca a princípio e satisfaz-se com o pecado, porque a ação é um modo de purificação. Só conservamos a lembrança de um prazer ou a voluptuosidade de uma saudade. Só quando cedemos a uma tentação nos desembaraçamos dela. Procure resistir e sua alma há de aspirar doentiamente a tudo de que quiser preservar-se, com a agravação do desejo por aquilo que todas as leis monstruosas tornaram ilegal e monstruoso. Já se disse que todos os grandes acontecimentos do mundo se acomodam no cérebro. É no cérebro, é aí somente, que também tomam lugar os grandes pecados do mundo. Você, sr. Gray, com a sua candente mocidade e a sua cândida infância, há de ter tido paixões que o terão espantado, pensamentos que já o encheram de terror, dias de sonho e noites de sonho que, simplesmente recordadas, bastarão para fazer subir-lhe o rubor às faces...

— Pare! — pediu Dorian Gray, hesitante. — Detenha-se! O senhor me embaraça. Não sei o que lhe responder. Tenho uma resposta a dar-lhe, mas não a encontro. Não fale! Deixe-me pensar! Por favor! Deixe-me experimentar pensar!

Durante quase dez minutos, Dorian conservou-se sem um movimento, com os lábios entreabertos e os olhos estranhamente brilhantes. Parecia ter obscuramente consciência de que nele atuavam influências ainda não sentidas, mas que lhe pareciam vir inteiramente de si. As poucas palavras que lhe dirigia o amigo de Basil — palavras pronunciadas sem dúvida casualmente e carregadas de paradoxos propositais — haviam-lhe tocado alguma nota secreta, antes adormecida, mas que ele sentia agora palpitar e vibrar.

A música já uma vez o impressionara, assim, já o perturbara muitas vezes. Não é um novo mundo, mas antes um novo caos o que ela desperta em nós.

As palavras! As simples palavras! Como são terríveis! Quantas são límpidas, fulgurantes ou cruéis! Bem quiséramos evitá-las! No entanto, que sutil magia há nelas? Dir-se-ia que dão uma forma plástica às coisas informes e que possuem uma música própria, tão doce como a do alaúde ou a de um violino! As simples palavras! Que há de mais real que as palavras?

Sim, passaram-se fatos na sua infância que ele não conseguira compreender; agora os compreendia. A vida se lhe apresentou de súbito ardentemente colorida. Convenceu-se de que até então só havia caminhado através de chamas! Por que nunca chegara a suspeitar disso?

Lorde Henry o espreitava com um misterioso sorriso nos lábios. Conhecia o momento psicológico do silêncio... Sentia-se vivamente interessado. Pasmava-se diante da impressão súbita provocada pelas suas frases; lembrando-se de um livro que lera aos dezesseis anos e que revelara o que até então ignorava, maravilhou-se ao ver Dorian Gray passar por semelhante experiência. Ele apenas lançara ao ar uma flecha. Esta alcançara o alvo? Aquele rapaz era deveras interessante.

Hallward pintava com uma notável firmeza de mão, o que o caracterizava. Ele possuía essa elegância e essa delicadeza perfeitas que, em arte, procedem sempre da verdadeira força. Não prestava atenção ao prolongado silêncio do ambiente.

— Basil, estou cansado da posição — exclamou, de repente, Dorian Gray. — Preciso ir até o jardim. O ar aqui está sufocante...

— Meu caro amigo, sinto muito; mas, quando pinto, não penso em outra coisa. E nunca posaste tão bem. Estavas perfeitamente imóvel e eu colhi o efeito que buscava: os lábios semiabertos e os olhos iluminados... Não sei o que poderia dizer-te Harry, mas é a ele, certamente, que deves essa maravilhosa expressão. Suponho que ele te lisonjeou. Não deves tomar a sério uma palavra dita por ele.

— Ele não me fez cumprimentos; e talvez seja esta a razão pela qual não quero crer no que ele me diz.

— Ora! O senhor bem sabe que acredita em tudo quanto lhe disse — respondeu lorde Henry, mirando-o com seus olhos langorosos e sonhadores.

— Eu o acompanharei ao jardim. Faz um calor insuportável neste ateliê... Basil, faze-nos servir qualquer coisa gelada, uma bebida qualquer de morangos.

— Fica a teu gosto, Harry. Chama Parker pela campainha; logo que chegue, eu lhe encomendarei o que quiseres. Tenho ainda que trabalhar no fundo do retrato. Daqui a pouco, irei juntar-me a vocês. Não me subtraias Dorian por muito tempo. Nunca estive tão disposto a pintar. Será certamente minha obra-prima... se não é desde já.

Lorde Harry, passando-se ao jardim, encontrou Dorian Gray com o rosto mergulhado em um fresco molho de lilases, aspirando sofregamente o perfume como o de um vinho precioso... Aproximou-se dele e pôs-lhe a mão no ombro.

— Muito bem — disse-lhe —, nada cura melhor a alma que os sentidos, como nada seria melhor que a alma para sanear os sentidos.

O adolescente tremeu, voltando-se. Trazia a cabeça descoberta; as folhas lhe haviam desarranjado cachos rebeldes e emaranhado os fios d'ouro do cabelo. Em seus olhos, pairava como que essa espécie de terror que se descobre nos olhos de alguém acordado em sobressalto. As narinas, finamente desenhadas, palpitavam, e uma perturbação oculta avivava o carmim de seus lábios trementes.

— Sim — continuou lorde Harry —, é um dos grandes segredos da vida: curar a alma por meio dos sentidos e os sentidos com auxílio da alma. O senhor é uma admirável criatura: sabe mais do que pensa saber, assim como julga conhecer menos do que conhece.

Dorian Gray tomou um ar triste e voltou a cabeça. Certamente, não podia deixar de apreciar o belo e gracioso jovem que via à sua frente. A sua figura amorenada e romanesca, cheia de uma certa expressão fatigada, interessava-lhe. Havia qualquer coisa de absolutamente fascinante na sua voz lânguida e velada. As mãos mesmo, suas mãos frescas e brancas, lembrando flores, possuíam um encanto curioso. Tal como a voz, elas pareciam musicais, pareciam ter uma linguagem particular. Atemorizava-se e era vergonhoso temer... Fora necessário o aparecimento do desconhecido para revelar-se a si mesmo. Conhecia, havia meses, Basil Hallward e a amizade deste não o modificara; o outro passara pela sua existência e lhe havia descoberto o mistério da vida. Que poderia, pois, amedrontá-lo assim? Ele não era nem uma menina nem um colegial; era ridículo, na verdade.

— Sentemo-nos à sombra — convidou lorde Henry. — Parker já nos trouxe o que beber e, se o senhor se conserva muito tempo ao sol, pode estragar a tez, e Basil não quererá depois pintá-lo. Não se arrisque a apanhar muito sol, não é ocasião.

— Que poderia acontecer? — perguntou, rindo, Dorian Gray, sentando-se no fundo do jardim.

— É, para si, uma questão de máxima importância, sr. Gray.

— Ora... E por quê?

— Porque o senhor possui uma juventude admirável e a juventude é a única coisa desejável.

— Eu pouco me incomodo.

— Pouco se incomoda... agora. Um dia verá, quando estiver velho, enrugado e feio, quando o pensamento lhe houver sulcado a fronte com a sua garra e a paixão marcado os seus lábios de estigmas desfigurantes, um dia verá — dizia — que se há de incomodar amargamente. Em qualquer parte, por onde ande atualmente, acha prazer. Será sempre assim? A sua figura é adoravelmente bela, sr. Gray... Não se contrarie, porque, de fato, a possui... E a beleza é uma das formas do gênio, a mais alta mesmo, pois não precisa ser explicada. É um dos fatos absolutos do mundo, como o sol, a primavera ou o reflexo, nas águas sombrias, dessa concha de prata que chamamos lua. Isso não pode ser discutido, é uma soberania de direito divino e os que a possuem são feitos por ela príncipes... Sorri? Ah! Não sorrirá tão facilmente quando a houver perdido... Tem-se dito que a beleza é apenas superficial; talvez seja, mas, em todo caso, é sempre menos superficial que o pensamento. Para mim, a beleza é a maravilha das maravilhas. Só os sujeitos acanhados não julgam pela aparência. O verdadeiro mistério do mundo é o visível, nunca o invisível... Sim, sr. Gray, os deuses lhe foram favoráveis. Mas o que os deuses dão, podem tomar depressa. Serão poucos os anos que poderá viver, realmente, de forma perfeita, plena. Sua beleza se esvairá com a mocidade e imediatamente poderá contar com triunfos, senão viver dessas migalhas de triunfos, que a memória do passado tornará mais amargas que as derrotas. Cada mês de vida que se vai aproxima-o de qualquer coisa terrível. O tempo tem ciúmes de si e castiga os lírios e as rosas. O seu rosto há de empalidecer, as suas faces hão de escavar-se e os seus olhares hão de fanar-se. Sofrerá horrivelmente. Ah! Aproveite a sua mocidade enquanto a possui! Não esbanje o ouro dos seus dias ouvindo os tolos e procurando sustar a inevitável decadência, e evite o ignorante, o comum, o vulgar... É a aspiração doentia, o falso ideal da nossa idade. Viva! Viva a maravilhosa vida de que dispõe! Não queira perder nada! Busque sempre novas sensações! Nada receie... Um novo Hedonismo, eis o que pede este século. O símbolo tangível pode estar em si. Nada há de relativo à sua personalidade que não possa realizar. O mundo é seu por algum tempo! Quando o encontrei, percebi que o senhor ainda não tinha consciência do que é e do que pode vir a ser. Havia em sua pessoa qualquer coisa tão particularmente atraente que senti o dever de revelá-la a si mesmo, no temor trágico de vê-lo arruinado... porquanto, sua mocidade tem tão pouco tempo a viver... tão pouco! As flores fenecem, mas reflorescem... Este ébano, pelo mês de junho do ano próximo, estará tão florescente como agora. Dentro de um mês, esta clematite se revestirá de flores purpúreas e, de ano em ano, as suas flores púrpuras darão vida ao verde de suas folhas. Nós, porém, jamais reviveremos a nossa mocidade. As pulsações da alegria que em nós se avivam aos vinte anos vão se enfraquecendo; fatigam-se os nossos membros e amortecem, carregados, os nossos sentidos! Todos nos transformaremos em odiosos marionetes, perseguidos pela recordação do que nos aterrou, pelas exóticas tentações que não soubemos corajosamente satisfazer... Juventude! Juventude! Nada há neste mundo além da juventude!

De olhos arregalados, Dorian Gray ouvia, transportado... Um ramo de lilás tombou de suas mãos ao chão. Uma abelha lançou-se sobre ele, voou ao redor um momento, zumbindo, e percebeu-se um arrepiamento geral nos glóbulos estelares das pequenas flores. Dorian contemplava-as com esse estranho interesse que tomamos pelas mais insignificantes coisas quando estamos preocupados com problemas que nos assustam, quando nos enfastiamos de uma nova sensação para a qual não descobrimos a expressão ou quando nos aterramos perante uma ideia obcecante, à qual nos sentimos forçados a ceder... A abelha retomou logo o seu voo. Ele percebeu-a pousando no cálice pintalgado de uma campanilha tirana. A flor dobrou-se e balançou-se no ar docemente.

Subitamente, o pintor apareceu à porta do ateliê e fez reiterados sinais. Puseram-se a rir um para o outro.

— Espero-os. Voltem... A luz está muito boa agora e podem trazer as bebidas.

Ergueram-se e, preguiçosamente, caminharam ao longo do muro. Duas borboletas verdes e brancas esvoaçavam em frente de ambos e, em uma pereira ao canto do muro, um sabiá pôs-se a cantar.

— Está satisfeito, sr. Gray, por me haver encontrado? — perguntou lorde Henry, fixando o olhar.

— Sim, sinto-me agora contente e creio que sempre me sentirei contente por isso!

— Sempre! É um vocábulo terrível que me faz estremecer quando o escuto: as mulheres o empregam tanto! Com ele acabam todos os romances ao eternizá-los. É um vocábulo sem significação. A única diferença que existe entre um capricho e uma eterna paixão é que o capricho... dura muito mais tempo...

Como se fossem entrando no ateliê, Dorian Gray pousou a mão no braço de lorde Henry.

— Neste caso, que a nossa amizade nunca passe de um capricho — murmurou ele, enrubescendo da sua própria audácia.

Subiu depois ao estrado e retomou a sua posição.

Lorde Henry estendera-se numa larga poltrona de vime e observava. O vaivém do pincel na tela e as passadas de Hallward, recuando para apreciar o efeito, somente isso interrompia o silêncio. Nos raios oblíquos vindos pela porta entreaberta voava a poeira dourada. O forte aroma das rosas carregava a atmosfera.

Ao fim de um quarto de hora, Hallward interrompeu o trabalho mirando alternativamente, por muito tempo, Dorian Gray e o retrato, mordiscando a ponta de um dos seus grandes pincéis, as sobrancelhas encrespadas.

— Pronto! — exclamou, e, abaixando-se, assinou o seu nome em altas letras de vermelhão no canto esquerdo da tela.

Lorde Henry foi contemplar o quadro. Era uma admirável obra de arte, de uma semelhança maravilhosa.

— Meu caro amigo — disse ele —, deixa-me felicitar-te calorosamente. É o mais belo retrato destes tempos. Sr. Gray, venha contemplar-se.

O adolescente estremeceu, como despertado de algum sonho.

— Está realmente terminado? — murmurou, descendo do estrado.

— Absolutamente terminado — confirmou o pintor. — E tu hoje posaste como um anjo. Sou-te agradecido como nunca.

— Isso é tudo devido a mim — emendou lorde Henry. — Não é verdade, sr. Gray?

Dorian não respondeu. Aproximou-se sem cuidado de seu retrato e pôs-lhe os olhos... Quando o viu, surpreendeu-se e seu rosto se coloriu um momento, de prazer. Um raio de alegria iluminou-lhe os olhos, porquanto ele *se reconhecia* pela primeira vez. Ficou algum tempo imóvel, admirando, e na dúvida se Hallward lhe falava, sem compreender a significação de suas palavras. O sentido de sua própria beleza surgiu-lhe como uma revelação. Até então, nunca a percebera. Os cumprimentos de Basil Hallward lhe haviam parecido simples exageros graciosos de amizade. Ele os ouvira rindo e depressa os esquecera. Seu caráter não experimentara a influência dessas frases. Chegara lorde Henry Wotton, com seu estranho discurso da mocidade e a advertência terrível de sua brevidade. Ele havia sido tocado a propósito e, presentemente, em face da sombra de sua própria beleza, sentia a plena realidade expandir-se em si.

Sim, chegaria o dia em que sua face se encheria de pregas e rugas, seus olhos se encovariam sem cor e a graça de toda a sua pessoa iria embora, curvada e deformada. Passaria o escarlate de seus lábios como desapareceria o ouro de sua cabeleira. A vida, que lhe devera aperfeiçoar a alma, abater-lhe-ia o corpo. Seria horrível, desfigurado, disforme...

Pensando em tudo isso, uma sensação de dor aguda atravessou-o como um punhal e deixou em estremecimento cada uma das delicadas fibras de seu ser.

Carregou-se a ametista de seus olhos e obscureceu-os um sereno de lágrimas... Ele sentiu que uma mão de gelo lhe comprimia o coração.

— Gostas disso? — perguntou, enfim, Hallward, um pouco espantado ante a mudez do adolescente, que não compreendia.

— Naturalmente, ele há de gostar — disse lorde Henry. — Por que não haveria de gostar? É um dos mais nobres fragmentos da arte contemporânea. Eu te darei o que quiseres por isso. Preciso disso!

— Não me pertence, Harry.

— A quem pertence, então?

— É claro que a Dorian — respondeu o pintor.

— Ele é feliz...

— Que coisa profundamente triste — murmurava Dorian, os olhos fixos no retrato. — Sim, profundamente triste! Eu ficarei velho, aniquilado, hediondo! Esta pintura continuará sempre fresca. Nunca será vista mais velha do que hoje, neste dia de junho... Ah! Se fosse possível mudar os destinos; se fosse eu quem devesse conservar-me novo e se esta pintura pudesse envelhecer! Por isto eu daria tudo! Não há no mundo o que eu não desse... Até minha alma!

— Dificilmente conseguiria tal combinação! — bradou lorde Henry numa risada.

— E eu, de resto, oporia-me — disse o pintor.

Dorian Gray virou-se para este.

— Creio bem, Basil... Tu amas muito mais a tua arte que os teus amigos. Diante de ti, eu não sou nem mais nem menos que uma das tuas figuras de bronze. Apenas tanto, antes...

O pintor observou-o com espanto. Estava tão pouco habituado a ouvir Dorian exprimir-se assim... Que haveria acontecido? Na verdade, ele mostrava-se desolado; seu rosto ruborizara-se e as faces ardiam-lhe.

— Sim — continuou ele —, tu me estimas menos que ao teu Hermes de marfim ou ao teu Fauno de prata. Hás de apreciá-los sempre. Quanto tempo gostarás de mim? Até aparecer-me a primeira ruga, sem dúvida... Agora sei que quando perdemos os encantos, quaisquer que sejam, perdemos tudo. Tua obra revelou-me isto. Lorde Henry Wotton tem toda a razão. A mocidade é a única coisa de valor. Quando perceber que envelheço, hei de matar-me!

Hallward empalideceu e tomou-lhe a mão.

— Dorian! Dorian — gritou —, não fales assim! Nunca tive amigo igual a ti e jamais terei outro! Tu não podes ter ciúmes de coisas materiais, não achas? Não és mais belo que qualquer delas?

— Tenho ciúmes de tudo aquilo cuja beleza é imperecível. Tenho ciúmes do meu retrato! Por que deverá ele conservar o que eu hei de perder? Cada momento que se escoa leva-me qualquer coisa e embeleza essa figura. Ah! Se pudéssemos mudar! Se esse retrato pudesse envelhecer! Se eu pudesse conservar-me tal como sou! Por que pintaste isso? Que ironia! Um dia... Que ferina ironia!

Lágrimas quentes cobriam-lhe os olhos e ele torcia as mãos. De repente, precipitou-se para o divã e mergulhou a face nas almofadas, de joelhos, como se orasse.

— Eis a tua obra, Harry — apontou o pintor amargamente.

Lorde Henry encolheu os ombros.

— Eis o verdadeiro Dorian Gray...

— Não é...

Se não é, que mal fiz eu?

— Devias ter partido quando te pedi — murmurou o outro.

— Fiquei porque me pediste — respondeu lorde Henry.

— Harry, eu não quero agora brigar com meus dois melhores amigos, mas, por culpa de vocês dois, começo a detestar o que até hoje produzi de mais fino, e vou destruir esse trabalho. Que é, afinal, uma tela com tintas? Não quero que isso possa apagar nossas três vidas.

Dorian Gray ergueu a cabeça dourada do monte das almofadas e viu o pintor caminhando em direção a uma mesa colocada sob as grandes cortinas da janela. Que iria fazer? Seus dedos, entre uma porção de bisnagas de estanho e pincéis secos, procuravam qualquer coisa. Uma lâmina de aço flexível, a faca da palheta... Encontrou-a! Ia rasgar a tela.

Comprimindo soluços, o jovem saltou do divã e, atirando-se sobre Hallward, arrancou-lhe a faca das mãos, arremessando-a ao fundo do ateliê.

— Basil, eu te peço! Seria um assassinato!

— Alegra-me ver-te apreciar enfim a minha obra — disse o pintor friamente, readquirindo nova calma. — Nunca esperei isso de ti...

— Apreciá-la? Eu a adoro, Basil. Sinto nela um pouco de mim mesmo.

— Então, bem! Logo que "tu" secares, "tu" serás envernizado, emoldurado e expedido a "tua" casa. Aí, farás o que te convier de "ti mesmo".

Basil Hallward atravessou a sala e tocou a campainha para o chá.

— Queres chá, Dorian? E tu também, Harry? Ou pretendem apresentar alguma objeção a estes simples prazeres?

— Adoro os prazeres simples — disse lorde Henry. — São os últimos refúgios dos seres complexos. Não gosto, porém, das... cenas, a não ser nos tablados. Que extravagantes são vocês dois! Estranho que se haja definido o homem um animal racional. Essa definição, olhem que foi prematura. O homem pode ser muita coisa, mas não é racional... De resto, estimo que não o seja... Desejo antes de tudo que vocês não briguem por causa desse retrato. Ouve, Basil, farias melhor dando-me esse mau menino. Preciso mais dele que Dorian.

— Se o deres a outro e não a mim, Basil, eu nunca te perdoarei — bradou Dorian Gray. — E não permito a ninguém que me qualifique como péssimo rapaz.

— Tu sabes que este quadro te pertence, Dorian. Eu já te o dera antes de fazê-lo.

— E você também sabe que foi um bocadinho mau, sr. Gray, e que não pode revoltar-se quando alguém lembrá-lo que é extremamente jovem.

— Nesta manhã, ter-me-ia zangado.

— Ah! Esta manhã! Você já viveu depois...

Bateram à porta e entrou o mordomo com uma bandeja de chá, que colocou sobre uma pequena mesa japonesa. Ouviu-se um ruído de xícaras e pires, o chiar de uma chaleirinha estriada da Geórgia. Um criado trouxe dois vasos chineses de forma globular. Dorian Gray ergueu-se e serviu o chá. Os dois outros dirigiram-se preguiçosamente até a mesa e examinaram o que havia sob as cobertas dos pratos.

— Vamos ao teatro esta noite — convidou lorde Henry. — Deve haver qualquer coisa de novo.

— Prometi jantar em casa de White, mas como é um velho amigo, posso telegrafar-lhe dizendo-me indisposto ou que não posso ir devido a um compromisso posterior. Penso que assim apresentaria uma desculpa correta: teria todo o encanto da candura.

— É fatigante vestir-se numa casaca — ajuntou Hallward —, e depois que se veste fica-se abominável.

— Sim — respondeu lorde Henry abstratamente. — As vestes do século XIX são detestáveis. São sombrias, deprimentes... O pecado é realmente o único elemento de algum colorido na vida moderna.

— Tu não deverias dizer tais coisas diante de Dorian, Henry.

— Diante de qual Dorian? O que nos serve o chá ou aquele do quadro?

— Diante de ambos.

— Eu gostaria de ir ao teatro consigo, lorde Henry — confessou o rapaz.

— Pois bem, venha, assim como tu também, não é, Basil?

— Eu não posso, francamente... Prefiro ficar. Tenho muito o que fazer.

— Pois bem, então eu e você, sr. Gray, sairemos juntos.

— Com muito prazer.

O pintor mordeu os lábios e, com a xícara na mão, dirigiu-se para o retrato.

— Eu ficarei com o Dorian Gray real — disse tristemente.

— Aí está o Dorian Gray real? — perguntou o original do retrato, avançando na mesma direção.

— Sou realmente como esse?

— Sim, tu és como ele.

— E deveras maravilhoso, Basil.

— Ao menos, és o mesmo em aparência... Mas este não mudará jamais — acrescentou Hallward. — É alguma coisa.

— Quanta coisa a propósito da fidelidade! — exclamou lorde Henry. — Mesmo no amor, é uma pura questão de temperamento e nada tem a ver com a nossa própria vontade. Os moços querem ser fiéis e não são; os velhos querem ser infiéis e não podem; eis tudo quanto se sabe.

— Não vás ao teatro esta noite, Dorian — pediu Hallward. — Fica para jantar comigo.

— Não posso, Basil.

— Por quê?

— Porque já prometi a lorde Henry Wotton ir com ele.

— Ele não reparará muito se faltares à palavra, sempre falta à sua. Peço-te que não vás.

Dorian pôs-se a rir, balançando a cabeça.

— Suplico-te!

O rapaz hesitava. Lançou um olhar a lorde Henry, que os espiava da mesa onde tomava o chá, rindo divertidamente.

— Quero sair, Basil — decidiu, enfim.

— Muito bem — concordou Hallward, indo depositar a xícara na bandeja. — Já é tarde, e, como vocês precisam vestir-se, fariam bem em não perder tempo. Até a vista, Harry! Até a vista, Dorian! Vem ver-me cedo amanhã, se for possível.

— Com certeza.

— Não te esqueças.

— Naturalmente.

— E... Harry?

— Eu também, Basil.

— Lembra-te do que te pedi esta manhã, no jardim.

— Já não me lembro.

— Eu conto contigo.

— Eu bem quisera poder contar comigo — disse, sorrindo, lorde Henry. — Venha, sr. Gray, tenho uma carruagem à espera. Deixá-lo-ei em casa. Adeus, Basil! Obrigado pela tarde encantadora.

A porta cerrou-se sobre os hóspedes. O pintor, então, atirou-se em um sofá e uma expressão de amargura lhe estampou no rosto.

III

No dia seguinte, às doze e meia, lorde Henry Wotton dirigia-se da rua Curzon a Albany para ver seu tio, lorde Fermor, um velho solteirão alegre, embora de maneiras rudes, qualificado como egoísta pelos estranhos que dele nada tiravam, mas considerado generoso pela sociedade, pois sustentava os que sabiam diverti-lo. Seu pai havia sido nosso embaixador em Madrid, no tempo em que a rainha Isabel era jovem e, Prim, desconhecido. Deixara, porém, a diplomacia por um capricho, em um momento de contrariedade, por não lhe haverem oferecido a embaixada de Paris, posto para o qual se considerava particularmente designado em razão do seu nascimento, da sua indolência, do bom inglês de seus despachados e da sua paixão pouco comum pelo prazer. O filho, que havia sido secretário do pai, demitira-se na mesma ocasião, um pouco levianamente, pensara então; e tendo-se tornado, alguns meses depois, chefe de sua casa, entregava-se seriamente ao estudo da arte ultra-aristocrática de nada fazer, absolutamente. Possuía duas grandes casas na cidade, mas preferia viver no hotel para poupar-se aos embaraços, e tomava a maior parte de suas refeições no clube. Ocupava-se da exploração de suas minas carboníferas, nos condados do centro, mas dispensava essa tinta de industrialismo dizendo que o fato de possuir carvão oferecia a vantagem de permitir a um *gentleman* queimar decentemente madeira em sua chaminé. Em política, era um *Tory*, exceto quando os *tories* subiam ao poder; nessas ocasiões, nunca deixava de acusá-los por formarem um "bando de radicais". Era um herói perante seu criado, que o tiranizava, e o terror de seus amigos, que ele tiranizava também. Somente a Inglaterra poderia produzir tal homem e ele sempre afirmava que o país "andava aos cães". Seus princípios eram insólitos, mas haveria muito o que dizer a favor de seus prejuízos.

Quando lorde Henry penetrou no quarto, encontrou seu tio assentado, metido num grosso hábito de caçada, fumando um charuto e rosnando sobre um número do *Times*.

— Muito bem, Harry! — disse o velho *gentleman*. — O que o traz tão cedo? Pensei que vocês, dândis, não se levantassem antes de duas horas e não se deixassem ver antes das cinco.

— Pura afeição familiar, eu lhe asseguro, tio Jorge, e depois porque tenho necessidade de pedir-lhe alguma coisa.

— Dinheiro, suponho — disse lorde Fermor, fazendo uma careta. — Enfim, sente-se e diga-me do que se trata. Os moços, hoje, imaginam que dinheiro é tudo.

— Sim — murmurou lorde Henry, abotoando o capote. — E quando se tornam velhos ficam com a certeza; mas não preciso de dinheiro. Só os que pagam as suas dívidas precisam disso, tio Jorge, e eu nunca pago as minhas. O crédito é o capital de um moço e vive-se de modo admirável. Demais, estou sempre em negociações com os fornecedores de Dartmoor e eles nunca me inquietam. Preciso de umas informações não úteis, seguramente, mas inúteis.

— Bem! Posso dizer-te tudo quanto contém um *Livro Azul* inglês, embora seus autores, hoje, só escrevam asneiras. Quando fui diplomata, as coisas corriam melhor. Ouvi, porém, dizer que hoje eles são escolhidos depois de exames. Que queres? Os exames, meu senhor são uma pura piada. Se o homem é um *gentleman*, sabe bastante. Se não é, tudo o que aprender será em seu prejuízo!

— Sr. Dorian Gray não pertence ao *Livro Azul*, tio Jorge — disse lorde Henry, languidamente.

— Sr. Dorian Gray?! Quem é? — perguntou lorde Fermor franzindo as sobrancelhas brancas e emaranhadas.

— Eis o que eu venho saber, tio Jorge. Ou antes, eu sei quem ele é. É o último neto de lorde Kelso. Sua mãe era uma Devereux, *lady* Margaret Devereux. Eu queria que me falasse dela. Como era? Com quem foi casada? O senhor conheceu quase todo mundo do seu tempo e, assim, talvez a conhecesse. Interesso-me muito por sr. Gray neste momento. Conheci-o há pouco.

— O neto de Kelso! — repetiu o velho *gentleman*. — O neto de Kelso... Com certeza... Conheci intimamente sua mãe. Creio bem que assisti ao seu batismo. Era uma mulher extraordinariamente bela essa Margaret Devereux. Desvairou muitos homens e fugiu com um rapaz sem vintém, um tipo nulo, inferior em um regimento de infantaria ou qualquer coisa assim... Certamente, eu não me lembro do caso como se tivesse passado ontem. O pobre diabo foi morto num duelo em Spa, alguns meses após seu casamento. Há uma ignóbil história a propósito. Conta-se que Kelso assalariou um baixo aventureiro, qualquer bruto belga, para insultar seu genro em público. Pagou-lhe para fazer isso, o miserável espetou a vítima como um simples pombo. O caso foi abafado, mas, conforme verifiquei, tempos depois Kelso comia isolado a sua costeleta no clube. Retomou a filha, segundo me disseram; ela, porém, nunca mais lhe dirigiu uma palavra. Ah! Sim, foi um caso ignóbil! A filha morreu um ano depois. E deixou então um filho? Já não me lembrava disso. Que tal é esse rapaz? Se se parece com sua mãe, deve ser lindo.

— É uma beleza — afirmou lorde Henry.

— Espero que ele caia em boas mãos — continuou o velho *gentleman*. — Deve possuir uma boa soma que o espera, se Kelso dispôs bem os negócios a seu respeito. Sua mãe tinha também fortuna. Todas as propriedades de Selby deviam pertencer-lhe, por seu avô. Este detestava Kelso, por julgá-lo um horrível Harpagon. E ele o era, com efeito. Foi uma vez Madrid, quando eu ali estava... Palavra! Tive vergonha! A rainha perguntava-me quem era esse fidalgo inglês, que constantemente brigava com os cocheiros por ocasião de pagar-lhes. Foi uma história comprida. Durante um mês não tive coragem de apresentar-me à Corte. Espero que ele tenha tratado melhor o neto.

— Não sei — respondeu lorde Henry. — Suponho que o rapaz deve estar muito bem. Não é maior. Sei que possui Selby, já me disse. E... Sua mãe era verdadeiramente bela!

— Margaret Devereux era uma das mais adoráveis criaturas que já vi, Harry. Nunca compreendi que procedesse como procedeu. Ela poderia desposar outro qualquer: Carlington estava louco de paixão. Ela era, sem dúvida, romanesca, como todas as mulheres dessa família. Os homens pouco valiam, mas as mulheres eram maravilhosas. Carlington rojava-se a seus pés, como ele próprio me disse. Ela ria e, entretanto, não havia em Londres moça que não andasse atrás dele. E, a propósito desta referência a casamentos ridículos, que farsa é essa, Harry, que ouvi de teu pai a respeito de Dartmoor, que quer casar-se com uma americana? Já não há mais jovens inglesas que o satisfaçam?

— Tio Jorge, é muito elegante, no momento, o enlace com americanas.

— Eu sustentarei as inglesas contra o mundo inteiro, Harry! — bradou lorde Fermor, batendo com o punho na mesa.

— As apostas são pelas americanas.

— Disseram-me que não há resistência — rosnou o tio.

— Uma longa corrida talvez as fatigue, mas são superiores no *steeple chase*. Apanham as coisas voando. Creio que Dartmoor não terá muita sorte.

— A que mundo pertence? — interrogou o velho *gentleman*. — Terá muito dinheiro?

Lorde Henry balançou a cabeça.

— As americanas são tão hábeis em ocultar a parentela como as inglesas em dissimular o passado — disse, levantando-se para partir.

— São negociantes de porcos, penso eu.

— Espero que o sejam, tio Jorge, para felicidade de Dartmoor. Ouvi dizer que a venda de porcos é, na América, a profissão mais lucrativa depois da política.

— A dele é bonita?

— Pelo menos apresenta-se como se fosse. Muitas americanas assim procedem. É o segredo de seus encantos.

— Por que as americanas não se conservam no seu país? Repetem sem cessar que a América é um paraíso para as mulheres.

— E é a verdade; daí a razão pela qual, como Eva, elas têm tamanha pressa em abandoná-lo — disse lorde Henry. — Até a vista, tio Jorge. Se me demoro mais, perco a hora do almoço. Obrigado pelas suas boas informações. Gosto sempre de conhecer tudo quanto diz respeito a meus novos amigos, mas nada indago sobre os antigos.

— Onde almoças, Harry?

— Em casa de tia Agatha. Lá vou por convidado com sr. Gray, que é seu último protegido.

— Ah! Dize, pois, à tua tia Agatha, Harry, que não me atormente mais com as suas obras de caridade. Estou exausto. A boa senhora entende que não tenho outra coisa a fazer de melhor senão assinar cheques em favor dos explorados.

— Muito bem, tio Jorge, hei de dizer-lhe, mas eu não creio que produza o menor efeito. Os filantropos perderam toda a noção de intimidade. É o seu caráter distintivo.

O velho *gentleman* murmurou uma vaga aprovação e tocou a campainha para chamar o criado. Lorde Henry dirigiu-se pela arcada baixa da rua Burlington e tomou o caminho da praça de Berkeley.

Tal era, com efeito, a história dos pais de Dorian Gray. Assim cruamente relatada, ela havia abalado lorde Henry como um estranho e moderno romance. Uma linda mulher arriscando tudo por uma louca paixão. Algumas semanas de felicidade solitária de repente destruída por um crime hediondo e pérfido. Meses de agonia silenciosa e, por fim, um filho nascido entre lágrimas.

A mãe carregada pela morte e o filho abandonado à tirania de um velho sem coração. Sim, era um fundo de quadro bem curioso. Enquadrava o rapaz, fazendo-o mais interessante, melhor do que realmente era... No fundo de tudo quanto é delicado, encontra-se assim qualquer coisa de trágico. A terra esforça-se por fazer nascer a flor mais humilde... Como ele estivera encantador durante o jantar da véspera, quando, com os belos olhos e os lábios trêmulos de prazer e receio, assentara-se, no clube, à sua frente, recebendo das luzes avermelhadas um novo tom róseo no semblante maravilhado. Falar-lhe era como tanger-se um instrumento estranho. Ele respondia a tudo, vibrava ao menor toque... Havia qualquer coisa de extremamente sedutor na ação dessa influência; nenhum exercício seria comparável. Projetar a alma sob uma forma graciosa, deixá-la um instante repousar e ouvir em seguida as próprias ideias repetidas como por um eco, com toda a música da paixão e da mocidade; infiltrar o próprio temperamento em um outro, assim como um fluido sutil ou um estranho perfume: havia nisso um verdadeiro gozo, talvez o mais completo dos nossos gozos em um tempo tão limitado e vulgar como o nosso, tempo grosseiramente carnal em seus prazeres, comum e baixo em suas aspirações... É que esse adolescente, casualmente encontrado no ateliê de Basil, era um maravilhoso espécime da humanidade: não se poderia criar mais absoluto tipo de beleza. Ele encarnava a graça, a branca pureza da adolescência, todo o esplendor que nos conservaram os mármores gregos. Desse modelo era possível tirar tudo. Dele se poderia formar um titã ou um brinquedo. Que desgraça estar tal beleza destinada a fanar-se! E Basil, como era interessante sob o ponto de vista do psicólogo! Uma arte nova, uma maneira inédita de conhecer a existência sugerida pela simples presença de um ser inconsciente de tudo isso; era o espírito silencioso vivendo no fundo das matas e percorrendo a planície, que se mostrava, de repente, Dríade corajosa, porque na alma que o buscava havia sido evocada a maravilhosa visão pela qual são unicamente reveladas as coisas maravilhosas; as simples aparências das coisas magnificando-se até o símbolo, como se não fossem senão a sombra de outras formas mais perfeitas que elas tornariam palpáveis e visíveis... Como tudo isso era curioso! Ele lembrava-se de qualquer coisa análoga na história. Não seria Platão, esse artista do pensamento, quem primeiro o havia analisado? Não seria Buonarotti quem o cinzelara no mármore policrômico de uma série de sonetos? Mas, no nosso século, era extraordinário. Sim, ele procuraria ser junto a Dorian Gray o que, sem o saber, o adolescente era para o pintor, que lhe havia traçado esplêndido retrato. Ele tentaria dominá-lo, como aliás já havia feito. Faria seu esse ser maravilhoso. Havia qualquer coisa de fascinante nesse filho de Amor e da Morte.

Súbito, lorde Henry parou e espiou as fachadas. Percebeu que havia ido além da casa de sua tia e, sorrindo intimamente, voltou. Penetrando no vestíbulo, o mordomo disse-lhe que já se achavam à mesa. Entregou o chapéu e a bengala ao criado e penetrou na sala de jantar.

— Atrasado, como habitualmente, Harry — gritou-lhe sua tia, sacudindo a cabeça.

Lorde Harry inventou uma desculpa qualquer e, assentando-se na cadeira desocupada junto dela, olhou os convivas. Dorian, na ponta da mesa, inclinou-se timidamente para ele, com um rosado de satisfação nas faces. Em frente, achava-se a duquesa de Harley, mulher de um natural, admirável e excelente caráter, amada de todos os que a conheciam, possuindo essas proporções amplas e arquiteturas que os nossos historiadores contemporâneos chamam obesidade, quando não se trata de uma duquesa. Tinha à sua direita sr. Thomas Burdon, membro radical do Parlamento, que abria caminho na vida pública e na vida privada, inquietando-se com as coisas mais insignificantes, jantando com os *tories* e opinando com os liberais, segundo uma regra muito sábia e muito conhecida. O lugar à esquerda era ocupado por sr. Erskine de Treadley, velho e gentil homem, muitíssimo simpático e cultivado, que se habituara desagradavelmente ao silêncio, havendo, como uma vez dissera tia Agatha, dito tudo quanto tinha a dizer, antes da idade de 30 anos. A vizinha de lorde Henry era a senhora Vandeleur, uma das velhas amigas de sua tia, uma santa entre as mulheres, mas tão ridiculamente vestida que lembrava um livro de rezas mal encadernado. Felizmente, para lorde Henry, ela tinha a seu lado lorde Faudel, mediocridade inteligente e entre duas idades, tão calvo como uma exposição ministerial à Câmara dos Comuns, com quem ela conversava nesse tom intensamente sério, que é imperdoável erro em que tombam e ao qual não podem escapar as excelentes pessoas.

— Falávamos desse jovem Dartmoor, lorde Henry — exclamou a duquesa, fazendo-lhe alegremente sinais por cima da mesa. — Acredita que se case realmente com essa sedutora jovem?

— Penso, duquesa, que ele está na intenção de pedi-la.

— Que horror! — bradou *lady* Agatha. — Mas alguém há de intervir.

— Sei de boa fonte que seu pai é dono de uma loja de novidades na América — disse sr. Thomas Burdon com desdém.

— Meu tio supunha-os negociantes de porcos, sr. Thomas.

— Novidades! Que são novidades americanas? — perguntou a duquesa, levantando a mão num gesto de espanto.

— Romances americanos! — respondeu lorde Henry, tomando um pedaço de codorna.

A duquesa sentiu-se embaraçada.

— Não preste atenção ao que ele diz, minha cara — interveio *lady* Agatha. — Não sabe nunca o que diz.

— Quando foi a descoberta da América... — disse o radical, iniciando uma fastidiosa dissertação.

E, como todos os que ensaiam esgotar um assunto, esgotava a paciência dos ouvintes. A duquesa suspirou e usou do direito de interromper.

— Antes quisesse Deus que nunca a tivessem descoberto! — exclamou. — Nossas filhas não têm hoje boa sorte. É absolutamente injusto!

— Afinal, talvez a América nunca tenha sido descoberta — disse sr. Erskine. — Por mim, eu diria de boa vontade que ela é apenas conhecida.

— Mas já vimos espécimes de suas habitantes — retrucou a duquesa num tom vago. — Devo confessar que são, na maior parte, muito bonitas. E vestem-se bem. Vestem-se todas em Paris. Quisera poder fazer outro tanto.

— Dizem que, quando os bons americanos morrem, vão a Paris — ciciou sr. Thomas, que conservava uma ampla reserva de palavras fora de uso.

— É verdade! E onde vão os maus americanos mortos? — indagou a duquesa.

— Vão à América — informou lorde Henry.

Sr. Thomas enrugou a testa.

— Receio que seu sobrinho — disse ele a *lady* Agatha — tenha-se prevenido contra esse grande país. Eu o percorri em trens fornecidos pelos governos que, em casos tais, são extremamente civis, asseguro-lhe que essas visitas são um ensino.

— É, porém, necessário visitarmos Chicago para a nossa educação? — perguntou queixosamente sr. Erskine. — Pouco espero da viagem.

Sr. Thomas ergueu as mãos.

— Sr. Erskine de Freadley pouco se importa com o mundo. Nós outros, homens práticos, estimamos ver as coisas por nós mesmos em vez de ler o que se conta. Os americanos são um povo extremamente interessante. São absolutamente competentes. Nisso está o seu caráter distintivo. Sim, sr. Erskine, um povo absolutamente racional. Eu lhe asseguro que não se notam tolices entre os americanos.

— Que horror! — clamou lorde Henry. — Posso admitir a força brutal, mas a razão brutal é insuportável! Há qualquer coisa de injusto no seu império. Confunde a inteligência.

— Não o compreendo — disse sr. Thomas um pouco enrubescido.

— Eu, por mim, compreendo — murmurou sr. Erskine com um sorriso.

— Os paradoxos assentam bem... — observou o baronete.

— Trata-se de um paradoxo? — perguntou sr. Erskine. — Não o creio. É possível, mas o caminho do paradoxo é o da verdade. Para experimentar a realidade é preciso vê-la na corda bamba. Quando as verdades se fazem acrobatas, então podemos julgá-las.

— Meu Deus! — interrompeu *lady* Agatha. — Como falam os homens! Nunca poderei compreendê-los. Mas, Harry, é contigo que estou zangada! Por que tentas persuadir o nosso gentil sr. Dorian Gray a abandonar East End? Asseguro-te que aí seria admirado. Admirariam muito o seu talento!

— Desejo que ele toque só para mim — declarou lorde Henry, sorrindo. E, olhando até a ponta da mesa, colheu um olhar brilhante que lhe respondia.

— São, porém, tão infelizes os de Whitechapel — continuou *lady* Agatha.

— Posso simpatizar com aquilo que entender, exceto com o sofrimento — disse lorde Henry, levantando os ombros. — Com isso, não! É muito feio, muito atroz, muito aflitivo. Há algo de terrivelmente doentio na piedade moderna. Podemos emocionar-nos com as cores, a beleza, a alegria de viver. Isto vale muito mais quanto menos nos referimos a chagas sociais.

— Entretanto, East End oferece um importante problema — disse gravemente sr. Thomas, balançando a cabeça.

— Exatamente — acentuou o jovem lorde. — É o problema da escravidão e nós tentamos resolvê-lo divertindo os escravos.

O político fixou-lhe o olhar com ansiedade:

— Que reformas proporia, então?

Lorde Henry pôs-se a rir.

— A não ser a temperatura, eu nada desejo reforma na Inglaterra — respondeu. — Sinto-me perfeitamente satisfeito com a contemplação filosófica. Como, porém, o século XIX extingue-se pela bancarrota, com seu eu gerando dispêndio de simpatia, eu proporia um apelo à ciência para nos indicar o caminho direito. O mérito das emoções é o de desvairar-nos e o mérito da ciência está em não emocionar.

— Nós, porém, temos tamanhas responsabilidades... — insinuou timidamente a senhora Vandeleur.

— Imensamente graves! — repetiu *lady* Agatha. Lorde Henry olhou o sr. Erskine:

— A humanidade sujeita-se muito aos sérios; é o pecado original do mundo. Se os homens das cavernas soubessem rir, a História teria sido bem diferente.

— O senhor é deveras confortante — murmurou a duquesa. — Eu me sentia sempre um pouco culpada quando vinha ver sua cara tia, pois não descubro o menor interesse em East End. De hoje em diante, serei capaz de olhá-la sem corar.

— O rubor é muito oportuno, duquesa — observou lorde Henry.

— Somente quando se é moça — respondeu ela —, mas, quando uma velha como eu enrubesce, é mau sinal. Ah! Lorde Henry, quanto desejaria que me ensinasse a voltar à juventude!

Ele refletiu um instante.

— Poderá a senhora lembrar-se de um grande pecado que haja cometido nos seus primeiros anos? — consultou ele, mirando-a por sobre a mesa.

— Um grande número, receio — exclamou ela.

— Pois bem! Cometa novos ainda — propôs ele gravemente. — Para nos remoçarmos, o melhor é recomeçarmos as nossas loucuras.

— É uma deliciosa teoria. Terei de pô-la em prática.

— Uma perigosa teoria — opinou sr. Thomas, franzindo os lábios.

Lady Agatha balançou a cabeça, mas não conseguiu mostrar-se divertida; sr. Erskine escutava.

— Sim — prosseguiu lorde Henry —, é um dos grandes prazeres da vida. Hoje, muita gente morre desse bom senso esparramado e só muito tarde percebe que as únicas coisas saudosas são os próprios erros.

Espalhou-se um riso pela mesa.

Lorde Henry recreava-se com a ideia, lançando-a, transformando-a, deixando-a escapar-se para recolhê-la no voo, irisando-a com a imaginação e alcançando-a nos paradoxos. O elogio da loucura atingiu a filosofia, uma filosofia modernizada, cheia de estonteante música do prazer, vestida de fantasia, a túnica maculada de vinho e guarnecida de heras, dançando como uma bacante sobre as colinas da vida e motejando o gordo Sileno pela sua sobriedade. Os fatos fugiam diante dela como as ninfas ariscas. Seus pés brancos pisavam o enorme lagar onde o sábio Omar se assentava; uma onda purpúrea e fervente inundava-lhe os membros nus, derramando-se como uma lava espumante pelos negros flancos da tina. Foi um improviso extraordinário. Ele percebeu que os olhares de Dorian Gray nele se fixavam, e a consciência de que no meio do seu auditório havia um ente que ele queria fascinar parecia aguçar-lhe o espírito e emprestar maior colorido à sua imaginação. Lorde Henry esteve brilhante, fantástico, inspirado. Encantou os seus próprios ouvintes, que escutaram até o fim essa alegre composição de flauta. Dorian Gray não lhe tirara os olhos de cima, como sob um feitiço, os sorrisos se emendavam nos lábios e o espanto agravava-se nos seus olhos sombrios.

Enfim, a realidade, em *libré* moderna, voltou à sala de jantar sob o aspecto de um criado, vindo anunciar à duquesa que a carruagem a esperava. Ela torceu os braços num cômico desespero.

— Que aborrecimento! — disse ela. — É preciso que eu parta, pois devo encontrar meu marido no clube, a fim de irmos a uma absurda reunião, que ele presidirá em Willis Room. Se me demorar, ficará furioso, e eu não posso provocar uma cena com este chapéu. É fragílimo. A menor palavra o poria em pedaços. Não, é preciso partir, cara Agatha. Até ver, lorde Henry. O senhor é francamente delicioso e terrivelmente desmoralizador. Não sei o que dizer de suas ideias. É preciso que venha jantar em nossa casa. Terça-feira, por exemplo, estará livre?

— Duquesa, abandonarei por si todo o mundo — afirmou lorde Henry, com uma reverência.

— Ah! É muito gentil, mas pode esquecer. Pense em vir. — E saiu majestosamente acompanhada de *lady* Agatha e das outras damas.

Quando lorde Henry tornou a sentar-se, sr. Erskine torneou a mesa e, tomando junto dele uma cadeira, pôs-lhe a mão num dos braços.

— Fala como um livro — disse. — E porque não escreve?

— Gosto muito de ler os outros para pensar, eu próprio, em escrever, sr. Erskine. Teria, efetivamente, prazer em preparar um romance, mas um romance que fosse tão adorável quanto um tapete da Pérsia e também irreal. Infelizmente, não existe público literário na Inglaterra, exceto para jornais, bíblias e enciclopédias. O sentido da beleza literária, os ingleses possuem menos do que todos os povos do mundo.

— Não tem razão — replicou sr. Erskine. — Eu próprio já tive ambições literárias, mas abandonei-as há muito tempo. Agora, meu caro e jovem amigo, se me permitir que assim o trate, posso saber se realmente pensa tudo o que nos disse almoçando?

— Esqueci-me totalmente do que disse — respondeu sorrindo lorde Henry. — Pronunciei alguma coisa de mau?

— Muito, mas considero-o extremamente perigoso e, se qualquer incidente prejudicar a nossa boa duquesa, todos nós o julgaremos como o principal responsável. Sim, gostaria de conversar com o senhor sobre a vida. A geração a que pertenço é aborrecida. Um dia, quando estiver fatigado da vida de Londres, venha a Treadley para me expor a filosofia do prazer, saboreando um admirável vinho da Borgonha que tenho a felicidade de possuir.

— Irei com muito gosto. Uma visita a Treadley é um grande favor. O dono da casa é perfeito e a biblioteca igualmente.

— Completará o conjunto — acrescentou o velho *gentleman* com uma saudação cortês. — E agora é preciso que eu me despeça de sua excelente tia. Sou esperado no Athenaeum. É a hora em que nós ali dormimos.

— Todos, sr. Erskine?

— Quarenta dentre nós, quarenta poltronas. Trabalhamos em uma academia literária inglesa.

Lorde Henry sorriu e ergueu-se.

— Vou ao parque — disse ele.

Como fosse saindo, Dorian Gray tocou-lhe no braço:

— Deixe-me ir consigo — murmurou.

— Pensei que houvesses prometido a Basil Hallward ir vê-lo.

— Quero, porém, acompanhá-lo primeiro. Sim, sinto que preciso acompanhá-lo. Consente? E espero que me fale constantemente. Ninguém fala como você.

— Ah! Mas já falei hoje bastante — observou lorde Henry, sorrindo. — O que desejo agora é examinar. Pode vir comigo. Observaremos juntos, se quiser.

IV

Uma tarde, um mês depois, Dorian Gray achava-se estendido em uma luxuosa poltrona, na pequena biblioteca da casa de lorde Henry, em Mayfair. A biblioteca era, no gênero, um atraente retiro, com altos forros lavrados de carvalho azeitonado, a frisa e o teto creme destacando a moldura e o tapete persa, cor de tijolo, de longas franjas de seda. Sobre uma mesinha de madeira polida, havia uma estatueta de Clodion, ao lado de um exemplar das *Cem novelas*, encadernado para Margarida de Valois por Clovis Eve e semeado de boninas de ouro, escolhidas para emblema por essa rainha. Em grandes vasos azuis da China, achavam-se dispostas tulipas listradas sobre o pano da chaminé. A viva luz adamascada de um dia de verão londrino entrava à farta através dos pequenos losangos de chumbo das janelas.

Lorde Henry ainda não havia entrado. Ele andava sempre atrasado por princípio, sendo de opinião que a pontualidade era um roubo de tempo. O adolescente parecia, assim, contrariado, folheando sem cuidado com o dedo uma edição ilustrada de *Manon Lescaut*, que encontrara numa das prateleiras da biblioteca. Incomodava-o o tique-taque monótono do relógio Luís XIV. Uma vez ou duas, lembrara-se de partir...

Enfim, percebeu o ruído de passos, fora, e a porta abriu-se.

— Como chegas atrasado, Harry — murmurou ele.

— Receio que não se trate de Harry, sr. Gray — falou uma voz clara.

Ele abriu vivamente os olhos e endireitou-se.

— Peço perdão. Pensava...

— Acreditava que fosse meu marido. É apenas sua esposa. É preciso que eu me apresente por mim mesmo. Conheço-o muito bem pelas suas fotografias. Creio que meu marido possui ao menos dezessete...

— Não. Como dezessete, *lady* Henry?

— Bom, então dezoito. E ainda à noite passada o vi em sua companhia, na Ópera.

Ela ria nervosamente falando-lhe e o observava com seus olhos de miosótis. Era uma curiosa mulher, cujos vestidos pareciam concebidos em acessos de raiva e preparados sob uma tempestade.

Estava sempre intrigada com alguém e, como seu amor jamais fora correspondido, conservava todas as ilusões. Procurava parecer pitoresca, mas só conseguia ser desordenada. Chamava-se Victoria e tinha a mania inveterada de ir à igreja.

— Foi durante o *Lohengrin*, *lady* Henry?

— Sim, foi durante esse precioso *Lohengrin*. Amo Wagner mais que ninguém. É tão ruidoso que se pode conversar durante todo o tempo sem ser ouvida. É uma grande vantagem, não concorda, sr. Gray?

O mesmo riso nervoso escapou de seus lábios finos e ela começou a brincar com um longo corta-papel de escamas.

Dorian sorriu, abanando a cabeça.

— Receio não ser da mesma opinião, *lady* Henry. Eu nunca falo durante a música, ao menos durante a boa música. Se se ouve má música, é dever abafá-la com o rumor da conversa.

— Ah! Aí está uma ideia de Harry, não é, sr. Gray? Apanho sempre as suas opiniões por meio de seus amigos: é mesmo o único meio que tenho para conhecê-las. Não pense, porém, que não gosto de boa música. Adoro-a, posto que me atemorize: faz-me um pouco romanesca. Tenho simplesmente um culto pelos pianistas, já adorei dois de uma só vez, como me dizia Harry. Nem sei o que eram; talvez fossem estrangeiros. Quase todos o são, até mesmo os nascidos na Inglaterra, não é verdade? É uma habilidade da parte deles e uma homenagem prestada à arte o fazê-la cosmopolita. Mas porque não vem às minhas reuniões, sr. Gray? É preciso vir. Não posso oferecer orquídeas, mas não poupo despesa alguma para atrair os estranhos. Eles se prestam a uma camaradagem tão pitoresca... Eis Harry! Harry, eu vinha pedir-te qualquer coisa, ou sei lá o quê, e aqui encontrei sr. Gray. Tivemos uma palestra divertida, a propósito da música. Temos afinal as mesmas ideias. Não! Creio que divergimos, mas ele foi verdadeiramente amável. Sinto-me muito contente por havê-lo descoberto.

— Estou enlevado, minha querida, todo enlevado — disse lorde Henry, soerguendo as sobrancelhas negras e arqueadas e contemplando os dois com um sorriso faceto. — Sinto-me seriamente contrariado por chegar tão atrasado, Dorian; estive na rua Wardour procurando um pedaço de velho brocado e precisei negociar por duas horas. Hoje, cada qual sabe o preço de tudo e ninguém sabe o valor de coisa alguma.

— Sou forçada a deixá-los — exclamou *lady* Henry, rompendo o silêncio com uma intempestiva risada. — Prometi à duquesa acompanhá-la de carro. Até logo, sr. Gray. Até logo, Harry. Vão jantar fora? Eu também. Talvez os encontre em casa de *lady* Thornbury.

— É provável, cara amiga — disse lorde Henry, cerrando a porta depois de ela passar.

Semelhantemente a uma ave do paraíso, que houvesse passado a noite sob a chuva, ela voou, deixando um sutil odor de frangipana. Ele acendeu um cigarro e atirou-se ao canapé.

— Nunca te cases com uma mulher de cabelos cor de palha, Dorian — aconselhou ele, depois de algumas baforadas.

— Por quê, Harry?

— Porque são muito sentimentais.

— Eu gosto de pessoas sentimentais.

— Não te cases nunca, Dorian. Os homens se casam por fadiga, as mulheres, por curiosidade: todos são logrados.

— Não creio que esteja em ponto de me casar, Harry. Sou excessivamente amoroso. Eis um dos teus aforismos. Eu o ponho em prática, como tudo o que dizes.

— De quem andas amoroso? — perguntou lorde Harry depois de uma pausa.

— De uma atriz — confessou Dorian Gray, corando.

Lorde Harry sacudiu os ombros:

— É um início bem comum...

— Não dirias isso, se a houvesse visto, Harry.

— Quem é?

— Chama-se Sibyl Vane.

— Nunca ouvi falar...

— Ninguém ouviu; mas hão de falar dela um dia. É genial.

— Meu caro ingênuo, nenhuma mulher é genial. As mulheres formam um sexo decorativo. Nunca sabem o que dizer, mas dizem-no de uma maneira admirável. As mulheres representam triunfo da matéria sobre a inteligência, assim como os homens representam o triunfo da inteligência sobre os costumes.

— Harry, podes afirmar isso?

— Meu caro Dorian, é absolutamente verdadeiro. Analiso a mulher neste momento e, assim, devo conhecê-la. O assunto é menos abstrato do que eu pensava. Em resumo, descubro que só há duas espécies de mulheres: as naturais e as postiças. As mulheres naturais são muito úteis. Se queres adquirir uma reputação de respeitabilidade, só tens que conduzi-las a cear. As outras são inteiramente agradáveis; todavia, cometem uma falta. Pintam-se para ensaiar a juventude. Nossas avós pintavam-se para parecer mais brilhantes. O "Vermelhão e o Espírito" andavam juntos. Tudo isso acabou. Enquanto uma mulher pode parecer dez anos mais moça que sua própria filha, está perfeitamente satisfeita. Quanto à conversação, não há mais de cinco mulheres em Londres, às quais valha a pena dirigir-se a palavra, e duas delas não podem ser recebidas em uma sociedade que se respeita. A propósito, fala-me do teu gênio. Desde quando a conheces?

— Ah! Harry, as tuas ideias me aterrorizam!

— Não dês importância. Desde quando a conheces?

— Há três semanas.

— E como a encontraste?

— Conto-te, sob a condição de que não rias, Harry, mas não quero que... Afinal, o fato nunca se daria, se eu não te houvesse encontrado. Tu me encheste do ardente desejo de tudo saber da vida. Durante dias, após o nosso encontro, qualquer coisa de novo parecia pulsar-me nas veias. Quando passeava por parque Hyde ou descia por Piccadilly, observava todos os transeuntes, imaginando com a mais viva curiosidade que espécie de existência poderia levar cada um deles. Alguns me fascinavam. Outros me apavoravam. Havia como um esquisito veneno no ar. Eu tinha a paixão dessas sensações... Pois bem, uma noite, pelas sete horas, resolvi sair em busca de qualquer aventura. Sentia que a nossa cinzenta e monstruosa Londres, com seus milhões de habitantes, seus sórdidos pecadores e seus pecados esplêndidos, como dizias, devia ter para mim qualquer coisa reservada. Imaginava mil coisas. O simples perigo produzia-me uma sorte de contentamento. Lembrava-me de tudo quanto me disseras durante essa maravilhosa tarde, quando jantamos juntos pela primeira vez, a propósito da pesquisa da beleza, que é o verdadeiro sentido da existência. Não sei bem o que esperava, mas encaminhei-me para leste e logo me perdi em um labirinto de vielas escuras e ferozes e praças de relva pelada. Pelas oito e meia, passei diante de um absurdo teatrinho flamejante de fios de luzes e com cartazes multicores. Um horrendo judeu, vestindo o mais espantoso jaleco que já vi em minha vida encontrava-se à entrada, fumando um ignóbil charuto. Tinha cabelos oleosos e um enorme diamante faiscava no plastrão manchado de sua camisa. "Quereis um camarote, *my lord?*", disse ele, logo que me percebeu e levantado o chapéu com um servilismo especial. Achei qualquer coisa de divertido nele, Harry. Era um verdadeiro monstro. Tu rirás de mim, bem sei, mas a verdade é que entrei e paguei um guinéu por esse camarote. Hoje, não poderia dizer como isso se passou; e, entretanto, se assim não tivesse sido, meu caro Harry, se assim não fosse, eu teria perdido o mais magnífico romance de toda a minha vida... Percebo que ris. Não fazes bem.

— Não estou rindo, Dorian. Ou, ao menos, não estou rindo de ti, mas não precisas dizer: o mais magnífico romance da tua vida. Deves dizer o primeiro romance de toda a tua vida. Tu serás sempre amado e estarás sempre amoroso. *Uma grande paixão* é a sorte daqueles que nada têm a fazer. É a única utilidade das classes desocupadas de um país. Nada receies. Esperam-te prazeres exóticos. Isto agora é apenas o começo.

— Julgas-me uma natureza tão fútil? — quis saber Dorian Gray aborrecido.

— Não, acho-a até profunda.

— Que queres dizer?

— Meu caro filho, os verdadeiros fúteis são os que amam só uma vez na vida. O que eles chamam a sua lealdade ou fidelidade eu classifico o sono do hábito ou a sua falta de imaginação. A fidelidade é para a vida sentimental o mesmo que a estabilidade é para a vida intelectual — simplesmente uma confissão de impotência. A fidelidade! Eu a analisarei um dia! Há nela a paixão da propriedade. Abandonaríamos muitas coisas, se não tivéssemos o receio de que outros as recolhessem. Não quero, porém, interromper-te. Prossegue na tua narração.

— Bem. Achava-me, pois, instalado em um horroroso camarote, fronteiro a um vulgaríssimo pano de entreato. Pus-me a contemplar a sala. Era uma lantejoulada decoração de cornucópias e Cupidos; pode-se dizer que era a câmara montada para um casamento de terceira classe. As galerias e a plâteia regurgitavam de espectadores, mas as duas fileiras de poltronas sujas estavam absolutamente vazias e havia justamente uma pessoa no que eu suponho que devessem chamar a varanda. Mulheres circulavam com laranjas e cerveja gengibrada; fazia-se um espantoso consumo de nozes.

— Devia ser como nos gloriosos dias do drama inglês.

— Com certeza. Muito sem conforto, aliás, comecei a indagar o que poderia fazer, quando lancei os olhos ao programa! Que imaginas que representavam, Harry?

— Suponho que *O idiota* ou *O mundo inocente*. Nossos pais gostavam muito dessa sorte de peças. Quanto mais vivo, Dorian, mais vivamente sinto que o que era bom para nossos pais não presta para nós. Tanto em arte como em política, *les grands-pères ont toujours tort*...

— Esse espetáculo era bom para nós, Harry. Era *Romeu e Julieta*. Devo confessar que me contrariou a ideia de ver Shakespeare representado naquela bagunça. Sentia-me, todavia, intrigado. A todo risco decidi-me esperar o primeiro ato. Havia uma maldita orquestra, dirigida por um jovem hebreu sentado num piano em ruínas, que me provocava a vontade de sair, mas ergueu-se o pano e a peça começou. Romeu era um gordo *gentleman* idoso, com sobrancelhas enegrecidas à rolha queimada, uma voz rouca de tragédia e uma figura como um barril de cerveja. Mercúcio era quase tão feio. Representava como esses cômicos de baixo grau, que juntam suas alucinações aos papéis, e parecia entender-se muito amigavelmente com a plateia. Eram ambos tão grotescos como as decorações. Os espectadores poderiam julgar-se em uma barraca de mascataria. Mas Julieta! Imagina, Harry, uma donzela de dezessete anos apenas, com a figura de uma flor, uma pequena cabeça grega com tranças de castanho carregado, olhos apaixonados de profundezas violáceas e lábios como pétalas de rosa! Era a mais adorável figura que eu jamais vira. Disseste-me uma vez que eras insensível perante o patético. Essa beleza, porém, essa simples beleza te traria lágrimas aos olhos. Asseguro-te, Harry, que apenas vi essa moça através da névoa de pranto que me umedeceu as pálpebras. E a voz! Nunca ouvi voz igual! Falava muito baixo a princípio, em tom profundo e melodioso, como se sua palavra só se destinasse a um ouvido. Depois fez-se ouvir mais alto e o som lembrava o de uma flauta ou de um oboé longínquo. Na cena do jardim, havia um êxtase tremente que se percebe antes da aurora, quando cantam os rouxinóis. Um pouco depois, havia momentos em que essa voz tomava o tom de intensa paixão dos violinos. Tu sabes quanto uma voz pode comover. Tua voz e a de Sibyl Vane são duas músicas que nunca mais esquecerei. Quando cerro os olhos, eu as ouço, e cada uma delas fala diversamente. Não sei qual delas seguir. Por que não a amaria, Harry? Amo-a. Ela é tudo para mim na vida. Todas as noites vou vê-la representar. Um dia é Rosalinda e, no dia seguinte, Imogênia. Eu a vi morrer no horror sombrio de um túmulo italiano, aspirando o veneno dos lábios de seu amante. Acompanhei-a, errando na floresta de Ardenas, disfarçada em rapazote, de gibão e polainas, com um pequeno chapéu. Estava doida e achava-se em face de um rei culpado, a quem fazia tomar ervas amargas. Ela era inocente e as negras mãos do ciúme comprimiam-lhe a garganta fina como uma cana. Admirei-a em todos os tempos e sob todos os costumes. As mulheres ordinárias não despertam as nossas imaginações. São limitadas à sua época. Nenhuma magia as transfigura. Conhecemos os seus corações como os seus chapéus. Adivinha-se tudo nelas; em nenhuma delas há mistério. Passam as manhãs no parque e tagarelam em chás, à tarde. Trazem os sem sorrisos estereotipados e regulam as suas maneiras pela moda. São perfeitamente límpidas. No entanto, uma atriz! Quão diferente é uma atriz! Harry! Por que não me ensinaste que o único ser digno do amor é uma atriz?

— Porque já amei demais, Dorian.

— Ah! Sim, horrendas criaturas de cabelos tintos e peles pintadas.

— Não desprezes os cabelos tintos e as peles pintadas que, muitas vezes, têm um encanto extraordinário — disse lorde Henry.

— Fora melhor não te haver falado de Sibyl Vane.

— Não poderias agir de outro modo, Dorian. Durante toda a tua vida, de hoje em diante, tu me contarás tudo que fizeres.

— Sim, Harry, creio que isso é verdade. Não posso deixar de dizer-te tudo. Exerces uma singular influência sobre mim. Se algum dia cometesse um crime, iria buscar-te para confessá-lo. Tu me compreendes.

— Os homens como tu, fatídicos raios de sol da existência, não cometem crimes, Dorian. Agradeço-te, todavia, as atenções. E agora dize-me — passa-me os fósforos... Obrigado —, quando estreitas as tuas relações com Sibyl Vane?

Dorian Gray deu um salto, ruborizou-se e seus olhos incendiaram-se:

— Harry! Sibyl Vane é sagrada!

— Só as coisas sagradas merecem pesquisa, Dorian — disse lorde Henry, com estranho acento, penetrante. — Por que te inquietas? Ela será tua qualquer dia. Quando se ama, a princípio cada um abusa de si próprio, mas sempre acaba abusando dos outros. É o que o mundo chama um romance. Em todo caso, tu a conheces...

— Conheço-a, não há dúvida. Desde a primeira noite em que fui ao teatro, o horroroso judeu veio rondar em torno de meu camarote e, findo o espetáculo, propôs-se a apresentar-me a ela. Revoltei-me e disse-lhe que Julieta estava morta havia séculos, e que seu corpo repousava em um túmulo de mármore em Verona. Pelo seu olhar surpreso, compreendi que ele teve a impressão de que eu houvesse bebido muito champanhe ou coisa que o valha.

— Não me surpreendo.

— Então, o homem perguntou-me se eu escrevia em algum jornal. Respondi-lhe que nem sequer os lia. Ele pareceu-me extremamente desapontado, depois confiou-me que tinha coligados contra si todos os críticos dramáticos e que estes se vendiam.

— Quanto ao primeiro ponto, nada posso dizer, mas quanto ao segundo, a julgar pelas aparências, eles não devem custar muito caro.

— Talvez, mas o homem mostrava acreditar que eles estavam acima dos seus recursos — disse Dorian rindo. — Nesse ponto, apagaram-se as luzes do teatro e eu tratei de retirar-me. O judeu quis fazer-me fumar charutos, que recomendava insistentemente, mas declinei do oferecimento. Na noite seguinte, naturalmente, voltei. Desde que ele me viu, fez-me uma profunda reverência, assegurou-me que eu era um magnífico protetor das artes. Era uma temível alimária, embora alimentasse uma extraordinária paixão por Shakespeare. Disse-me uma vez, com orgulho, que as suas cinco falências eram inteiramente devidas ao Bardo, como ele o chamava com persistência. Parecia possuir nisso um título de glória.

— Era um título, meu caro Dorian, verdadeiro. Muita gente se arruína por haver muito ousado nesta era de prosa. Arruinar-se pela poesia é uma honra. Quando, porém, falaste pela primeira vez com a senhorita Sibyl Vane?

— Na terceira noite. Ela havia representado Rosalinda. Eu não podia decidir-me. Havia-lhe atirado flores e ela me havia olhado, como eu, ao menos, presumia. O velho judeu insistia. Mostrou-se tão resolvido a conduzir-me ao palco que eu, por fim, consenti. É curioso, não achas, esse retraimento?

— Não.

— Meu caro Harry, por quê?

— Eu te direi depois. Agora quero saber o que aconteceu à moça.

— Sibyl? Ah! Estava tão tímida, tão encantadora! Lembra uma criança; seus olhos abriam-se maravilhados, quando lhe falava no seu talento; parece absolutamente inconsciente da própria força. Creio que estávamos um pouco enervados. O velho judeu fazia caretas no corredor do camarim poeirento, palrando por nossa conta, enquanto nos contemplávamos como crianças. Ele perseverava em chamar-me *my lord* e eu fui forçado a declarar a Sibyl que absolutamente não era tal. Ela disse-me singelamente: "Tendes antes um ar de príncipe e eu quero chamar-vos o Príncipe Encantador".

— Realmente, Dorian, senhorita Sibyl sabe dirigir um cumprimento!

— Tu não a compreendes, Harry... Ela me considerava um herói de teatro. Não sabe nada da vida. Vive com a mãe, uma velha abatida que, na primeira noite, representava a *lady* Capuleto, numa espécie de roupão vermelho, e que parecia ter conhecido melhores dias.

— Conheço esse aspecto. Desanima — resmungou lorde Henry, examinando os anéis.

— O judeu quis contar-me sua história, mas eu declarei-lhe que não me interessava.

— Tens razão. Há qualquer coisa de infinitamente mesquinho nas tragédias dos outros.

— Sibyl é o único ente que me interessa. Que me importa saber de onde ela vem? De sua cabecinha aos seus pés minúsculos, ela é absolutamente divina. Cada noite vou vê-la representar e cada noite ela é mais maravilhosa.

— Eis porque, sem dúvida, não jantas mais comigo. Bem imaginei que tinhas qualquer romance preparado. Não me enganei, mas isso não é, certamente, o que eu esperava.

— Meu caro Harry, nós almoçamos e ceamos juntos todos os dias, e fui à Ópera contigo várias vezes — disse Dorian, arregalando os olhos azuis espantados.

— Chegas sempre tão tarde!

— Não posso, porém, deixar de ir ver Sibyl, durante um ato que seja! — exclamou ele. — Vou faminto da sua presença. E, quando penso na alma prodigiosa que se esconde nesse corpinho de marfim, sinto-me angustiado!

— Podes jantar comigo esta noite, Dorian?

Dorian balançou a cabeça.

— Hoje à noite ela é Imogênia e, amanhã, será Julieta.

— Quando ela é Sibyl Vane?

— Nunca.

— Felicito-te.

— Como és perverso! Ela resume todas as grandes heroínas do mundo em uma só pessoa. É mais que uma individualidade. Tu ris e eu disse-te que ela era genial. Amo-a; é preciso que me faça amar por ela. Tu, que conheces todos os segredos da vida, ensina-me o que devo fazer para que Sibyl Vane me ame! Quero fazer Romeu ciumento. Quero que todos os amantes de outrora nos ouçam rir e fiquem tristes! Quero que um sopro de nossa paixão reanime as suas cinzas e os desperte na sua pena! Meu Deus! Harry, como eu a adoro.

Dorian ia e vinha de um para outro lado no gabinete; um rubor de febre inflamava-lhe as faces. Parecia excitadíssimo.

Lorde Harry observava-o com um sutil sentimento de prazer. Como era diferente, agora, do rapaz tímido, amedrontado, que ele havia encontrado no ateliê de Basil Hallward! O natural havia-se desenvolvido como uma flor desabrochada em feitio de um guarda-chuva escarlate. A alma saíra do esconderijo e o desejo a tinha encontrado.

— E o que propões fazer? — interrogou, enfim, lorde Harry.

— Queria que tu e Basil viésseis comigo vê-la trabalhar, uma noite destas. Não tenho a menor dúvida quanto ao resultado. Ambos reconhecerão certamente o seu talento. Então havemos de retirá-la das mãos do judeu. Ele contratou-a por três anos, ou dois anos e oito meses, presentemente. Deverei, sem dúvida, pagar qualquer coisa. Feito isto, procurarei um teatro em West End e a tornarei convenientemente conhecida. Ela extasiará o mundo.

— Isto é impossível.

— Sim, ela o conseguirá. Ela não só tem talento, o instinto consumado da arte, como uma verdadeira personalidade. E muitas vezes me disseste que eram as personalidades e não os talentos que revolviam as épocas.

— Bem, quando iremos nós?

— Vejamos, hoje é terça-feira... Amanhã! Ela, amanhã, interpretará Julieta.

— Muito bem. No Bristol, às oito horas. Eu trarei Basil.

— Às oito horas, não, Harry, por favor! Às seis e meia. É necessário que lá estejamos antes da subida do pano. Devemos vê-la no primeiro ato, quando ela encontra Romeu.

— Seis e meia! Que horário! Teremos então um chá ou uma leitura de romance inglês... Escolhamos sete horas. Nenhum *gentleman* janta antes das sete horas. Verás Basil ou devo escrever-lhe?

— Caro Basil! Há uma semana não o vejo! Procedo mal com ele. Enviou o meu retrato numa admirável moldura, especialmente por ele desenhada, e, embora eu tenha ciúme da pintura, um mês mais jovem que eu, devo reconhecer que me deleita. Talvez fosse melhor que lhe escrevesses, pois não desejo vê-lo só... Diz-me coisas enfadonhas e dá-me bons conselhos.

Lorde Henry sorriu:

— Por prazer, nos desembaraçamos do que precisamos. É o que eu chamo o abismo da generosidade.

— Ah! Basil é o melhor dos meus camaradas, mas parece-me um pouco filisteu. Descobri isto, Harry, desde que te conheço.

— Basil, meu caro, emprega em suas obras tudo quanto há nele de delicioso. A consequência é que só conserva para a sua vida os seus prejuízos, os seus princípios, o seu senso comum. Os únicos artistas que conheci pessoalmente deliciosos eram maus artistas. Os verdadeiros artistas só existem no que produzem e, por conseguinte, as suas pessoas não oferecem interesse algum. Um grande poeta, um verdadeiro grande poeta, é o mais prosaico dos seres. Os poetas inferiores, porém, são os homens mais sedutores. Quanto pior sabem rimar, mais pitorescos se tornam. O simples fato de haver publicado um livro de sonetos de segunda ordem torna um homem perfeitamente irresistível. Este vive o poema que não consegue escrever; os outros escrevem o poema que não ousam realizar.

— Creio que é verdadeiramente assim, Harry — disse Dorian Gray, perfumando o lenço em um grande frasco de tampo de ouro que se achava sobre a mesa. — Assim deve ser, mesmo porque dizes. E agora adeus. Imogênia me espera. Amanhã, não te esqueças. Até logo.

Assim que o outro partiu, caíram as pesadas pálpebras de lorde Henry e este pôs-se a refletir. Na verdade, poucos seres jamais o tinham interessado tanto quanto Dorian Gray, e a paixão do adolescente por quem fosse causava-lhe um ligeiro arrepio de aborrecimento ou de ciúme. Estava contente. Aos seus próprios olhos, tornava-se mais um interessante objeto de estudo. Sempre fora dominado pelo atrativo das ciências, mas os assuntos ordinários das ciências naturais haviam-lhe parecido vulgares e pouco curiosos. De sorte que havia começado pela análise de si mesmo e acabava por analisar os outros. A vida humana — eis a única coisa que lhe parecia digna de investigação. Nenhuma outra, comparativamente, apresentava o menor valor. Na verdade, quem considerasse a vida e seu estranho cadinho de dores e delícias, não poderia suportar na face a máscara de vidro do químico nem impedir que os vapores sulfurosos lhe turvassem o cérebro e imbuíssem a sua imaginação de monstruosas fantasias e sonhos disformes. Havia venenos tão sutis que, para conhecer as suas propriedades, seria preciso alguém experimentá-los em si próprio. Havia moléstias tão exóticas que alguém deveria suportá-las, se quisesse conhecer a sua natureza. E, então, que recompensa! Quão prodigioso se tornaria o mundo inteiro! Notar a áspera e estranha lógica das paixões, a vida emocional e colorida da inteligência, observar o ponto em que elas se encontram ou se separam, como vibram uníssonas e como discordam nisso haveria um verdadeiro gozo! Que importava o seu preço? Nunca seriam pagas muito caro tais sensações.

Ele tinha consciência de que — e tal pensamento punha-lhe um brilho de prazer nos olhos de ágata escura... — era devido a certas palavras suas, palavras musicais, pronunciadas em tom musical, que a alma de Dorian Gray se voltara para essa branca jovem e tombara em adoração diante dela. O adolescente era de algum modo sua própria criação. Ele o fizera abrir-se prematuramente à vida. Era alguma coisa. A gente vulgar espera que a vida lhe descubra os segredos. Ao menor número, porém, aos mais seletos, esses mistérios são revelados antes que o véu seja arrancado. Algumas vezes, isso é um efeito de arte, particularmente da literatura, que afeta diretamente as paixões e a inteligência. De tempos em tempos, porém, uma personalidade complexa toma o lugar da arte, torna-se assim, no seu gênero, uma verdadeira obra de arte, tendo a vida as próprias obras-primas, tal qual a poesia, a escultura ou a pintura.

Sim, o adolescente era precoce; ceifava na primavera. Existia nele o impulso da paixão e da mocidade, mas tornava-se pouco a pouco consciente de si mesmo. Era um gosto observá-lo. Com sua bela figura e sua bela alma devia fazer sonhar. Por que inquietar-se pela maneira como acabaria ou com o fim fatal disso tudo? Ele era como uma dessas graciosas figuras de um espetáculo, cujas alegrias nos espantam, mas cujas mágoas nos despertam o sentimento da beleza e as chagas nos aparecem como rosas rubras.

A alma e o corpo, o corpo e a alma, que mistérios! Há animalidade na alma enquanto o corpo possui momentos de espiritualidade. Os sentidos podem afinar-se e a inteligência, degradar-se. Quem seria capaz de dizer onde cessam as impulsões da carne e onde começam as sugestões psíquicas?

Como são limitadas as arbitrárias definições dos psicólogos! E que dificuldade de decidir entre as pretensões das diversas escolas! A alma seria uma sombra reclusa na casa do pecado? Ou o corpo e a alma não seriam realmente senão uma só coisa, como pensava Giordano Bruno? A separação do espírito e da matéria era um mistério, como era também um mistério a união da matéria e do espírito.

Como tentamos fazer da psicologia uma ciência tão absoluta, capaz de revelar-nos as menores molas da vida? Na verdade, nós nos iludimos constantemente e raramente compreendemos os outros. A experiência não tem valor ético. É somente o nome que os homens dão a seus erros. Os moralistas a apreciam, de ordinário, como uma forma de aviso. Reclamaram para ela uma eficácia ética na formação dos caracteres. Elogiaram-na como qualquer coisa que nos ensinasse o que cumpre fazer-se e o que convém evitar-se. Não existe, porém, poder algum ativo na experiência. Ela é uma coisinha móvel como a própria consciência. Tudo quanto está verdadeiramente demonstrado é que o nosso futuro poderá ser o que foi o nosso passado e que o pecado, em que uma vez caímos com desgosto, nós o cometeremos ainda muitas vezes, e com prazer.

Tornava-se evidente para lorde Harry que o método experimental é o único pelo qual se pode chegar à análise científica das paixões e que Dorian Gray era, certamente, para ele um assunto prometedor de ricos e frutuosos resultados. Sua paixão súbita por Sibyl Vane não era um fenômeno psicológico de estreito interesse. Sem dúvida, a curiosidade aí entrava em grande parte, a curiosidade e o desejo de adquirir uma nova experiência; mas a paixão era mais complexa que simples. O que continha de puro instinto sensual de puberdade havia-se transformado, pelo trabalho da imaginação, em qualquer coisa que parecia ao adolescente alheia aos sentidos e não era, por isso, menos grave. As paixões sobre cuja origem nos enganamos tiranizam-nos mais violentamente do que todas as outras. Nossos mais fracos motores são aqueles de que conhecemos a natureza. Muitas vezes acontece que, quando pensamos fazer uma experiência nos outros, fazemo-la em nós mesmos.

Enquanto lorde Henry, assentado, refletia sobre todas essas coisas, bateram na porta e seu criado entrou para lembrar-lhe que era tempo de vestir-se para o jantar. Ele levantou-se e espiou a rua. O sol poente inflamava de púrpura e ouro as janelas altas das casas fronteiras. As vidraças lampejavam como placas de metal ardente. No alto, o céu parecia uma rosa fanada. Ele pensou na vitalidade impetuosa de seu jovem amigo, curioso de saber como tudo findaria.

Quando regressou a casa, por volta de meia-noite e meia, encontrou um telegrama sobre a mesa. Abriu-o e percebeu que era de Dorian Gray. Este participava-lhe que havia prometido se casar com Sibyl Vane.

V

— Mãe, minha mãe, como estou contente! — suspirava a moça, envolvendo o rosto no avental da velha de feições fatigadas e deprimidas, que, de costas voltadas para a clara luz das janelas, estava assentada na única poltrona da saleta pobre. — Estou tão contente! — repetia ela. É preciso que estejas contente também!

A senhora Vane estremeceu e pousou na cabeça da filha suas mãos magras e branqueadas de bismuto.

— Contente — repetiu também — eu só me sinto quando te vejo representar. Tu não devias pensar em outra coisa. Sr. Isaacs foi muito bom para nós e nós lhe devemos dinheiro.

A moça ergueu a cabeça aninhada:

— Dinheiro! Mãe — inquiriu ela —, que quer dizer? O amor vale mais que o dinheiro.

— Sr. Isaacs nos adiantou cinquenta libras para o pagamento de nossas dívidas e para fornecermos uma roupa conveniente a James. Tu não deves esquecer isso, Sibyl. Cinquenta libras formam uma grande soma. Sr. Isaacs foi muito amável.

— Não é um *gentleman*, minha mãe, e detesto o seu modo de falar comigo — replicou a moça, levantando-se e dirigindo-se à janela.

— Não sei como nos arranjaremos sem ele — objetou a velha, gemendo.

Sibyl Vane balançou a cabecinha e pôs-se a rir.

— Mãe, não teremos mais necessidade dele, de ora em diante. O Príncipe Encantador ocupa-se de nós.

Calou-se. O sangue afluíra-lhe às faces. Uma respiração ofegante entreabriu as pétalas de seus lábios trêmulos. Uma aragem quente de paixão parecia envolver e agitar as dobras graciosas de sua roupa.

— Eu o amo! — disse ela simplesmente.

— Criança tola! Criança louca! — clamou a velha, acentuando a resposta com um gesto grotesco dos dedos recurvos carregados de joias falsas.

A menina ainda riu. Havia em sua voz o júbilo de um pássaro na gaiola. Seus olhos colhiam a melodia e a traduziam no próprio brilho; cerravam-se depois um instante, como para guardar um segredo. Quando se abriam de novo, a bruma de um sonho havia passado por eles. A sabedoria de lábios murchos falava-lhe na velha poltrona, sibilando-lhe essa prudência inscrita no livro da covardia com o nome de senso comum. Ela não escutava. Sentia-se livre na prisão de sua paixão. Seu príncipe, o Príncipe Encantador, estava com ela. Recorrera à memória para tê-lo perto, a sua alma prendia-o. Seus beijos queimavam-lhe os lábios. As pálpebras, sentia-as aquecidas pelo seu hálito.

A sabedoria então mudou de método e falou em inquérito e espionagem. O rapaz talvez fosse rico, e, neste caso, poder-se-ia pensar em casamento. A moça percebia as vogas da astúcia humana rebentando junto às conchas de suas orelhas. Crivavam-na todas as setas do ardil. Percebeu que os lábios murchos se alongavam e de novo sorriu.

Subitamente experimentou a necessidade de falar. Agastava-se com o monólogo da velha.

— Mãe, mãe — bradou —, por que tanto há de ele me amar? Quanto a mim, bem sei porque o amo. É porque ele é tal que poderia ser o próprio Amor. Que vê ele, porém, em mim? Não sou digna dele. E, entretanto, não saberei como explicar, julgando-me bem inferior a ele, não sinto até agora a humildade. Sou altiva, extremamente altiva... Mãe, dedicarias tanto amor a meu pai como eu ao Príncipe Encantador?

A velha mulher empalideceu sob a camada de pó que lhe cobria o rosto e seus lábios secos se torceram num esforço doloroso.

Sibyl correu para ela, passou-lhe os braços pelo pescoço e deu-lhe beijos:

— Perdão, minha mãe, eu sei quanto te são penosas as referências a meu pai. Não é, porém, porque o amasses muito. Não te entristeças tanto! Eu também sou hoje tão feliz como eras há vinte anos. Ah! Pudesse eu ser sempre feliz!

— Minha filha, tu és muito criança para pensar em amor. E, depois, que sabes tu desse rapaz? Ignoras até seu nome. Tudo isso é aflitivo e, verdadeiramente, no momento em que James vai partir para a Austrália e em que tenho tantos cuidados, acho que devias mostrar-te menos inconsiderada. Entretanto, como eu já disse, se ele for rico...

— Ah! Mãe, mãe! Deixa-me ser feliz!

A senhora Vane mirou-a e, com um desses falsos gestos cênicos que, muitas vezes, nos atores são como uma segunda natureza, estreitou sua filha nos braços. Neste momento, a porta abriu-se e entrou um rapaz de cabelos castanhos eriçados. Tinha a figura maciça, grandes pés e grandes mãos e qualquer coisa de brutal nos movimentos. Não possuía a distinção de sua irmã. Custava-se a acreditar no próximo parentesco que os unia. A senhora Vane fixou os olhos nele e intensificou seu sorriso. Mentalmente, elevou seu filho à dignidade de uma plateia. Estava certa de que o quadro devia ser tocante.

— Devias guardar um pouco de teus beijos para mim, Sibyl — disse o rapaz, numa queixa amigável.

— Ah! Mas tu não gostas dos beijos que te damos — ponderou ela. — Jim, tu és um triste urso velho! — E pôs-se a correr na saleta, a dar-lhe beliscões.

James Vane olhou com ternura a irmã.

— Desejaria que viesses passear comigo, Sibyl. Creio bem que nunca mais tornarei a ver esta vil Londres e, decerto, não demoro.

— Meu filho, não digas essas coisas tão tristes — murmurou a senhora Vane, apanhando com suspiros um pretensioso vestido de teatro e procurando agitá-lo.

Ela lastimava que o filho houvesse chegado tarde para poder juntar-se ao grupo de momentos antes. Ele teria aumentado o patético da situação.

— Por quê, minha mãe?

— Porque me afliges, meu filho. Espero que tu voltes da Austrália com uma bela posição. Penso não haver sociedade alguma nas colônias ou outra coisa a que se possa dar este nome; assim, quando fizeres fortuna, voltarás a tomar o teu lugar em Londres.

— A sociedade — resmungou o rapaz. — Nada quero conhecer dela. Eu desejaria ganhar bastante dinheiro para fazer vocês duas deixarem o teatro, você e Sibyl. Detesto o teatro.

— Ah! Jim! — retrucou, rindo, Sibyl. — Como és pouco amável! Mas queres, realmente, passear comigo? Será uma gentileza! Receava que fosses apresentar despedidas a alguns de teus amigos, a Tom Hardy, que te deu esse horrível cachimbo, ou a Ned Langton, que escarnece das tuas pitadas. É muito amável de tua parte teres-me reservado a tua última tarde. Aonde iremos nós? Se fôssemos ao parque!

— Eu estou muito surrado — replicou ele carrancudo. Só as pessoas elegantes vão ao parque.

— Que asneira, Jim — suspirou ela, passando a mão pela manga do seu vestido.

Ele hesitou um momento.

— Bem, eu vou — disse por fim, —, mas não demores muito a vestir-te.

Ela saiu dançando. Ouviram-na cantarolar, ao subir a escada, e, em cima, os saltinhos de seus pés miúdos.

Ele percorreu a sala duas ou três vezes. Depois voltou-se para a velha, imóvel na sua cadeira:

— Mãe, as minhas coisas estão preparadas? — interrogou.

— Tudo está pronto, James — respondeu ela, sem tirar os olhos do seu trabalho.

Durante meses, sentira-se pouco à vontade, quando se achava só com esse filho duro e severo. Sua leviandade natural era perturbada quando os olhares de ambos se cruzavam. Intimamente, ela sempre se consultava se ele nada desconfiaria. Como ele não fizesse observação alguma, o silêncio tornou-se-lhe intolerável. Iniciou, assim, as lamúrias. As mulheres defendem-se atacando, do mesmo modo que atacam por estranhas e súbitas derrotas.

— Espero, James, que te satisfaças com a tua existência de ultramar — disse ela. — É preciso te lembrar de que tu mesmo a escolheste. Terias podido entrar para o escritório de um advogado. Estes formam uma classe respeitável, e muitas vezes, no interior, jantam em casa das melhores famílias.

— Odeio os escritórios e os empregados — atalhou ele —, mas a senhora tem razão; eu mesmo escolhi o meu gênero de vida. Tudo o que lhe posso dizer é que deve velar por Sibyl. Não consinta que lhe aconteça uma desgraça. Mãe, é preciso prestar bem atenção.

— James, tu falas de modo estranho. Sem dúvida, hei de velar por Sibyl.

— Ouvi dizer que um cavalheiro vinha todas as noites ao teatro e passava ao camarim para falar-lhe. É direito? Que quer isso dizer?

— Falas de coisas que não compreendes, James. No exercício da nossa profissão, estamos habituadas a receber muitas homenagens. Eu mesma, no meu tempo, ganhei muitas flores. Era quando a nossa arte era verdadeiramente compreendida. Quanto a Sibyl, não posso ainda saber se a sua predileção é séria ou não, mas não resta dúvida de que o moço em questão é um perfeito *gentleman*. A mim, trata-me sempre com extrema polidez. Ademais, tem a aparência de rico e as flores que me envia são maravilhosas.

— Não sabes, porém, o seu nome? — inquiriu ele, asperamente.

— Não — confessou placidamente a mãe. — Ele não revelou ainda o seu nome. Penso ser muito romanesco de sua parte. É provavelmente membro da aristocracia.

James Vane mordeu os lábios.

— Vele por Sibyl, mãe! Atenção nela!

— Meu filho, tu me desesperas. Sibyl está sempre sob minha vigilância particular. Seguramente, se esse *gentleman* for rico, não há razão alguma que a impeça de contratar com ele uma aliança. Penso ser um aristocrata. Tem todas as aparências, devo dizê-lo. Poderia arranjar-se um brilhante casamento para Sibyl. Seria um par encantador. As suas maneiras só o recomendam.

O moço resmungou algumas palavras e pôs-se a tamborilar com os dedos grossos na vidraça. Voltava-se para dizer alguma coisa, quando Sibyl entrou, às carreiras.

— Como ambos estão sérios! — observou ela. — Que há de novo?

— Nada — retrucou ele. — Às vezes, é preciso estar-se sério. Até logo, mãe. Jantarei às cinco horas. Tudo está enfardado, exceto minhas camisas. Por isso, não te inquietes.

— Até logo, meu filho — disse a velha, com um requebro teatral.

Ela estava contrariadíssima com o tom que o filho usara, e qualquer coisa no olhar deste a amedrontava.

— Beija-me, minha mãe — disse a moça.

E seus lábios em flor pousaram nas faces esmaecidas da velha, reanimando-as.

— Minha filha! Minha filha! — clamou a senhora Vane de olhos no teto, procurando uma galeria imaginária.

— Anda, Sibyl — convidou o irmão, impaciente, que detestava as afetações maternais.

Ambos saíram e desceram a triste Euston Road. Elevava-se uma ligeira brisa e o sol resplandecia alegremente. Os transeuntes estranhavam ver esse tipo grosseiro, no seu terno surrado, em companhia de tão graciosa e distinta jovem. Lembrava um jardineiro labrego caminhando com uma rosa na mão.

De tempos em tempos, Jim carregava as sobrancelhas, quando percebia o olhar inquisidor de algum transeunte. Experimentava essa aversão de ser olhado, que somente tarde os homens célebres experimentam na vida e que, entretanto, o povo sempre conservava. Sibyl, esta mantinha-se perfeitamente inconsciente do efeito que produzia. O amor abria seus lábios em sorrisos. Pensava no Príncipe Encantador e, para mais poder pensar, quase não falava, balbuciando apenas referências ao navio que Jim deveria tomar, ao ouro que este, certamente, descobriria e à magnífica herdeira, a quem ele salvaria a vida, arrancando-a aos maus *bushrangers* de camisas vermelhas. Com efeito, ele não seria sempre marinheiro ou empregado marítimo, como estava prestes a ser. Não! A existência de um marinheiro era muito triste. Viver enclausurado em um barco medonho, com as vagas corcovadas e rugidoras procurando tragá-lo e um negro vento molesto derrubando os mastros e dilacerando as velas em longas e sibilantes chibatadas! Ele deixaria o navio em Melbourne, saudaria polidamente o capitão e iria logo aos campos de ouro. Antes de uma semana, encontraria uma grande pepita, a maior até então descoberta, e haveria de trazê-la à costa em um veículo guardado por seis policiais a cavalo. Os *bushrangers* os atacariam três vezes e seriam batidos, com grande carnificina. Ou então, não, ele não iria aos campos auríferos. Eram maus locais, onde os homens se embriagam, matam-se nas tascas e usam de má linguagem. Ele seria um soberbo criador, e uma noite, quando regressasse a casa no seu carro, descobriria a bela herdeira, a ponto de ser raptada em um cavalo negro por um ladrão; correria a salvá-la. Ela certamente se enamoraria dele; assim se desposariam e voltariam a Londres, a habitar uma casa magnífica. Sim, ele teria aventuras deliciosas. Seria, porém, necessário que ele se conduzisse bem, não abusasse de sua saúde e não despendesse loucamente o seu dinheiro. Ela só tinha um ano mais do que ele, mas conhecia tanto a vida! Seria também necessário que James lhe escrevesse por todos os correios e recitasse as suas orações todas as noites, antes de deitar-se. Deus era muito bom e velaria por ele. Ela também rezaria por ele e, dentro de alguns anos, ele regressaria perfeitamente rico e feliz.

O rapaz a ouvia aborrecido e não respondia. Empolgava-o a tristeza de abandonar o seu lar.

Ainda não era somente isso o que o tornava receoso e melancólico. Por mais inexperiente que fosse, tinha um vivo sentimento dos perigos da posição de Sibyl. O jovem dândi que lhe fazia a corte nada tinha de recomendável para ele. Era um *gentleman* e o detestava por isso, por um curioso instinto de raça, que a si mesmo não sabia explicar e que por esta razão ainda mais o dominava. Conhecia também a futilidade, a vaidade de sua mãe e aí via um perigo para Sibyl e para a sua felicidade. Os filhos começam por amar os pais; passam a julgá-los quando envelhecem e algumas vezes os esquecem. Sua mãe! Ele tinha consigo uma questão a resolver a propósito dela, uma questão que ele guardava desde alguns meses de silêncio. Uma frase casual que ouvira no teatro, uma chacota sufocada, que apreendera em certa noite de espera, à porta dos camarins, tinha-lhe sugerido ideias horríveis. Tudo isso voltava-lhe ao espírito como uma vergastada em pleno rosto. As sobrancelhas se lhe juntavam em uma contração involuntária e, em um espasmo doloroso, ele mordeu o lábio inferior.

— Tu não ouves nada do que eu digo, Jim — falou Sibyl —, e eu faço os mais magníficos planos sobre teu futuro! Dize então qualquer coisa...

— Que queres tu que eu diga?

— Ah! Que tu serás um bom rapaz, que tu não nos esquecerás — replicou ela, sorrindo-lhe.

Ele ergueu os ombros.

— Tu serás muito mais capaz de esquecer-me do que eu de esquecer-te, Sibyl.

Ela corou.

— Que queres tu dizer, Jim?

— Contaram-me que tens um novo amigo. Quem é ele? Por que ainda nada me falaste a respeito? Ele não te quer por bem.

— Para, Jim! — ordenou ela. — Nada deves dizer contra ele. Eu o amo!

— Como, se nem tu mesma sabes seu nome? — ponderou o moço. — Quem é ele? Tenho o direito de sabê-lo.

— Chama-se o Príncipe Encantador. Não gostas deste nome? Mau rapaz, nunca me esqueças. Se apenas o tivesses visto, julgarias o mais maravilhoso ser do mundo.

Um dia, há de encontrá-lo, quando tornares da Austrália. Há de amá-lo muito. Todo mundo o ama, e eu... eu o adoro! Por que não vens ao teatro esta noite? Ele lá estará e eu representarei Julieta. Ah! Como representarei! Imagina, Jim! Estar-se amando e fazer o papel de Julieta! E vê-lo assentado à minha frente! Representar para seu único prazer. Receio assustar o público, assustá-lo ou subjugá-lo. Amar é ultrapassar-se. Esse pobre sr. Isaacs implorará o gênio para todos os seus vagabundos do bar. Pregava o meu talento como um dogma: esta noite, bem o sinto, há de anunciar-me como uma revelação. E é obra exclusivamente dele, do Príncipe Encantador, meu maravilhoso namorado, meu Deus de graças. Eu, porém, sou pobre junto dele. Pobre? Que importa isso? Quando a pobreza entra sorrateiramente pela porta, o amor introduz-se pela janela. Deviam ser refeitos os nossos provérbios. Foram inventados no inverno e agora eis o verão. É a primavera para mim, uma verdadeira ronda de flores no céu azul.

— É um *gentleman* — objetou o irmão azedo.

— Um príncipe! — proferiu ela musicalmente. — Que queres tu mais?

— Ele quer fazer de ti uma escrava!

— Eu tremo à ideia de ver-me livre!

— Deves desconfiar dele.

— Quem o vir, logo o estima. Quem o conhecer, logo nele acredita.

— Sibyl, estás doida!

Ela pôs-se a rir e tomou-lhe o braço.

— Caro velho Jim, tu falas como um centenário. Um dia tu mesmo hás de amar e então saberás o que é. Deixa esse ar desanimado. Deves decerto sentir-te contente, ao pensar que, embora te afastes, tu me deixas mais feliz do que nunca estive. A vida foi dura para nós, terrivelmente dura e difícil. Agora será diversa. Tu vais a um novo mundo e eu descobri um! Olha duas cadeiras; sentemo-nos e vejamos passar todo esse belo mundo.

Assentaram-se no meio de um grupo de basbaques. As tulipas pareciam vibrantes bagas de fogo. Uma poeira branca, como uma nuvem trêmula de íris, movia-se no ar abrasado. Os guarda-chuvas de cores vivas iam e vinham como gigantescas borboletas.

Ela fez seu irmão falar de si próprio, de suas esperanças e de seus projetos. Ele falava docemente, com esforço. Ambos trocaram as palavras como jogadores que passam os tentos. Sibyl achava-se oprimida, não podendo comunicar sua alegria. Um vago sorriso esboçado sobre os lábios tristes era todo o eco que ela conseguia despertar. Passado algum tempo, ficou silenciosa. Súbito, ela colheu de passagem a visão de uma cabeleira dourada e de uma boca risonha, e, em uma carruagem descoberta, Dorian Gray passou em companhia de duas damas.

Ela pôs-se de pé.

— Ei-lo! — exclamou.

— Quem? — indagou Jim Vane.

— O Príncipe Encantador! — respondeu ela espiando a vitória.

Ele ergueu-se vivamente e tomando-a rudemente pelo braço:

— Mostra-me com teu dedo! Qual é? Quero vê-lo! — exclamou ele. Mas, na mesma ocasião, passou-lhes pela frente o malho do duque de Berwick, e quando a praça novamente ficou livre, a vitória havia desaparecido do parque.

— Partiu — murmurou, tristemente, Sibyl —, e eu quisera mostrá-lo a ti.

— E eu igualmente quisera, porque, assim como é verdade haver um Deus no céu, se ele te fizer algum mal, eu o matarei!

Ela olhou-o com horror! Ele repetiu estas palavras que cortavam o ar como um punhal... Os transeuntes começavam a acumular-se. Bem perto, uma dama galhofava.

— Anda, Jim, vem — sibilou ela.

E ele a acompanhou como um cão, através da turba. Parecia satisfeito com o que havia dito.

Chegados à estátua de Agulles, ambos deram uma volta ao redor do monumento. A tristeza que enchia seus olhos mudou-se num sorriso e ela sacudiu a cabeça.

— Estás doido, Jim, inteiramente doido! Tens mau caráter, é tudo. Como podes articular coisas tão baixas? Tu não sabes de quem falas. Tu te mostras simplesmente ciumento e malfeitor. Ah! Eu desejaria que amasses! O amor melhora tudo, e tudo o que dizes é mau.

— Tenho dezesseis anos — replicou ele — e sei o que sou. Nossa mãe não te serve de nada. Não sabe como é preciso te vigiar. Agora quisera não ir mais à Austrália. Sinto grande vontade de largar tudo. E eu o faria, se o meu contrato já não estivesse assinado.

— Ah! Não te faças assim tão sério, Jim! Tu lembras um dos heróis desses absurdos melodramas, em que as mães tanto gostam de brincar. Eu não quero brigas. Eu o vi e vê-lo é a completa felicidade. Não briguemos: sei bem que nunca hás de fazer mal aos que amo, não é assim?

— Não, enquanto o amares — foi a sua ameaçadora resposta.

— Sempre o amarei! — protestou ela.

— E ele?

— Ele também, sempre!

— Pois fará bem!

Ela recuou, depois, com um riso complacente, tomou-lhe o braço. Não era, afinal de contas, mais que uma criança.

No Arco de Mármore, tomaram um ônibus que os depôs junto à sua miserável casinha de Euston Road. Eram mais de cinco horas e Sibyl Vane devia dormir uma hora ou duas, antes de trabalhar. Jim insistiu para que ela não deixasse de fazê-lo. Quis imediatamente apresentar os seus adeuses, enquanto a mãe estava ausente, pois esta faria uma cena e ele detestava as cenas, quaisquer que fossem.

Separaram-se no quarto de Sibyl. O coração do rapaz estava repleto de um surdo ciúme, de um ódio ardente e mortal contra esse estranho que, no seu entender, vinha plantar-se entre os dois. Contudo, quando ela lhe passou os braços em torno do pescoço e seus dedos lhe acariciaram os cabelos, ele se enterneceu e beijou-a com real afeição. Quando desceu, seus olhos marejaram-se de lágrimas.

Embaixo, a mãe o esperava, resmungando contra a demora, quando ele ia entrando. Ele nada respondeu e assentou-se diante da sua minguada refeição. As moscas volitavam ao redor da mesa ou passavam pela toalha cheia de nódoas. Através do ruído dos ônibus e das carroças que subiam a rua, ele percebia o sussurro que devorava cada um dos minutos da sua vida restante naquele ponto. Passado um instante, afastou o prato e ocultou a cabeça entre as mãos. Parecia-lhe que tinha também o direito de saber. Já lhe teriam dito se fosse aquele em que pensava. Sua mãe o contemplava, revelando receio. As palavras calam-lhe dos lábios maquinalmente. Um lenço de renda rasgado enrolava-se nos dedos. Quando soaram seis horas, ele ergueu-se em direção à porta; voltou-se e pôs-se a olhá-la. Seus olhares se cruzaram. Ela parecia suplicante. Isto o enraiveceu.

— Mãe — disse ele —, tenho uma coisa a pedir-lhe.

Ela nada respondeu e seus olhos vaguearam pela sala.

— Diga-me a verdade: preciso sabê-la. Você era casada com meu pai?

Ela soltou um profundo suspiro. Era um suspiro de alívio. O momento terrível, esse terrível momento que, dia e noite, durante semanas e meses, esperava receosa, tinha enfim chegado e ela já não se sentia amedrontada. Era verdadeiramente para ela como um desapontamento. A questão assim vulgarmente lançada exigia uma resposta direta. A situação não havia sido preparada gradualmente. Era cru. Parecia-lhe isso um mau ensaio.

— Não! — respondeu, espantada da brutal simplicidade da vida.

— Meu pai era então um patife! — gritou o rapaz, cerrando os punhos.

Ela balançou a cabeça:

— Eu sabia que ele não era livre. Nós nos amávamos muito. Se ele tivesse vivido, teria juntado para nós. Meu filho, não fales contra ele! Era teu pai e era um *gentleman*; tinha altas relações.

Uma maldição escapou-se-lhe dos lábios:

— Para mim tudo isso é indiferente — gritou ele —, mas não deixe sozinha Sibyl... É um *gentleman*, não é, o seu apaixonado de hoje? Pelo menos, ela o diz... Esse, sem dúvida, terá também as suas belas relações, não é?

Uma indescritível expressão de humilhação passou pelo rosto da velha mulher. Abaixou a cabeça e procurou enxugar os olhos com as costas das mãos.

— Sibyl tem uma mãe — murmurou ela. — Eu sequer tinha isso!

O rapaz enterneceu-se. Caminhou em direção à velha, curvou-se e deu-lhe um beijo.

— Eu sou o primeiro a sentir a pena que lhe causo, falando de meu pai — disse ele —, mas já não podia mais. É necessário agora que eu parta. Até um dia! Não se esqueça de que a senhora só tem, de hoje em diante, uma filha a vigiar. E, creia-me, se esse homem fizer algum mal à minha irmã, saberei quem ele é, eu o perseguirei e o matarei como um cão! Juro que o farei!

O extremo exagero da ameaça, o gesto apaixonado que a acompanhava e a sua expressão melodramática tornaram a vida mais interessante aos olhos da mãe. Estava familiarizada com esse tom. Respirou mais livremente, e, pela primeira vez, depois de meses, admirou realmente o filho. Ela teria gostado de prosseguir na cena, nessa nota comovente, mas o rapaz não consentiu. Já haviam feito descer as malas e estavam os mantos preparados. A criada do aluguel ia e vinha, e foi preciso contratar o cocheiro. Os instantes eram absorvidos por vulgares pormenores. Foi com um novo desapontamento que ela agitou o lenço de rendas pela janela, quando seu filho partiu no carro. Sentiu que uma magnífica ocasião estava perdida. Consolou-se falando a Sibyl na desolação que seria dali por diante sua vida, quando já não tinha senão um filho a guardar. Repetia esta frase que lhe havia agradado. Nada disse, porém, da ameaça. Esta havia sido viva e dramaticamente exprimida. No fundo, bem sentia que um dia todos eles haviam de rir juntos.

VI

— Já sabes da novidade, Basil? — disse lorde Henry uma noite em que Hallward ia entrando num salãozinho particular do hotel Bristol, onde havia sido encomendado um jantar para três pessoas.

— Não — respondeu o artista, entregando o chapéu e o capote a um servente todo curvado. — Que há de novo? Creio que não será nada de política, esta, afinal, já não me interessa mais. Seguramente, não há uma única pessoa na Câmara dos Comuns digna de ser pintada, embora muitos de nossos *honourables* tenham necessidade de uma nova mão de cal.

— Dorian Gray se casará — adiantou lorde Harry, espreitando o efeito da sua participação.

Hallward teve um sobressalto e cerrou as sobrancelhas.

— Dorian Gray se casará?! — bradou ele. — Impossível!

— É o que há de mais verdadeiro.

— Com quem?

— Com uma pequena atriz ou coisa que o valha.

— Não posso acreditar... Ele, tão sensato!

— Dorian é, efetivamente, muito ajuizado para não fazer tolices de um dia para outro, meu caro Basil.

— O casamento é uma coisa que não se pode fazer de um dia para outro, Harry.

— Exceto na América — respondeu lorde Henry, sonhadoramente. — Eu não disse, porém, que ele se tinha casado; disse apenas que ia casar-se. Há aí uma grande diferença. Lembro-me perfeitamente de ter sido casado, mas já não me lembro de ter sido noivo. Creio mesmo que não cheguei a ser noivo.

— Pensa, porém, no nascimento de Dorian, em sua posição e sua fortuna... Seria absurdo da parte dele desposar uma pessoa de condição tão inferior à sua.

— Basil, se desejas que ele despose essa moça basta que lhe lembres isso. Afinal, ele está certo de que o fará. Cada vez que um homem pratica uma coisa manifestamente estúpida, é decerto levado a fazê-lo pelos mais nobres motivos.

— Espero, Harry, que ao menos seja para ele uma boa moça. Eu não estimaria de modo algum ver Dorian ligado a uma vil criatura, capaz de degradar a sua natureza e de arruinar a sua inteligência.

— Ah! Ela é mais do que boa: é bela! — acentuou lorde Henry, bebericando um cálice de vermute. — Dorian afirma que é bela e tu sabes que ele não se engana nessas coisas. Seu retrato feito por ti acelerou singularmente a sua apreciação sobre a aparência física das pessoas. Sim, essa obra produziu, entre outros, esse excelente efeito. Nós devemos vê-la esta noite, se nosso amigo não falhar à entrevista.

— Falas sério?

— Absolutamente, Basil. Nunca estive tão sério como agora.

— Aprovas, porém, isso, Harry? — perguntou o pintor, caminhando de cá para lá na saleta e mordendo os lábios. — Não é possível. Procuras o paradoxo.

— Eu nunca aprovo, seja lá o que for, e muito menos desaprovo. E tomar-se na vida uma atitude absurda. Nós não fomos postos no mundo para combater os nossos prejuízos morais. Não presto atenção ao que dizem os homens vulgares e nunca intervenho no que podem fazer as pessoas encantadoras. Se uma personalidade me atrai, seja qual for o modo de expressão que possa escolher, eu a julgo absolutamente sedutora. Dorian Gray enamorou-se de uma bela moça que representa Julieta e propõe-se a desposá-la. Por quê? Pensas tu que, se ele se casasse com Messalina, seria menos interessante? Bem sabes que não sou um campeão do casamento. O único prejuízo do casamento é que ele faz aquilo que um altruísta consome; e os altruístas não têm cor; falta-lhes individualidade. Entretanto, há certos temperamentos que o casamento torna mais complexos. Conservam o seu egoísmo e ajuntam mais ainda. São forçados a ter mais que uma só vida. Tornam-se mais superiormente organizados — e ser mais altamente organizado — eu imagino, é o objeto da existência do homem. Além disso, não se deve desprezar experiência alguma e, diga-se o que se puder dizer contra o casamento, ele não é uma experiência desdenhável. Espero que Dorian Gray faça dessa menina sua esposa e a adoçará apaixonadamente durante uns seis meses. Em seguida, se deixará seduzir por qualquer outra. Isso vai ser para nós um magnífico estudo.

— Tu bem sabes que não pensas numa palavra do que dizes, Harry. Tu sabes melhor do que eu. Se a vida de Dorian Gray fosse prejudicada, ninguém ficaria mais desolado do que tu. Tu és melhor do que pretendes.

Lorde Henry pôs-se a rir.

— A razão pela qual pensamos bem dos outros é que nos aterramos, por nós mesmos. A base do otimismo é simplesmente o terror. Pensamos ser generosos porque agradecemos ao vizinho a posse de virtudes que nos são um benefício. Estimamos o nosso banqueiro na esperança de que ele saberá fazer frutificar os fundos que lhe fora confiados e encontramos sérias qualidades no bandido das grandes estradas que poupar as nossas bolsas. Penso tudo quanto digo. Tenho o maior desprezo pelo otimismo. Nenhuma vida é danificada a não ser aquela em que cessa o crescimento. Se queres estragar um caráter, nada mais tens a fazer senão tentar reformá-lo. Quanto ao casamento, isto seria idiotice, pois há outras e mais interessantes ligações entre os homens e as mulheres, que conservam a vantagem de ser elegantes... Eis, porém, Dorian em pessoa. Ele te dirá mais do que eu.

— Meu caro Harry, meu caro Basil, espero suas felicitações — disse o adolescente, desembaraçando-se de seu *my fair* forrado de seda e apertando as mãos de seus amigos. — Nunca me senti tão feliz! Como tudo o que é realmente maravilhoso, minha felicidade é repentina e, entretanto, me aparece como a única coisa que tenho buscado na vida.

Estava todo rosado de excitação e prazer e parecia extraordinariamente belo.

— Espero que ambos sempre sejam muito felizes, Dorian. Mas sinto que me deixasses ignorar teu noivado. Harry já sabia dele.

— E eu sinto que chegasses com atraso — interrompeu lorde Henry, pondo a mão num dos ombros do rapaz e rindo do que dizia. — Assentemo-nos e vejamos o que vale o novo chefe da cozinha. Contarás a nós as tuas histórias.

— Eu francamente nada tenho a contar-lhes! — exclamou Dorian, quando cada um tomava um lugar em torno da mesa. — Eis simplesmente o que aconteceu. Deixando-te ontem à tarde, Harry, vesti-me e fui jantar naquele pequeno restaurante italiano da rua Rupert, onde uma vez me conduziste e, depois, pelas oito horas, dirigi-me ao teatro. Sibyl fazia o papel de Rosalinda. Naturalmente as decorações eram ignóbeis e Orlando estava absurdo. Mas Sibyl... Ah! Se vocês a vissem quando ela apareceu enfiada nas suas vestes de moço, estava completamente adorável! Trazia um gibão de veludo grosseiro, com mangas tirando à canela, calções acastanhados com lacetes cruzados, um bonito chapeuzinho verde, tendo em cima uma pena de falcão presa por um diamante, e um capuz caído de vermelho carregado! Nunca me pareceu tão esquisita! Tinha toda a graça dessa figurinha de Tanagra, que tu possuis no ateliê, Basil. Os cabelos, contornando-lhe o rosto, davam-lhe o ar de uma pálida rosa circundada de folhas escuras. Quanto à sua representação! Vocês hão de vê-la esta noite! Ela nasceu artista! Eu conservei-me no meu camarote obscuro, absolutamente sob o encanto... Esquecia-me de que estava em Londres, no século XIX! Estava bem longe com o meu amor em uma floresta que jamais homem algum penetrara. Caindo o pano, dirigi-me aos camarins e falei-lhe. Como estivéssemos assentados um ao lado do outro, subitamente brilhou nos seus olhos uma faísca que eu ainda não havia surpreendido. Apresentei-lhe meus lábios. Nós nos beijamos. Não posso reproduzir o que então experimentei. Pareceu-me que toda a minha vida fora centralizada em um pontinho de alegria cor-de-rosa. Ela sentiu um estremecimento e vacilou como um branco narciso. Caiu aos meus joelhos e beijou-me as mãos. Sinto que não deveria contar-lhe este pedaço, mas não posso subtrair-me. Naturalmente nosso pacto é um segredo: ela não o revelou nem à sua própria mãe. Não sei o que dirão os meus tutores. Lorde Radley ficará com certeza furioso. Para mim, é indiferente!

Adquirirei a minha maioridade antes de um ano e então farei o que me aprouver. Tive razão, não achas, Basil, de buscar meu amor na poesia e achar minha mulher nos dramas de Shakespeare? Os lábios, aos quais Shakespeare ensinou a falar, insuflaram o seu segredo em meus ouvidos. Tive os braços de Rosalinda em torno de meu pescoço e Julieta me beijou a boca.

— Sim, Dorian, creio que tens razão — concordou Hallward.

— Certamente, tu hoje a viste? — perguntou lorde Henry.

Dorian sacudiu a cabeça.

— Deixei-a na floresta de Ardenas e hei de encontrá-la no jardim de Verona.

Lorde Henry bebericou seu champanhe com um ar meditativo.

— Em que momento exato pronunciaste a palavra de casamento, Dorian? E que te respondeu ela? Talvez já tenhas esquecido...

— Meu caro Henry, eu não tratei isso como um negócio e não lhe fiz qualquer proposição formal. Disse-lhe que a amava e ela respondeu-me que era indigna de ser minha esposa. Indigna! O mundo inteiro não é nada à vista dela!

— As mulheres são maravilhosamente práticas — murmurou lorde Henry —, muito mais práticas do que nós. Esquecemo-nos muitas vezes de falar em casamento em semelhante situação e elas sempre nos despertam a memória.

Hallward tocou-lhe no braço com a mão:

— Chega, Henry! Tu desagradas a Dorian. Ele não é como os outros e não molesta a ninguém. A sua natureza é muito delicada para isso.

Lorde Henry olhou-o por cima da mesa.

— Eu nunca enfado Dorian — respondeu. — Fiz-lhe essa pergunta pela melhor das razões, pela única razão mesmo que dispensa toda pergunta — a curiosidade. Minha teoria é que são sempre as mulheres que se propõem a nós e não nós que nos propomos às mulheres, exceto na classe popular, mas a classe popular não é moderna.

Dorian Gray sorriu e meneou a cabeça.

— Tu és absolutamente incorrigível, Harry, mas eu não presto atenção. É impossível brigar contigo! Quando vires Sibyl Vane, compreenderás que o homem que lhe fizer mal será um bruto, um bruto sem coração! Não se pode compreender como alguém chegue a humilhar o ente que ama. Amo Sibyl Vane. Preciso soerguê-la a um pedestal de ouro e quero ver o mundo inteiro estimar minha mulher. Que é o casamento? Um voto irrevogável. Tu mofas? Ah! Não mofes assim! É um voto irrevogável que tenho necessidade de fazer. Sua confiança me fará fiel; sua fé me fará bom. Quando estou com ela, lamento o que me ensinaste. Torno-me diferente daquele que conheceste. Sinto-me transformado. E o simples contato das mãos de Sibyl Vane faz-me esquecer-te, tu e todas as tuas falsas, fascinantes, envenenadas e, todavia, deliciosas teorias.

— Quais são elas? — perguntou lorde Henry, servindo-se de salada.

— Ah! Tuas teorias sobre o amor, outras sobre o prazer. Todas as tuas teorias, em uma palavra, Harry.

— O prazer é uma coisa digna de uma teoria — respondeu ele, na sua lenta voz melodiosa. — Creio que não posso reivindicá-la como minha. Ela pertence à natureza e não a mim. O prazer é o caráter distintivo da natureza, o seu sinal de aprovação... Quando somos bons, mas, quando somos bons, nem sempre somos felizes.

— Ah! Que entendes tu por ser bom? — inquiriu Basil Hallward.

— Sim — recomeçou Dorian, apoiando-se às costas de sua cadeira e olhando lorde Henry por sobre a enorme jardineira de íris com pétalas avermelhadas, posta no centro da mesa —, que entendes tu por ser bom?

— Ser bom é estar em harmonia consigo mesmo — replicou lorde Henry, acariciando com seus finos dedos pálidos o pé do cálice —, assim como ser mau é viver em harmonia com os outros. A nossa própria vida — eis a única coisa importante. Para as vidas dos nossos semelhantes, se se deseja ser um maroto ou um puritano, pode-se estender as vistas morais sobre elas, mas tais vidas não nos interessam. O individualismo é realmente o fim culminante. A moralidade moderna consiste em cada um acomodar-se sob o estandarte do seu tempo. O fato de um homem cultivado alistar-se sob a bandeira de seu tempo é por mim considerado uma ação da mais escandalosa moralidade.

— Às vezes, porém, Harry, paga-se muito caro o sistema de viver unicamente por sua conta — observou o pintor.

— Ora! Nós temos a imposição de tudo hoje... Entendo que o lado verdadeiramente trágico da vida dos pobres é o não poderem eles apresentar outra coisa senão o renunciamento deles próprios. Os belos pecados, como todas as coisas belas, são privilégio dos ricos.

— Paga-se frequentemente de outro modo, a não ser por dinheiro.

— De que outro modo, Basil?

— Creio que em remorsos, em sofrimentos e... conservando a consciência de sua própria infâmia.

Lorde Henry moveu os ombros.

— Meu caro amigo, a arte da Idade Média é deliciosa, mas as emoções medievais caducaram. Admito que possam servir à ficção. As únicas coisas de que a ficção pode usar são, de fato, aquelas que não nos prestam mais... Um homem civilizado, podes crer-me, jamais lamenta um prazer e um bruto nunca saberá em que consiste um prazer.

— Eu sei o que é o prazer! — bradou Dorian Gray. — É adorar alguém!

— Isto vale certamente mais do que ser adorado — afirmou lorde Henry, brincando com os frutos. — Ser adorado é um aborrecimento. As mulheres nos tratam exatamente como a Humanidade trata seus deuses. Elas nos adoram, mas estão sempre a pedir-nos qualquer coisa.

— Eu responderei: tudo quanto nos peçam, antes de pedirem, já nos haviam dado — murmurou o adolescente, com gravidade. — Elas criaram em nós o amor; têm, portanto, o direito de exigi-lo.

— É a pura verdade, Dorian! — exclamou Hallward.

— Não há pura verdade alguma — atalhou lorde Henry.

— Sim — interrompeu Dorian —, tu, Harry, admites que as mulheres cheguem a dar aos homens até o ouro de suas vidas.

— É possível — acrescentou o outro —, mas invariavelmente exigem em troca um pequeno juro. Aí está o aborrecimento. As mulheres, como já o exprimiu um espírito francês qualquer, inspiram-nos o desejo de fazer obras-primas, mas sempre nos impedem de chegar ao fim.

— Tu és um homem insuportável, Harry! Não sei porque o amo tanto!

— Tu sempre me amarás, Dorian — declarou o outro. — Um pouco de café, hein, meus amigos?! Rapaz, traze-me café, conhaque e cigarros... Não, não tragas cigarros, tenho aqui... Basil, não consinto que fumes charutos. Tu te contentarás com cigarros. O cigarro é o tipo perfeito do perfeito prazer. É estranho como, ainda assim, ele te deixa insatisfeito. Que desejas tu mais? Sim, Dorian, tu sempre me amarás. Eu te represento todos os pecados que não tiveste a coragem de cometer.

— Quanta tolices dizes tu, Harry! — objetou o rapaz acendendo o seu cigarro no dragão de prata vomitando fogo, que o criado colocara sobre a mesa. — Vamos ao teatro! Quando Silbyl aparecer, tu decerto conceberás um novo ideal de vida. Ela te representará o que nunca conheceste.

— Eu já conheci tudo — explicou lorde Henry, com um olhar fatigado —, mas toda nova emoção me encontra a postos! Ai! Até receio que para mim não exista mais nenhuma... Entretanto, tua maravilhosa menina poderá emocionar-me. Adoro o teatro! É com certeza mais real que a vida. Vamos indo. Dorian, tu subirás comigo. Estou desolado, Basil, mas só há lugar para dois no meu *brougham*. Tu nos acompanharás num *hansom*.

Ergueram-se e enfiaram os capotes, bebendo cada um em pé o seu café.

O pintor permanecia silencioso e preocupado, como revelando sentir o peso de um enorme aborrecimento. Não podia aprovar esse casamento e, no entanto, ele lhe parecia preferível a outros fatos.

Alguns minutos depois, achavam-se todos embaixo. Ele próprio se conduziu, como ficara convencionado, espreitando as lanternas do pequeno *brougham*, que corriam na sua frente. Uma estranha sensação de desastre o invadiu de repente. Sentia que Dorian Gray nunca mais seria dele, como em tempos passados. A vida surgira entre eles...

Seus olhos nublaram-se e não viram mais, naquele momento, as ruas populosas e faiscantes de luz. Quando o veículo parou em frente ao teatro, ele experimentou a sensação de que envelhecera alguns anos.

VII

Casualmente nessa noite a plateia transbordava de espectadores. E o gordo gerente judeu, que os recebia à porta do teatro, espalhava de orelha a orelha um untuoso e trêmulo riso.

Escoltou-os até o respectivo camarote com uma espécie de humildade pomposa, agitando as gordas mãos carregadas de joias e falando no tom mais agudo.

Dorian Gray sentiu contra ele uma aversão mais pronunciada do que nunca; vinha ver Miranda e encontrava Caliban.

De outro lado, o homem parecia agradar a lorde Harry; este último decidiu-se a testemunhar-lhe a sua simpatia de modo formal, apertando-lhe a mão e declarando-lhe que se sentia feliz por haver encontrado o cavalheiro que descobrira um real talento e estava se arruinando por um poeta.

Hallward olhava a galeria. O calor era suficiente e o lustre enorme todo aceso parecia uma dália imensa de pétalas de cor amarelo-fogo. Os rapazes da galeria tinham tirado o casaco e o colete e, debruçados nos balaústres, trocavam piadas de um lado para outro do teatro, repartindo laranjas com as companheiras vestidas de cores berrantes. As vozes eram agudas, discordantes. Vinha do bar o barulho de rolhas saltando das garrafas.

— Que lugar para encontrar a divindade! — disse lorde Harry.

— Realmente — respondeu Dorian Gray. — Aqui a encontrei e ela é divina para além do que se possa conceber. Vocês esquecerão tudo quando a virem representar. Não se vê mais esta população rude e vulgar. Quando entra em cena desaparecem esses tipos de gestos brutais porque eles próprios calam e olham-na, choram e riem como ela quer. Sibyl os fará vibrar como um violino, os espiritualizará. Sente-se que eles têm a mesma carne e o mesmo sangue que ela própria.

— O mesmo sangue? A mesma carne? Não creio! — disse lorde Harry, que passava em revista o binóculo pelas galerias.

— Não o ouças! — interveio Hallward. — Eu sei o que queres dizer, e creio nessa jovem. A criatura amada por ti, seja qual for, deve merecer esse amor. Se te produziu tal efeito, deve ser nobre e inteligente. Espiritualizar os contemporâneos é qualquer coisa de apreciável. Se essa moça pode dar alma aos que até agora não a tiveram, se pode revelar o sentido da beleza à gente cuja vida é sórdida e feia, se consegue arrancar-lhes o egoísmo, dar-lhes lágrimas e tristezas que não são suas, é digna da tua admiração, da adoração de todo o mundo. Esse casamento é normal. A princípio, não pensava assim. Mas admito-o agora. Os deuses fizeram Sibyl Vane para Dorian. Sem ela, serias incompleto.

— Obrigado, Basil — respondeu Dorian Gray, apertando-lhe a mão. — Sabia que compreenderias. Harry é tão cínico que, às vezes, aterroriza-me... Ah! A orquestra. É terrível. Mas dura só cinco minutos. Depois levantará o pano e verás a jovem a quem vou dar a vida, a quem dei tudo quanto há de bom em mim.

Um quarto de hora depois, uma extraordinária tempestade de aplausos. Sibyl Vane entrou em cena. Era decerto adorável, uma das mais adoráveis criaturas que jamais vira, pensava lorde Harry. Havia qualquer coisa de animal na sua graça, no seu sorriso. Um sorriso abatido, como a sombra de uma rosa num espelho de prata, pairou-lhe nos lábios ao olhar a multidão entusiasta que enchia o teatro. Recuou alguns passos e os lábios pareceram tremer.

Basil Hallward ergueu-se e começou a aplaudir. Sem movimentos, como em um sonho, Dorian Gray olhava-a. Lorde Harry, de binóculo, murmurava: "Encantador! Encantador!".

A cena representava a sala do palácio de Capuleto, e Romeu nas vestes de peregrino entrava com Mercúrio e seus outros amigos. A orquestra atacou alguns compassos de música e a dança começou. Entre os figurantes bisonhos, de costumes no fio, Sibyl Vane movia-se como um ser de essência superior. O corpo, quando dançava, inclinava-se como na água se inclina um junco. As curvas do colo eram curvas de um lírio branco. As mãos eram feitas de marfim puro.

Entretanto, ela estava curiosamente desatenta e não mostrava alegria quando pousava o olhar em Romeu. As poucas palavras que tinha a dizer

Good pilgrim, you do wrong your hand too much
Which mannerly devotion shows in this;
For saints have hands that'pilgrim's hands do touch
And palm to palm is holy palmers' kiss...

e o breve diálogo seguinte foram ditos de modo artificial. Tinha uma linda voz, mas quanto à entonação era absolutamente falsa. Não se sentia a realidade da paixão.

Dorian empalideceu, observando-a, espantado, ansioso. Os amigos não ousavam falar. Ela parecia-lhes sem talento. Estavam desapontados. Sabiam, porém, que a cena do balcão no segundo ato era a prova decisiva para as atrizes no papel de Julieta e esperavam ambos. Se Sibyl não vencesse, não tinha mesmo nenhum valor.

Sibyl foi encantadora quando apareceu ao luar, mas a hesitação do seu jogo era insuportável e ela estava cada vez pior à medida que avançava em seu papel. Tudo quanto tinha a dizer era dito de modo enfático, além do limite possível. A bela passagem

Thounk owest the mask of thou knowest night is on my face,
Else would a maiden blush bepaint my cheek
For that which thou hast heard me speak to-night...

foi declamada com a lamentável precisão de uma colegial que houvesse aprendido a recitar com um professor de segunda ordem. Quando se inclinou no balcão e teve que pronunciar os admiráveis versos

Although I joy in thee,
I have no joy of this contract to-night:

It is too rash, too unadvised, too sudden;
Too like the lightning, wich doth cease to be
Ere one can say: "It lightens!" Sweet, good-night!
This bud of love by Summer's ripening breath
May prove a beauteous flower when next we meet...

ela os disse como se não tivessem para ela a menor significação. Não era nervosismo, muito pelo contrário, parecia perfeitamente consciente de tudo que fazia. Era simplesmente péssima arte; o desastre fora completo. Os próprios espectadores vulgares, desprovidos de qualquer educação artística, da plateia e das galerias, não descobriam o mínimo interesse na peça. Começaram a agitar-se, a falar alto e acabaram por assobiar. O gerente israelita, em pé, ao fundo da plateia, batia com os tacões no chão e praguejava de raiva. Dir-se-ia que a única pessoa calma era a jovem atriz.

Uma borrasca de assobios seguiu-se à queda do pano.

Lorde Henry levantou-se e enfiou o seu capote.

— Ela é belíssima, Dorian — declarou —, mas não sabe representar. Vamo-nos embora.

— Eu quero ver toda a peça — respondeu o rapaz com uma voz rouca e amarga. — Estou desesperado por te haver feito perder a tua noite, Harry. Apresento as minhas desculpas a ambos.

— Meu caro Dorian, senhorita Vane deve achar-se indisposta. Nós voltaremos a vê-la outra noite.

— Espero que assim seja realmente — continuou Dorian —, mas a mim parece-me insensível e fria. Está inteiramente mudada. Ontem, foi uma grande artista. Esta noite, está uma atriz medíocre e comum.

— Não fales assim de quem tu amas, Dorian. O amor é uma coisa muito acima da arte.

— São ambas simples formas de imitação — ponderou lorde Henry. — Vamo-nos embora, Dorian! Tu não te podes conservar aqui por mais tempo. Não faz bem ao espírito assistir-se a maus desempenhos. Ademais, suponho que não desejas ver tua esposa representar. Por conseguinte, que importa que ela represente Julieta como uma boneca de pau? Ela é verdadeiramente adorável; e, se conhece tão pouco a vida como... a arte, será motivo para uma experiência deliciosa. Só há duas espécies de gente deveras interessantes: as que sabem absolutamente tudo e as que nada sabem. Por Deus, meu caro amigo! Não mostres esse ar tão trágico! O segredo de nos conservarmos moços está em não experimentarmos emoções mesquinhas. Vem ao clube comigo e Basil. Lá fumaremos cigarros e beberemos à beleza de Sibyl Vane. Ela é certamente bela. Que desejas tu mais?

— Vai tu, Harry — bradou o rapaz. — Tenho necessidade de estar só, Basil, vai tu também. Ah! Não queiram vocês ver meu coração rebentar!

Lágrimas ardentes encheram-lhe os olhos. Seus lábios tremeram e, atirando-se para o fundo do camarote, apoiou-se ao tabique e ocultou o rosto entre as mãos.

— Vamo-nos, Basil — disse lorde Henry, num tom estranhamente terno. E os dois jovens saíram juntos.

Alguns instantes mais tarde, a ribalta se iluminou e ergueu-se o pano para o terceiro ato. Dorian Gray retomou sua cadeira: estava pálido, mas desdenhoso e indiferente. A ação parecia interminável. Metade do auditório havia saído, com grande barulho de solas pesadas e gargalhadas. O fiasco era completo. O último ato foi representado diante das banquetas. O pano caiu por entre murmúrios e resmungos.

Logo que tudo terminou, Dorian Gray precipitou-se pelos corredores, em direção aos bastidores. Encontrou a jovem sozinha; um olhar de triunfo iluminando-lhe a face. Nos seus olhos brilhava uma nova chama. Um resplendor de auréola parecia circundá-la. Seus lábios semiabertos sorriam a qualquer misteriosíssimo segredo conhecido só por ela.

Ao entrar Dorian Gray, ela mostrou-se subitamente possuída de uma alegria infinita.

— Desempenhei muito mal, Dorian? — interrogou.

— Pessimamente! — declarou ele, mirando-a com estupefação. — Horrivelmente! Foi terrível! Estavas doente, não é? Não tens a menor dúvida quanto ao papel que fizeste! Não formas ideia do quanto sofri!

A moça sorriu.

— Dorian — respondeu ela, pronunciando este nome num tom demorado e musical, como se fora mais doce que mel às rubras pétalas de sua boca. — Dorian, tu deverias ter compreendido, mas agora compreendes, não é assim?

— Compreender o quê? — indagou ele, raivoso.

— Por que representei tão mal esta noite! Porque nada mais farei que preste!

Ele ergueu os ombros.

— Estás doente. Quando estás enferma, não podes representar. Pareces extremamente ridícula. Tu nos magoaste, a mim e aos meus amigos!

Ela nem parecia ouvi-lo; transfigurada de júbilo, parecia tomada de um êxtase de felicidade!

— Dorian! Dorian — clamou. — Antes de conhecer-te, acreditava que a única realidade da vida era o teatro: era somente para o teatro que eu vivia. Pensava que tudo isso era verdadeiro; uma noite era Rosalinda e, outra, Portia. O prazer de Beatriz era meu prazer e as tristezas de Cordélia foram minhas! Eu acreditava em tudo! Os homens grosseiros que comigo representavam pareciam-me iguais a deuses! Errava entre os bastidores, e os cenários como em um mundo meu: só conhecia sombras e as supunhas reais! Tu vieste, ó meu belo amor!, e libertaste minha alma prisioneira... Mostraste-me o que é, de fato, a realidade! Esta noite, pela primeira vez em minha vida, percebi a vacuidade, a vergonha, a vilania do que havia representado até então. Esta noite, pela primeira vez, tive a consciência de que Romeu era feio, velho e pintado, de que era falso o luar do jardim; de que os cenários eram odiosos e falsas as palavras que eu devia proferir... Não eram as *minhas palavras*, não era o que eu *devia* dizer! Tu me ensinaste qualquer coisa de mais elevado, qualquer coisa que tem toda a sua arte, resumida numa reflexão. Fizeste-me compreender o que era verdadeiramente o amor! Meu amor! Meu amor! Príncipe Encantador! Príncipe da minha vida! Estou sentida das sombras! Tu para mim és mais do que tudo o que a arte possa jamais ser! Que posso ter de comum com os fantoches de um drama? Quando cheguei esta noite, não consegui perceber como a inspiração me deixara. Pensava mostrar-me prodigiosa e percebi que nada conseguiria fazer. Subitamente fez-se a luz em mim e surgiu-me uma inteligência curiosa... Ouvi-os assobiar e pus-me a sorrir... Chegariam eles a compreender um amor igual ao nosso? Conduze-me, Dorian, conduze-me a algum lugar onde possamos estar sós. Odeio a cena! Posso representar uma paixão que não sinto, mas já não posso fazê-lo a esta que me escalda como fogo! Ah! Dorian! Dorian, tu agora compreendes o que isso significa. Se eu conseguisse mesmo o desempenho satisfatório, seria uma profanação, pois, para mim, de hoje em diante, representar é amar. Eis o que fizeste!

Ele caiu no sofá e voltou a cabeça.

— Extinguiste o meu amor! — disse ele.

Ela olhou-o um momento, com admiração, e desatou a rir. Ele nada disse. A moça chegou mais perto dele e com seus finos dedos acariciou-lhe os cabelos. Depois ajoelhou-se e beijou-lhe as mãos. Ele as retraiu, tomado de um arrepio. De repente, pôs-se em pé e marchou direto à porta.

— Sim, tu consumiste meu amor! Desbarataste o meu espírito! Agora não conseguirás sequer despertar-me curiosidade! Já não produzes o mínimo efeito sobre meu ser! Eu amava-te porque eras admirável, porque eras inteligente e genial, porque realizavas os sonhos dos grandes poetas e davas uma forma, um corpo às sombras da Arte! Pusestes tudo isso de lado; apareceste estúpida e definida! Deus meu! Quanto fui louco amando-te! Que insensato fui eu! Tu nada és mais para mim! Não te quero mais ver! Não quero mais pensar em ti! Não quero mais lembrar-me de teu nome! Tu não podes duvidar do que eras para mim outrora... Outrora... Ah! Não quero mais pensar em tudo isso! Quisera nunca haver-te visto... Partiste o romance de minha vida! Que ínfima noção tens do amor para imaginar que ele pudesse deteriorar a tua arte. Tu nada és sem tua arte! Eu te teria feito esplêndida, famosa, magnífica! O mundo te haveria admirado e tu trarias o meu nome! Que és tu agora? Uma bonita atriz de terceira ordem!

A moça empalidecia e tremia. Juntou as mãos e, com uma voz que não lhe passava da garganta:

— Tu não falas sério, Dorian — murmurou. — Tu finges!

— Finjo? Isto é contigo! Representas tão bem! — respondeu ele amargamente.

Ela reergueu-se e, com uma pungitiva expressão de sofrimento no rosto, atravessou o gabinete, aproximando-se novamente dele. Pousou a mão em um dos braços do rapaz e fitou-o mesmo nos olhos. Ele repeliu-a.

— Não me toques! — gritou.

Ela deixou escapar um gemido tristíssimo e, abatendo-lhe aos seus pés, aí ficou sem movimento, como uma flor pisada.

— Dorian, Dorian, não me abandones! — Suspirou. — Sinto-me desolada por haver tão mal representado. Pensava em ti todo o tempo; mas tentarei... Sim, hei de tentar... Veio-me tão imprevistamente este amor por ti... Creio que sempre o teria ignorado se não me houvesse beijado. Se não nos houvéssemos beijado! Beija-me ainda, meu amor. Não te afastes! Eu não poderia resistir. Ah! Não te vás. Meu irmão... Não é isso. Ele não desejava dizer tal coisa... Ele brincava! Tu, porém, poderás tu esquecer-me por causa desta noite? Hei de trabalhar muito e procurarei conseguir maiores progressos. Não me sejas cruel, justamente porque te amo mais do que tudo no mundo! Afinal, foi a única vez que te desagradei... Tu tens razão, Dorian. Eu deveria mostrar-me mais que uma artista. Era uma loucura de minha parte. E, entretanto, não me foi possível fazer de outro modo. Ah! Não me deixes! Não me abandones!

Uma lufada de soluços apaixonados curvou-a. A moça estirou-se no tablado como um corpo ferido. Dorian, desdenhoso, fitava-a assim prostrada, no chão, com seus lábios finos arregaçados num supremo desdém. Há sempre qualquer coisa de ridículo nas emoções das pessoas que já deixamos de amar. Sibyl Vane parecia-lhe absurdamente melodramática. Suas lágrimas e soluços enfastiavam-no.

— Retiro-me — anunciou ele com uma calma voz clara. — Não quero ser mais cruel, mas não posso mais tornar a ver-te. Despojaste-me de todas as minhas ilusões.

Ela chorava sufocadamente e não deu resposta. Aproximou-se rastejante; suas mãozinhas estenderam-se como as de um cego, mostrando que o procuravam. Ele voltou-se, fugiu do camarim. Alguns instantes depois, achava-se fora do teatro.

Aonde foi? Não se lembraria. Apenas se recordava vagamente de haver vagabundeado pelas ruas mal iluminadas, passado sob abóbadas sombrias e diante de casas de fachadas hostis. Mulheres de vozes rouquenhas e risos arregaçados o haviam chamado. Encontrara bêbados cambaleantes, praguejando e rosnando consigo mesmos como quadrúmanos monstruosos. Crianças grotescas espremiam-se diante dos portais; gritos e pragas partiam das alamedas obscuras.

Ao alvorecer, achou-se em frente a Covent Garden. As trevas se dissipavam e, colorido de fracas luzes, o céu tomou matizes de pérola. Pesadas carroças cobertas de lírios vacilantes rolaram docemente pelo chão das ruas desertas. O ar estava impregnado do perfume das flores e a sua beleza como que trouxe um pouco de reconforto às pernas do rapaz. Entrou em um mercado e observou os homens descarregando os veículos. Um carroceiro de blusa branca ofereceu-lhe cerejas; agradeceu, admirando-se de que o homem não quisesse aceitar dinheiro algum, e comeu os frutos distraidamente. Haviam sido colhidos durante a noite e o frescor do luar os havia penetrado. Um bando de rapazes, conduzindo cestos de tulipas raiadas, amarelas e rubras rosas, desfilou na sua frente, através dos montes de legumes de um verde-jade. Sob o pórtico de pilares cinzentos, embasbacava-se um grupo de moças, de cabeça descoberta, esperando o fim dos lanços da mercadoria. Outras apreciavam pelos arredores das portas incessantemente abertas dos botequins da Piazza. Os enormes cavalos de caminhões passavam, batendo as patas no calçamento escabroso e fazendo soar os sinceros e arneses. Alguns condutores conservavam-se adormecidos sobre pilhas de sacos. Pombos, de pescoço irisado e róseas patas, moviam-se em revoadas, surrupiando grãos.

Passados alguns instantes, chamou à fala um *hansom* e fez conduzir-se até a casa. Demorou-se um momento à entrada, perscrutando a praça silenciosa, as janelas fechadas, as gelosias claras. O céu então opalizava-se e os telhados dos edifícios luziam como prata. De uma chaminé fronteira, subia um fio delgado de fumaça, que ondulou como uma fita violeta através da atmosfera cor de nácar.

Na grande lanterna veneziana dourada — despojo de alguma gôndola dogal —, suspensa ao teto do largo saguão da entrada, com relevos de carvalho, brilhavam ainda três jatos de luz mortiça, que pareciam finas pétalas de flama, azuis e brancas. Apagou-os. E depois de atirar o chapéu e a capa sobre uma mesa, atravessando a biblioteca, impeliu a porta do quarto de dormir. Era um grande aposento octógono que, no seu gosto nascente de luxo, fizera guarnecer e decorar de curiosas tapeçarias da Renascença, que havia descoberto em uma mansarda esbandalhada de Selby Royal, onde se conservavam.

Como ele abrisse o trinco da porta, seus olhares recaíram sobre o retrato pintado por Basil Hallward — o que o fez estremecer de surpresa! Penetrou no dormitório, vagamente sobressaltado. Depois de desabotoar o primeiro botão do casaco, pareceu hesitar. Finalmente, voltou sobre os próprios passos, parou em frente ao retrato e examinou-o. Sob o bocado de luz, que atravessava as cortinas de seda creme, a face lhe pareceu um pouco mudada... A expressão revelava-se diferente. Dir-se-ia que ali havia como um toque de crueldade na boca. Era verdadeiramente estranho!

Voltou-se e, caminhando até a janela, arregaçou as cortinas. Uma forte claridade encheu o aposento e dissipou as sombras fantásticas dos recantos obscuros onde flutuavam. A estranha expressão surpreendida na face da imagem conservava-se mais perceptível ainda. A luz palpitante realçava linhas de crueldade em torno daquela boca, como se ele próprio, após haver praticado qualquer coisa horrível, descobrisse-as em sua face, num espelho.

O jovem recuou e, apanhando sobre a mesa um espelho oval circundado de pequenos amores de marfim, um dos numerosos presentes de lorde Henry, apressou-se em mirar-se nas suas profundezas polidas. Nenhuma linha como aquela torturava o escarlate dos lábios... Que queria aquilo dizer?

Esfregou os olhos, avizinhou-se mais ainda do quadro e, de novo, examinou-o. Ninguém ali havia tocado, no entanto, era fora de dúvida que qualquer coisa havia mudado... Ele não sonhava! Era cruamente claro... Deixou-se cair numa poltrona e pôs-se a avivar reminiscências. Subitamente recordou-se do que disse no ateliê de Basil, precisamente no dia em que o retrato havia sido terminado. Sim, ele bem se recordava. Havia enunciado o louco desejo de conservar-se jovem, enquanto envelhecesse esse quadro. Ah! Se sua beleza não devesse fenecer e fosse permitido ao retrato pintado nessa tela, carregar o peso de suas paixões, de seus pecados! A pintura não poderia, pois, ficar assinalada pelas linhas de sofrimento e dúvida enquanto ele conservasse o desabrochar delicado e a lindeza de sua adolescência?

Seu voto, por Deus!, não podia ser atendido! São impossíveis tais coisas! Era inconcebível! Era até monstruoso pensá-las! E, entretanto, o retrato ali estava diante dele, mostrando na boca um arremedo de crueldade!

Crueldade! Havia sido cruel? Era culpa dessa moça e não sua. Ele a imaginara uma grande artista e lhe tinha dado o seu amor porque a supunha genial. Ela o desapontara, mostrando-se uma coisa indigna. Apesar de tudo, um sentimento de infinita saudade o invadiu, revendo-a na memória, prostrada a seus pés, soluçando como uma criança! Lembrou-se da imensa insensibilidade com que então a contemplara... Por que procedera assim? Por que lhe fora dada uma alma capaz disso? Todavia, não sofrera também? Durante as três horas consumidas pela peça, vivera séculos de dor, eternidades sobre eternidades de tortura! Sua vida valia bem a dela. Se a havia ferido, não havia ela, de seu lado, deformado a sua existência? Afinal, as mulheres são mais favoravelmente organizadas que os homens para suportar os dissabores. Vivem de emoções e não pensam senão nisso. Quando tomam amantes, é simplesmente para possuírem alguém que assista ao desdobrar de suas cenas. Lorde Harry lhe dissera, e lorde Harry conhecia as mulheres. Por que se inquietaria ele com Sibyl Vane? Não valia a pena.

Mas o retrato? Que dizer daquilo? Ele possuía o segredo de sua vida, revelava-lhe a história; havia-lhe ensinado a amar sua própria beleza. Ensinar-lhe-ia a odiar sua própria alma? Deveria contemplá-lo ainda?

Não! Tratava-se puramente de uma ilusão dos sentidos perturbados; a tremenda noite já passada havia suscitado fantasmas! Repentinamente, essa mesma mancha rubra, que faz nos homens a demência, tinha-se desdobrado em seu espírito. O retrato não sofrera alteração. Era loucura pensar nisso.

Entretanto, ele o via como sua bela feição assolada com seu cruel sorriso... Sua brilhante cabeleira faiscava ao sol da manhã e os olhares azuis de um e outro se cruzavam. Tomara-o um sentimento de infinita piedade, não por si, mas pela sua imagem pintada. Esta estava transformada e ainda se alteraria. O ouro se deslustraria... As rubras e brancas rosas de sua tez se desbotariam. A cada pecado que ele cometesse, nova mancha se juntaria às outras, empanando-lhe pouco a pouco a beleza. Ele, porém, não pecaria!

O retrato, mudado ou não, representaria-lhe o visível emblema de sua consciência. Resistiria às tentações. Jamais tornaria a ver lorde Henry e jamais ouviria, em hipótese alguma, as sutis teorias envenenadas que lhe haviam insuflado, pela primeira vez, no jardim de Basil a paixão de coisas impossíveis.

Voltaria a Sibyl Vane, havia de provar-lhe os seus arrependimentos, desposá-la-ia e tentaria amá-la ainda. Sim, este era o seu dever. Ela sofrera mais do que ele. Pobre menina! Como fora cruel e egoísta junto dela! Ela, porém, exerceria a mesma fascinação de outrora e ambos seriam felizes. A vida, ao lado dela, seria bela e pura.

Dorian Gray ergueu-se da poltrona, desdobrou um alto e largo biombo diante do retrato, tremendo ainda enquanto o fitava. "Que horror", murmurava, indo abrir a porta. Quando se viu fora, pisando a grama, desabafou um profundo suspiro. A frescura do ar matutino como que lhe dissipou todas as negras ideias: ele pensava unicamente em Sibyl. Percebeu um eco enfraquecido de seu amor. Repetiu o seu nome uma, duas vezes, e imaginou que os pássaros, a cantarem no jardim todo orvalhado, deveriam falar dela às flores...

VIII

Meio-dia já havia soado quando ele despertou. Seu criado viera várias vezes, na ponta dos pés, até o quarto, espiar se ele ainda dormia e matutava consigo sobre o que poderia reter até tão tarde o seu patrão na cama. Finalmente, Victor ouviu retinir a campainha e chegou docemente, trazendo uma xícara de chá e um maço de cartas, num pequeno e velho prato de sevres chinês. Puxou as cortinas de cetim azeitonado, com desenhos azuis, desenroladas diante das três grandes janelas.

— O senhor dormiu bastante esta manhã — ponderou ele, sorrindo.

— Que horas são, Victor? — perguntou Dorian Gray, preguiçosamente.

— Uma hora e um quarto.

Tão tarde! Dorian sentou-se à beira do leito e, depois de beber um pouco de chá, pôs-se a examinar as cartas. Uma delas era de lorde Harry e havia sido trazida naquela manhã. Ele hesitou um momento e colocou-a de lado. Abriu as outras, despreocupadamente. Era a coleção costumeira de cartas de convite para jantar, cartões para exposições privadas, programas de concertos de caridade e tudo o que pode receber todas as manhãs um jovem da moda, durante a estação. Encontrou uma pesada fatura de um *toalete* Luís XV, em peroba cinzelada, que ele não tivera ainda a coragem de remeter aos seus tutores, gente de outros tempos e que não compreendia que vivemos em uma época em que as contas inúteis são as únicas necessárias. Percorreu ainda algumas corteses propostas de agiotas da rua Jermyn, que se ofereciam para adiantar-lhe qualquer soma, quando achasse conveniente, e sob as taxas mais razoáveis.

Dez minutos depois, Dorian ergueu-se, enfiou um *robe de chambre* de caxemira, bordado de seda, e passou-se à saleta de banho lajeada de ônix. A água fria reanimou-o depois do seu sono prolongado; pareceu-lhe haver esquecido tudo que se passara. Uma obscura sensação de haver tomado parte em qualquer estranha tragédia atravessou-lhe o espírito uma ou duas vezes, mas como envolvida na irrealidade de um sonho.

Logo que se vestiu, entrou na biblioteca e sentou-se diante de um leve café da manhã à francesa, servido numa mesinha colocada junto da janela aberta.

Fazia um tempo delicioso e o ar morno parecia impregnado de perfumes... Uma abelha entrou e pôs-se a zumbir ao redor do bolo *bleu dragon*, coberto de rosas de um amarelo de enxofre que se achava diante de Dorian. Sentiu-se inteiramente feliz.

De repente, seus olhares alcançaram o biombo que ele havia colocado em frente ao retrato e estremeceu.

— O senhor sente frio? — perguntou-lhe o criado, apresentando-lhe uma omelete. — Vou fechar a janela...

Dorian sacudiu a cabeça:

— Não sinto frio algum — murmurou.

Seria verdade? O retrato estaria realmente mudado? Ou simplesmente o efeito de sua própria imaginação que lhe havia feito ver uma expressão de crueldade onde havia sido traçada uma expressão de alegria? Seguramente uma pintura em tela não poderia assim alterar-se. Essa preocupação era absurda. Seria uma boa história para se referir um dia a Basil; deveria diverti-lo.

Entretanto, a lembrança ainda lhe estava de todo presente. A princípio na penumbra, em seguida sob mais difusa claridade, ele vira esse toque de crueldade em torno de seus lábios atormentados. Quase receou que o criado abandonasse o aposento, porquanto sabia que ele ia, de vez em quando, contemplar o quadro, agora só. Ele tinha certeza.

Quando o criado, após haver servido o café e os cigarros, dirigiu-se à porta, ele sentiu um violento desejo de dizer-lhe que parasse. Como a porta se fechasse atrás do criado, ele o chamou. O criado apresentou-se imóvel, esperando as ordens. Dorian contemplou-o.

— Não estou aqui para ninguém, Victor — preveniu, com um suspiro.

O homem inclinou-se e desapareceu.

Então ele ergueu-se da mesa, acendeu um cigarro e estendeu-se num divã de luxuosas almofadas, colocado em face do biombo. Observava curiosamente este objeto, esse biombo vetusto fabricado de couro de Córdoba, desenhado, dourado e bordado por um modelo florido, datando de Luís XV, indagando de si próprio se jamais lhe acontecera de ocultar o segredo da vida de um homem.

Carregaria, afinal, o retrato? Por que deixá-lo ali? Para que saber? Se fosse verdade, seria horrível. Se não fosse, não valeria a pena dar atenção ao fato.

Entretanto, e se por um triste acaso outros olhos além dos seus descobrissem o retrato e nele notassem a terrível transformação? Que faria ele se Basil Hallward aparecesse e pedisse para tornar a ver seu próprio trabalho? Basil ainda o faria. Certamente.

Era-lhe necessário examinar de novo a tela. Tudo afinal era preferível àquele infernal estado de dúvida.

Levantou-se, pois, e caminhou a fechar as duas portas. Ao menos, estaria só a contemplar a máscara da sua vergonha.

Então afastou o biombo e face a face se contemplou. Sim, era verdade, o retrato estava mudado.

Como muitas vezes ele se lembrou mais tarde e sempre com um indefinível sentimento de interesse científico, parecia-lhe impossível que tivesse havido semelhante mudança. Entretanto, ela ali estava. Haveria, acaso, quaisquer sutis afinidades entre os átomos químicos misturados na tela e a alma que ela encerrava? Seria possível que eles houvessem realizado o que essa alma pensara; que tivessem tornado uma verdade o que ela sonhara? Não haveria ali qualquer outra indecifrável razão? Arrepiou-se assombrado. Voltando-se para o lado do divã, ali se deixou cair, olhando o retrato, espavorido e trêmulo de horror!

Esse fato havia produzido, todavia, um efeito nele. Ele tornava-se consciente de sua justiça e crueldade junto a Sibyl Vane. Não era, porém, muito tarde para reparar os seus erros.

Ela ainda poderia ser sua esposa. O seu egoístico amor irreal cederia a alguma outra influência mais elevada, transformar-se-ia em uma mais nobre paixão e o seu retrato pintado por Basil Hallward lhe seria um guia através da vida: seria para ele o que para alguns é a santidade, o mesmo que a consciência é para outros e o temor de Deus para todos. Há espécies de ópios para remorsos, narcóticos morais para o espírito.

Sim, isso era um símbolo visível da degradação provocada pelo pecado. Era um sinal de advertência dos desastres próximos que os homens preparam às respectivas almas.

Três horas soaram e mais um quarto. Soou a meia hora. Dorian Gray não se movia.

Tentou reunir os fios vermelhos de sua vida e trançá-los. Procurava encontrar o caminho através do labirinto da ardente paixão na qual se perdera. Não sabia o que fazer nem o que pensar. Enfim, dirigiu-se até a mesa e redigiu uma carta apaixonada à jovem que havia amado, pedindo perdão e acusando-se de demência.

Encheu as páginas de palavras de lamento desbragado, seguidas das mais peníveis exclamações de dor.

Há uma espécie de voluptuosidade em nos fazermos acusações. Quando nos censuramos, supomos que nenhum outro tem o direito de nos fazer o mesmo. É a confissão e nunca o padre que nos absolve. Quando Dorian terminou a carta, sentia-se perdoado.

Bateram de repente à porta e ele ouviu fora a voz de lorde Harry:

— Meu caro amigo, preciso te falar. Deixa-me entrar. Não posso suportar ver-te assim entrincheirado.

Dorian não respondeu e conservou-se sem fazer um movimento. Bateram de novo e com mais força.

Não seria melhor deixar entrar lorde Harry e explicar-lhe o novo gênero de vida que iria levar, brigar mesmo com ele, se fosse necessário, e até abandoná-lo, se este partido se impusesse? Dorian levantou-se, correu depressa a desdobrar o biombo sobre o retrato e foi abrir a porta.

— Desculpa a minha insistência, Dorian — disse lorde Harry, entrando —, mas não deves pensar muito nisso.

— Em Sibyl Vane, queres tu dizer? — interrogou o rapaz.

— Naturalmente! — respondeu lorde Harry, sentando-se numa poltrona e tirando lentamente as luvas amarelas. — É terrível, sob certo ponto de vista, mas a falta não é tua. Dize-me: foste ao seu camarim, ao terminar a peça?

— Sim...

— Eu tinha certeza. E deste logo um escândalo?

— Fui brutal, Harry, verdadeiramente brutal! Mas acabou-se! Pouco me importa que isso tenha sucedido: tudo me ensinou a conhecer-me melhor.

— Ah! Dorian! Estimo que acolhas o caso desta maneira. Receei encontrar-te perseguido de remorsos e arrancando os belos cabelos cacheados.

— Ah! Não! Acabou tudo! — disse Dorian, balançando a cabeça e sorrindo. — Sinto-me agora perfeitamente feliz. Sei, para começar, o que é a consciência; não é o que me disseras. É o que pode haver de melhor em nós. Não faças troças mais, Harry, ao menos diante de mim. Preciso ser bom. Não posso conceber que exista em mim uma alma vil.

— Uma linda base artística para a moral, Dorian. Eu te felicito, mas por onde queres começar?

— Ora... Por desposar Sibyl Vane!

— Desposar Sibyl Vane! — exclamou alto lorde Harry, com uma expressão de sobressalto e fixando o outro, perplexo de espanto. — Mas meu caro Dorian...

— Sim, Harry. Já sei o que vais dizer-me: um discurso a propósito do casamento. Não desenvolvas, porém, o tema. Não me dirás nada de novo a respeito. Prometi, há dois dias, a Sibyl Vane casar-me com ela. Não quero faltar à minha palavra. Ela será minha esposa...

— Tua esposa, Dorian!? Não recebeste então minha carta? Eu te escrevi esta manhã e mandei-te a carta por meu criado.

— A tua carta... Ah! Sim, lembro-me dela. Não a li ainda, Harry. Receei encontrar nela qualquer coisa que me desagradasse. Tu me envenenas a vida com os teus epigramas...

— Então nada sabes?

— Que queres dizer?

Lorde Harry deu algumas passadas na biblioteca e, sentando-se ao lado de Dorian Gray, tomou-lhe as duas mãos nas suas e, cerrando-as estreitamente, disse:

— Dorian, minha carta — não te espantes! — informava-te da morte de Sibyl Vane!

Um grito de dor escapou da boca do rapaz. Ele saltou sobre os tacões, arrancando-se dos braços de lorde Harry:

— Morta? Sibyl Vane morta? Não é verdade! É uma mentira! Como ousas pronunciá-la?

— É a pura verdade, Dorian — acentuou gravemente lorde Harry. — Está nos jornais desta manhã. Escrevi-te para avisar-te e pedindo-te que não recebesse pessoa alguma antes de mim. Haverá um inquérito no qual não deve ser o teu nome envolvido. Fatos semelhantes trazem um homem à moda em Paris; mas em Londres há tantos preconceitos... Aqui nunca se começa por um escândalo. Reserva-se sempre isto para dar um interesse aos velhos dias de cada um. Quero crer que teu nome não é conhecido no teatro; se assim for, tudo irá bem. Ninguém te viu nos arredores de seu camarim? Isto é da maior importância.

Dorian não respondeu durante alguns instantes. Estava sucumbido de assombro. Balbuciou por fim, com voz sufocada:

— Harry, falas-me de inquérito? Que queres dizer? Sibyl teria... Ah! Harry, nem quero pensar! Conta, porém, depressa! Dize-me tudo!

— Não alimento a menor dúvida. Não se trata, Dorian, de um acidente, embora o público possa crê-lo. Parece que ela ia deixar o teatro com a mãe, por volta de meia-noite, e comunicou que havia esquecido qualquer coisa nos bastidores. Esperaram algum tempo, mas ela não descia. Subiram e então encontraram-na morta, estendida no chão do camarim. Havia ingerido qualquer droga por engano, qualquer droga perigosíssima, das que se usam nos teatros. Não sei o que teria sido, mas talvez fosse ácido prússico ou alvaiade. Creio, de preferência, que tivesse recorrido ao ácido prússico, porque a morte parece ter sido instantânea...

— Harry! Harry! É pavoroso! — bradou o rapaz.

— Sim, é deveras trágico. Não há dúvida! Mas não deves envolver-te nisso. Li no *Standard* que ela tinha 17 anos. Pensei que fosse mais moça, pois, além do seu aspecto de criança, não sabia representar... Dorian, não te tortures tanto! Vem jantar comigo e depois iremos à Ópera. A Patti cantará esta noite e o teatro estará repleto. Irás para o camarote de minha irmã, onde haverá algumas mulheres belas.

— Assim, assassinei Sibyl Vane — rosnava Dorian. — Matei-a tão seguramente, como se lhe houvesse raspado a garganta com uma faca! E, entretanto, nem por isso acho as rosas menos belas... Os pássaros não cantarão menos no meu jardim... Esta noite vou jantar contigo, irei depois à Ópera e, sem dúvida, ainda irei cear em qualquer parte, mais tarde. Como a vida é poderosamente dramática! Harry, se eu houvesse lido tudo isso em um livro, desconfio bem que acabaria chorando. Agora que isso se passa comigo, parece-me estupefaciente demais para chorar! Toma: eis a primeira carta de amor apaixonada que escrevi durante toda a minha vida. Não achas impressionante o fato de ser a primeira carta de amor dirigida a uma mulher morta? Essas formas brancas e silenciosas, que chamamos os mortos, poderão acaso sentir? Sibyl! Poderá ela acaso sentir, saber, ouvir? Ah! Harry, como eu a amava! Parece-me até que há muitos anos! Ela me representava tudo... Veio essa noite assombrosa — seria a última? — em que ela desempenhou tão mal e o meu coração estalou! Ela explicou-me o porquê; foi deveras tocante! Não me comovi; julguei-a uma estulta! Súbito, passou-se qualquer coisa que me impressionou; não posso dizer-te o que foi, mas foi tremendo... Quis tornar a ela; senti que me havia conduzido muito mal... e atualmente ela está morta! Meu Deus! Meu Deus! Harry, que deverei fazer! Sabes o perigo que corro e nada vejo que me possa resguardar! Ela teria sido a minha guarda; não tinha o direito de matar-se. Foi um grande egoísmo da sua parte!

— Meu caro Dorian — ponderou lorde Harry pegando um cigarro e tirando do bolso uma caixinha dourada de fósforo —, o único processo pelo qual uma mulher chega a reformar um homem é o da importunação a ponto de perder ele todo o interesse possível na existência. Se te houvesses casado com essa mulher, terias sido infeliz; tu a tratarias gentilmente, pois é sempre fácil ser-se bom com as pessoas das quais nada se espera. Ela, porém, teria logo descoberto que lhe era absolutamente indiferente; e quando uma mulher descobre isto no marido, ou ela passa a vestir-se ridiculamente, ou empluma mais os chapéus por conta do marido... de outra. Nada digo do adultério, que pudera ser abjeto; que, em suma, eu não permitiria, mas asseguro-te que haveria em tudo isso uma completa embrulhada, um equívoco.

— É possível — concordou o rapaz, bastante pálido, andando de cá para lá no aposento —, mas pensava que cumpria o meu dever. Não é minha culpa se este drama me impediu de realizar o que julgava justo. Tu me disseste uma vez que pesava uma fatalidade sobre as boas resoluções; eram sempre tomadas muito tarde. A minha oferece um exemplo.

— As boas resoluções só podem intervir inutilmente contra as leis científicas. Brotam da pura vaidade e o seu resultado é *nulo*. De tempos em tempos, elas nos fazem experimentar certas luxuosas emoções estéreis, que possuem encanto para os fracos. Eis o que se pode deduzir. Pode-se compará-las aos cheques que alguém sacasse sobre um banco, no qual não tivesse conta aberta.

— Harry — disse Dorian, vindo sentar-se junto deste —, porque não consigo sentir essa tragédia tanto quando desejaria? Não sou de todo sem coração, não é verdade?

— Tu cometeste muita loucura durante a última quinzena, para que te seja lícito fazer esse juízo de ti próprio — respondeu lorde Harry com um doce e melancólico sorriso.

O jovem franziu a testa:

— Não aprecio a tua explicação, Harry — tornou ele —, mas sempre estimo saber que não me crês sem coração. Ainda o possuo, bem sei. Entretanto, estou em condições de avaliar que esse caso não me perturbou como eu deveria senti-lo. Parece-me simplesmente o maravilhoso epílogo de um drama maravilhoso. Tal caso revela-me a incrível beleza de uma tragédia grega, na qual eu chegasse a tomar parte, sem ser ao menos ferido de leve.

— Sim, na verdade, é uma questão interessante — notou lorde Harry, que achava novo prazer em brincar com o egoísmo inconsciente do adolescente —, uma questão das mais interessantes... Imagino que a única explicação pode ser esta. Muitas vezes sucede que as verdadeiras tragédias da vida se desenrolam de maneira tão pouco artística que nos acabrunham pela crua violência, pela incoerência absoluta, pela absurda necessidade de exprimir qualquer coisa, pela completa falta de estilo... Elas nos afetam tal qual a vulgaridade; deixam-nos uma impressão de pura força brutal e então nos revoltamos contra isso. Às vezes, entretanto, uma tragédia contendo elementos artísticos de beleza envolve a nossa vida. Se tais elementos são reais, ela produz em nossos sentidos o puro efeito dramático. Nós nos sentimos subitamente transformados, não em atores, mas em espectadores da peça, ou, antes, nós nos sentimos as duas coisas. Nós mesmos nos observamos e o simples interesse do espetáculo nos seduz. Que se deu, com efeito, caso de que nos ocupamos? Uma mulher matou-se por amar-te. Intriga-me o fato de nunca me haver sucedido coisa igual; isso me teria feito considerar mais o amor durante o resto de meus dias. As mulheres que me adoraram — não foram muitas, mas tive algumas — quiseram sempre prosseguir, quando, desde muito tempo, eu havia deixado de prestar-lhes atenção ou elas de prestar atenção em mim. Tornaram-se gordas, imperiosas e, quando as encontro, reatam comigo o capítulo das reminiscências... Ah! A fatal memória das mulheres! Que fenômeno assustador! Que perfeita estagnação intelectual revela! Pode-se guardar na memória a cor da vida, mas é impossível recordar tantos detalhes, sempre vulgares...

— Hei de semear dormideiras no meu jardim — suspirou Dorian.

— Não vejo a necessidade — replicou seu companheiro. — A vida traz sempre dormideiras nas mãos. Certamente, de um tempo a outro as coisas duram. Houve tempo em que eu não usava senão violetas, durante toda uma estação, como meio artificial de trazer luto por uma paixão que não queria morrer. Afinal morreu e não sei quem lhe deu cabo. Creio que foi a proposta de sacrificarem o mundo inteiro por mim. É sempre um momento enjoativo: enche-te o terror de eternidade. Pois bem, há uma semana, encontrava-me na casa de *lady* Hampshire sentado, ao jantar, perto da dama em questão, e ela insistiu para recomeçarmos tudo de novo, desentulhando o passado e raspando o futuro. Eu havia enterrado o meu romance em um leito de asfódelos. Ela pretendia exumá-lo e assegurava-me que eu não havia perturbado a sua vida. Estou autorizado a crer que ela comeu desabridamente. Assim, não senti a menor ansiedade... Mas que falta de gosto patenteou!

"O único encanto do passado está em ser passado — e as mulheres nunca sabem quando o pano caiu. Invariavelmente, reclamam um sexto ato, propondo o prosseguimento do espetáculo quando o interesse todo já se foi... Se lhes fosse permitido procederem à sua vontade, toda a comédia teria um fim trágico e toda tragédia acabaria em farsa. Elas são incomparavelmente artificiais, mas não têm a mínima compreensão da arte.

"És mais feliz do que eu. Asseguro-te, Dorian, que nenhuma das mulheres que tenho conhecido faria por mim o que Sibyl Vane chegou a fazer por ti. As mulheres comuns, na sua maior parte, consolam-se invariavelmente cobrindo-se de cores sentimentais. Nunca deposites a tua confiança em uma mulher que se revista de malva, seja qual for a idade, ou em uma mulher de 35 anos que não dispense vestidos róseos! Isto quer sempre dizer que elas tiveram as suas histórias. Outras acham um grande consolo na descoberta inopinada das boas qualidades de seus maridos. Fazem uma exuberante proclamação da sua felicidade conjugal, como se tratassem dos mais fascinantes pecados. A religião ainda consola outras. Os mistérios têm todo o encanto de um derriço, disse-me um dia uma mulher — e eu não pude compreendê-la. De resto, nada nos faz mais vãos do que ouvirmos que somos pecadores. A consciência nos tornou egoístas... Sim, não há realmente fim nas consolações que as mulheres descobrem na vida moderna e eu até agora ainda não mencionei a mais importante."

— Qual será ela, Harry? — perguntou indiferentemente o rapaz.

— A consolação evidente: apanhar um novo adorador, logo que se perde um. Na boa sociedade, isto sempre rejuvenesce uma mulher... Realmente, porém, Dorian, quanto Sibyl Vane deveria ser diferente das mulheres que se nos deparam! Há qualquer coisa de esplendidamente belo na sua morte! Sinto-me feliz por viver em um século em que se produzem tais milagres! Eles fazem-nos crer na realidade de coisas com as quais brincamos, como o romance, a paixão, o amor...

— Fui bastante cruel para ela, tu te esqueces...

— Estou certo de que as mulheres apreciam a crueldade, a legítima crueldade, mais do que qualquer outra coisa. Possuem admiráveis instintos primitivos. Nós as temos emancipado, mas elas nem por isso se conservam menos escravas, agarrando-se aos senhores; gostam de ser dominadas. Estou certo de que foste exímio! Nunca te surpreendi num verdadeiro estado de cólera, mas imagino como deves ser arrebatador. Afinal, anteontem disseste-me algumas palavras que me pareceram um pouco fantasiadas. Agora sinto nelas a pura verdade e nelas tenho a chave de tudo.

— Como assim, Harry?

— Disseste-me que Sibyl Vane te representava todas as heroínas de romance; que era em uma noite Desdêmona, outra, Ofélia, que morria como Julieta e ressuscitava Imogênia!

— Nunca mais ressuscitará agora! — lamentou o rapaz, ocultando o rosto nas mãos.

— Não, ela não ressuscitará mais; desempenhou o seu último papel... Deves, porém, pensar nessa morte solitária, nesse bastidor farfalhante, como num fragmento lúgubre de qualquer tragédia jacobina, como numa cena surpreendente de Webster, de Ford ou de Cyril Tourneur. Essa jovem, na realidade, jamais viveu e jamais morreu também... Foi um sonho junto de ti... como esse fantasma que aparece nos dramas de Shakespeare, tornando-os mais admiráveis pela sua presença, como um canudo através do qual passa a música de Shakespeare, vibrante de alegria e sonoridade.

"Ela acariciou a vida ao nascer, assim como a vida a acariciou; ela morreu... Chora por Ofélia se quiseres; cobre de cinzas a tua fronte, porque Cordélia foi estrangulada; invectiva contra o céu, porque a filha de Brabantio morreu, mas não entornes as tuas lágrimas sobre o cadáver de Sibyl Vane. Esta era menos real que aquelas..."

Seguiu-se um silêncio. O crepúsculo sombreava a câmara. Sem ruído, a passos sobre veludo, as sombras deslizavam no jardim. As cores dos objetos desbotavam lentamente. Passados alguns minutos, Dorian Gray levantou a cabeça.

— Tu me deslindaste mesmo, Harry — murmurou ele com um suspiro de alívio. — Eu sentia tudo quanto me expuseste, mas estava de qualquer modo espavorido e não ousava explicar-me a mim mesmo. Como me conheces bem! Não discorreremos, porém, mais sobre o que está no passado. Foi uma extraordinária experiência e basta. Não creio que a vida ainda me reserve qualquer coisa tão extraordinária.

— A vida tudo te reserva, Dorian. Não há nada que não sejas capaz de fazer, com a tua peregrina beleza.

— Lembra-te, porém, Harry, de que eu ainda hei de aparecer grotesco, velho, enrugado! E então?

— Então — retrucou lorde Harry, reerguendo-se —, então terás de combater por tuas vitórias. Atualmente, elas te são oferecidas. Deves conservar a tua beleza. Vivemos em um século que lê muito para saber e que pensa muito para ser belo. Não podemos dispensar-te. Agora, o que tens a fazer é vestir-se para irmos ao clube. Estamos atrasados, como vês.

— Creio que nos veremos depois, na Ópera, Harry. Estou muito fatigado para poder comer, seja o que for. Qual é o número do camarote de tua irmã?

— Penso que 27. É na primeira fila. Verás o seu nome na porta. Vou contrariado por não quereres jantar.

— Não me é possível — afirmou Dorian indiferente. — Já te agradeço muito o que me revelaste. És, certamente, o meu melhor amigo; ninguém me compreendeu como tu...

— Estamos somente no começo da nossa amizade, Dorian — ponderou lorde Harry, apertando-lhe a mão. — Adeus. Espero ver-te antes de nove e meia. Não te esqueças de que Patti canta...

E como o amigo batesse a porta atrás de si, Dorian tocou a sineta. Pouco depois, Victor apareceu com as lâmpadas e puxou as persianas. Dorian impacientava-se, desejando ver-se fora de casa, e parecia-lhe que Victor não terminava.

Retirando-se o criado, ele precipitou-se para o biombo e descobriu a pintura.

Não! Nenhuma nova alteração havia no retrato. Soubera da morte de Sibyl Vane antes de si e sabia os sucessos da vida no seu momento. A dura crueldade que vinculara as finas linhas da boca havia, sem dúvida, aparecido precisamente na ocasião em que a moça ingeria o veneno... Ou esse retrato seria indiferente aos fatos e só refletiria o que se passa na alma? Ele pasmava, esperando que um dia talvez visse a alteração operar-se ante seus olhos — e esta ideia fê-lo tremer.

Pobre Sibyl! Que romance havia sido o seu! Quantas vezes reproduzira a mímica da morte no teatro! Esta, afinal, pôs-lhe a mão e carregou-a. Como teria ela representado essa última cena aterradora? Ao morrer, tê-lo-ia amaldiçoado? Não, porque morrera por amor dele — e a morte devia ser-lhe um sacramento. Ela havia tudo redimido pelo sacrifício que fizera da sua vida! Não queria sonhar no que ela havia feito experimentar durante essa noite no teatro...

Quando pensasse nela seria como numa prestigiosa figura trágica enviada à cena do mundo para exibir a realidade suprema do amor. Uma prestigiosa figura! Lágrimas ubiram-lhe aos olhos, ao lembrar-se do seu ar infantil, de suas maneiras doces e caprichosas, da sua feroz e trêmula graça. Dorian recusou-as apressado e contemplou novamente o retrato. Sentiu que era chegado o tempo de fazer desta vez a sua escolha. Esta ainda não haveria sido feita? Sim, a vida havia decidido por ele. A vida e sua penetrante curiosidade... A eterna mocidade, a infinita paixão, os prazeres sutis e secretos, as alegrias ardentes e os pecados ainda mais ardentes — tudo ele devia conhecer. O retrato conservaria o peso de sua vergonha — e eis tudo!

Tomou-o uma sensação de dor, ao pensar na desagregação que experimentaria a sua bela face pintada na tela. Uma vez — zombaria infantil de Narciso — ele havia beijado ou fingido beijar esses lábios pintados, que agora lhe sorriam cruelmente. Dias e dias, ele se colocara diante do seu retrato, maravilhando-se da própria beleza, quase enamorado dela, como muitas vezes lhe pareceu... Presentemente ela se alteraria diante de cada pecado ao qual ele cedesse? Aí estaria um monstruoso e desprezível objeto destinado a encerrar-se em um quarto de cadeados, longe da luz solar que tantas vezes acendera o ouro de sua cabeleira ondeada? Que irrisão sem termos!

Um momento, lembrou-se de orar para que cessasse a nefanda simpatia existente entre ele e o retrato. Uma prece a criara; talvez outra prece conseguisse destruí-la...

Quem, entretanto, conhecendo a vida, hesitaria em manter a sorte de conservar-se sempre moço, por mais fantástica que tal sorte se manifestasse, e em arrostar as consequências que tal resolução produzisse? Tudo isso, porém, dependeria da sua vontade?

Essa substituição teria sido verdadeiramente produzida pela prece? Não haveria alguma razão científica capaz de explicá-la? Se o pensamento chegava a exercer uma influência no organismo vivo, essa influência não poderia estender-se às coisas mortas ou inorgânicas? As coisas exteriores relativamente a nós, sem pensamento ou desejo conscientes, não poderiam vibrar de conformidade com os nossos humores e paixões, o átomo atraindo o átomo em um amor secreto ou por uma estranha afinidade? A razão, porém, era sem importância. Ele não tentaria mais, por meio da oração, tão arriscado poder. Se a pintura estava destinada a alterar-se, nada conseguiria impedi-la. Era evidente. Por que aprofundar o caso? Ele teria, de resto, um verdadeiro prazer em observar essa transformação. Poderia acompanhar o seu espírito pelos pensamentos secretos; o retrato lhe seria o mais magnífico dos espelhos. Como já lhe havia revelado o próprio corpo, também lhe revelaria a própria alma. E quando sobre o mesmo quadro se exibissem os efeitos do inverno da vida, nele, seu modelo vivo, resplandeceria a trêmula auréola da primavera e do estio. Quando o sangue lhe viesse à face, deixando atrás uma máscara lívida de giz, ele guardaria o fulgor da adolescência. A floração de sua idade não se apagaria; o pulso da vida não se lhe enfraqueceria. Como os deuses da Grécia, seria forte, lépido e alegre. Que poderia provocar em sua figura o que se verificava como reproduzido na tela? Ele estava salvo: tudo se resumia nisto!

Sorrindo, Dorian repôs o biombo na mesma posição, em frente ao retrato, e passou ao quarto onde o esperava o criado. Uma hora mais tarde, achava-se na Ópera, onde lorde Harry se apoiava ao encosto da sua poltrona.

IX

No dia seguinte, pela manhã, enquanto ele almoçava, Basil Hallward entrou.

— Sinto-me feliz por encontrar-te, Dorian — declarou o pintor gravemente. — Vim ontem à noite e disseram-me que estavas na Ópera. Eu vi logo que era impossível, mas quisera que me houvesse deixado uma palavra, dizendo-me aonde foste. Passei uma noite bem triste, receando que a primeira tragédia fosse seguida de outra. Deverias telegrafar-me, desde que ouviste falar... Li, por acaso, a notícia na última edição do *Globe*, no clube. Corri imediatamente até aqui e fiquei deveras desolado por não te encontrar. Não sei dizer-te quanto tive o coração ferido por tudo isso. Avalio o que deves estar sofrendo. Onde, porém, estavas tu? Foste ver a mãe da pobre moça? Pensei um instante ir lá procurar-te, pois o jornal trazia seu endereço. Um ponto qualquer em Euston Road, não é? Mas receei importunar uma dor que eu não podia consolar. Pobre mulher! Em que estado deveria estar! Sua única filha! Que dizia ela?

— Meu caro Basil, que sei eu? — rosnou Dorian Gray, saboreando por pequenos goles um vinho amarelo-claro, em um cálice de Veneza delicadamente contornado em dourado, e mostrando-se profundamente enfastiado. — Eu estava na Ópera e tu lá deverias ter ido. Encontrei, pela primeira vez, *lady* Gwendoline, a irmã de Harry. Estávamos no seu camarote. Ela é positivamente sedutora e Patti cantou divinamente. Não relembreis coisas horrendas. Se nunca se falasse de um fato, ele se apagaria como se nunca houvesse ocorrido. É exclusivamente a expressão, como diz Harry, que empresta uma realidade às coisas. Devo dizer-te que a pobre mulher não possuía uma filha única; tem ainda um filho, um belo rapaz, creio eu; mas não está no teatro. É marinheiro ou qualquer coisa parecida. E agora fala-me de ti e do que vais pintar.

— Tu estiveste na Ópera? — inquiriu lentamente Hallward, com uma vibração de tristeza na voz. — Tu estiveste na Ópera, enquanto Sibyl Vane repousava morta em um sórdido alojamento? Pudeste falar-me de outras mulheres belas e da Patti, que cantava divinamente, antes mesmo que a moça que amavas tenha a quietude de um túmulo para nele dormir? Tu então não pensas nos horrores reservados a esse corpinho branco?

— Detém-te, Basil, não quero ouvi-lo! — exclamou Dorian, levantando-se. — Não me toques em tais assuntos. O que está feito está feito. O passado é o passado.

— Tu chamas passado o dia de ontem?

— O que se passa no presente instante vai pertencer-lhe. Somente as criaturas superficiais exigem anos para libertar-se de uma emoção. Um homem senhor de si próprio acaba com um desgosto tão facilmente como pode inventar um prazer. Não quero estar à mercê de minhas emoções, mas sim usá-las, torná-las agradáveis e dominá-las.

— Dorian, isto é inqualificável! Qualquer coisa te modificou inteiramente. Tu conservas as aparências desse maravilhoso jovem que ia todos os dias ao meu ateliê para retratar-se. Eras, porém, nesse tempo, natural, simples e terno. Eras então a menos enxovalhada das criaturas. Atualmente, não sei o que se passou contigo. Tu falas como se não possuísses nem coração nem sentimento. É a influência de Harry que te contaminou, eu bem vejo...

O jovem enrubesceu e, dirigindo-se à janela, ali permaneceu alguns instantes, considerando o gramado coberto de flores e sol.

— Eu devo muito a Harry, Basil — objetou ele por fim. — Devo-lhe mais do que a ti, que só me ensinaste a ser vão.

— Deveras? Também já estou punido, Dorian, ou hei de sê-lo qualquer dia.

— Não sei o que queres dizer, Basil — bradou o outro, voltando-se. — Não sei o que tu queres. Que queres tu?

— Eu desejaria reencontrar o Dorian Gray que pintei — explicou o artista tristemente.

— Basil — falou o rapaz, indo a ele e pousando-lhe a mão no ombro —, tu chegaste muito tarde. Homem, quando tive notícia de que Sibyl Vane se havia suicidado...

— Suicidado, meu Deus. É bem verdade!? — bradou Hallward fitando-o com uma expressão de assombro.

— Meu caro Basil, tu seguramente não pensavas que se tratasse de um acidente vulgar. Positivamente, ela suicidou-se.

O outro apertou a cabeça entre as mãos.

— É calamitoso — pronunciou ele, enquanto um tremor o percorria.

— Não — ponderou Dorian Gray —, nada há de calamitoso. Trata-se de uma das maiores tragédias românticas do nosso tempo. Ordinariamente, os atores levam a existência mais banal. São bons maridos, mulheres fiéis, qualquer coisa de enfadonho. Tu compreendes: uma virtude mediana e o mais que se segue. Como Sibyl era diferente! Ela viveu a sua mais bela tragédia; foi constantemente uma heroína. Na última noite em que representou, na noite em que a viste, o seu desempenho foi mau porque chegara a compreender a realidade do amor. Quando conheceu as suas decepções, morreu como teria morrido Julieta. Sob este aspecto, ela ainda pertence ao domínio da arte. Tem em si o que quer que seja de uma mártir. A sua morte apresenta toda a inutilidade patética do martírio, toda uma beleza de desolação. Mas não creias que eu nada sofri. Se houvesses chegado ontem, a um certo momento — pelas cinco horas e meia talvez, ou seis horas menos um quarto — ter-me-ias encontrado em lágrimas... O próprio Harry, que aqui estava e que, de fato, me trouxe a notícia, não sabia onde eu pretendia chegar. Sofri intensamente. Depois tudo passou. Não posso repetir uma emoção. Ninguém, de resto, consegue fazê-lo, a não ser os sentimentais. E tu és ferinamente injusto, Basil. Tu aqui apareces para consolar-me, o que é gentil de tua parte; encontras-me inteiramente consolado e ficas, por este motivo, furioso! Tal qual uma pessoa simpática! Lembras-me uma história referida por Henry, a propósito de certo filantropo que despendeu vinte anos de vida tentando consertar um erro ou modificar uma lei injusta, já não sei bem exatamente. Afinal, conseguiu e nada foi comparável ao seu desespero. Ele nada mais tinha a fazer, senão morrer de tédio, e transformou-se num misantropo convencido. Agora, meu caro Basil, se, na verdade, tu pretendes consolar-me, ensina-me a esquecer o que se passou ou a considerar a catástrofe sob um ponto de vista bastante artístico. Não foi Gautier quem escreveu sobre a "Consolação das Artes"? Lembro-me de haver achado um dia no teu ateliê um pequeno volume de velino encadernado, onde colhi essa expressão deliciosa. Ainda não serei eu como esse jovem, de quem me falavas quando estivemos juntos em Marlow, esse jovem que dizia achar no cetim amarelo consolo para todas as misérias da vida? Amo as belas coisas que podemos apalpar e guardar: os velhos brocados, os bronzes verdes, as lacas, os marfins estranhamente lavrados, adornados. Há muito a tirar de tais objetos. Para mim, porém, o temperamento artístico que eles, ao menos, revelam vale mais ainda. Tornar-se espectador da sua própria vida, como diz Harry, é escapar-se aos sofrimentos terrestres. Eu bem sei que te assusto falando assim. Tu não chegaste a compreender como eu me desenvolvi. Quando me conheceste eu era um colegial. Atualmente, sou um homem, alimento novas paixões, tenho novos pensamentos e ideias novas. Estou transformado, mas nem por isso deves querer-me menos. Estou mudado, mas serás sempre meu amigo. Certamente, estimo muito Harry; bem sei que tu és superior a ele... Não és mais forte, tens muito medo da vida, mas és melhor. Como éramos felizes juntos! Não me abandones, Basil, e não discutas comigo. Sou o que sou. Nada mais tenho a acrescentar!

O pintor parecia singularmente comovido. O rapaz era-lhe muito caro e a sua personalidade marcara-lhe a transmutação da arte. Não pôde sustentar a ideia de fazer-lhe por mais tempo censuras. Afinal, toda aquela indiferença podia não ser mais que um passageiro humor, pois nele havia bastante bondade e nobreza.

— Muito bem, Dorian — falou por fim o artista, com um sorriso de mágoa —, de hoje em diante, eu não te farei a menor referência a esse intolerável assunto. Espero somente que teu nome não seja nele envolvido. Esta tarde deverão proceder ao inquérito. Foste intimado a comparecer?

Dorian balançou a cabeça negativamente, e, a esta palavra "inquérito", seus traços deram-lhe um ar de enfado. Havia nessa palavra tanta brutalidade e vulgaridade!

— Não conhecem meu nome — declarou ele.

— E ela, certamente, o conhecia.

— Só o prenome. E tenho a certeza de que jamais o disse a ninguém. Uma vez, contou-me que todos tinham a curiosidade de saber quem eu era e que ela, invariavelmente, a todos respondia que eu me chamava o "Príncipe Encantador". Era gentil da parte dela. Basil, será preciso que me faças um croqui de Sibyl. Eu quisera possuir dela alguma coisa, além da lembrança de alguns beijos e de alguns retalhos de frases patéticas.

— Tentarei fazer alguma coisa, Dorian, se assim é de teu agrado. É necessário, porém, que tu voltes a posar. Não posso passar sem ti.

— Não posso mais posar para teu pincel, Basil. É absolutamente impossível! —

afirmou ele, recuando.

O pintor olhou-o.

— Garoto, que tolice! Pretenderás dizer que o que eu faço de ti já não te agrada? Ou é a propósito? Por que desdobraste o biombo em frente ao teu retrato? Deixa-me vê-lo. É o melhor trabalho que até hoje executei. Afasta esse biombo, Dorian. É verdadeira grosseria da parte do teu criado ocultar assim a minha obra. Bem me pareceu que qualquer coisa havia sido mudada, quando aqui entrei.

— Meu criado nada tem com isso, Basil. Tu não hás de supor que eu deixe ao gosto dele o arranjo dos meus aposentos. Ele dispõe as flores algumas vezes, e é tudo. Eu mesmo faço o resto. A luz caía cruamente sobre o retrato.

— Muito cruamente! Mas, absolutamente não, meu caro amigo. A exposição está esplêndida. Deixa-me ver...

E Hallward dirigiu-se para o canto do compartimento.

Um grito de pavor escapou-se dos lábios de Dorian Gray, que se arremessou entre o pintor e o biombo.

— Basil! — clamou, empalidecendo. — Não verás isto, porque eu não quero!

— Não ver minha própria obra! Falas sério? Por que não hei de vê-la? —perguntou Hallward, risonho.

— Se tentares vê-la, Basil, dou-te a minha palavra de honra — nunca mais te falarei. Falo muito seriamente, não te ofereço explicação alguma e é inútil pedi-la. No entanto, reflete bem: se tocares no biombo, está tudo acabado entre nós.

Hallward sentia-se como fulminado. Ele nunca o vira assim. O rapaz estava desfigurado de cólera; crispava as mãos e seus olhos lembravam duas chamas azuis. Um tremor tomara-lhe o corpo todo.

— Dorian!

— Não fales!

— Mas que há, criatura? Certamente, não o espiarei, se não queres — assegurou Hallward, um pouco friamente, virando-se nos calcanhares e dirigindo-se à janela. — Mas parece-me um pouco absurdo que eu não possa ver a minha obra, sobretudo quando pretendo expô-la em Paris, pelo próximo outono. Será necessário que eu lhe dê uma nova camada de verniz, daqui até lá. Assim, deverei vê-la um dia. Por que não agora?

— Expô-la! Queres expô-la? — interrogou Dorian, tomado de um estranho terror. O mundo contemplaria, pois, o seu segredo? Viriam abrir a boca ante o mistério de sua vida? Era impossível! Qualquer coisa — não sabia o que ocorreria antes.

— Sim — confirmou Hallward —, e não suponho que tenhas motivo sério a objetar. George Petit vai reunir minhas melhores telas para uma exposição especial, que inaugurará na rua de Sèze, durante a primeira semana de outubro. O retrato ficará fora daqui apenas um mês. Durante esse lapso de tempo, creio que podes facilmente separar-te dele. De resto, estarás com certeza ausente da cidade. E se o deixares sempre atrás do biombo, bem pouca atenção te dará.

Dorian passou a mão pela fronte umedecida de suor. Teve a ideia que se achava exposto a um grande perigo.

— Declaraste-me, há um mês, que nunca o exporias — bradou ele. — Por que mudaste assim de parecer? Vós outros, que passais por constantes, tendes tantos caprichos como os mais fantasistas. Neste caso, a única diferença é que teus caprichos são sem a menor significação. Tu não deves esquecer-te de que me asseguraste solenemente que nada no mundo te levaria a expô-lo. Disseste exatamente o mesmo a Harry.

Subitamente, calou-se. Passou-lhe um corisco pelos olhos. Lembrou-se de que lorde Henry um dia lhe dissera, um pouco seriamente, um pouco risonho: "Se tu queres passar um curioso quarto de hora, pergunta a Basil por qual motivo ele não quer expor o teu retrato. A mim ele disse e foi para mim uma revelação". Sim, talvez Basil também possuísse o seu segredo. Ele procuraria descobri-lo.

— Basil — falou ele, aproximando-se bem do outro e fixando-o nos olhos —, cada um de nós tem o seu segredo. Faze-me conhecer o teu, que te contarei o meu. Por que razão tu te negavas a expor o meu retrato?

O pintor teve um calafrio, bem contra a vontade.

— Dorian, se eu te revelasse tu poderias prezar-me menos e, com certeza, te ririas de mim. Eu não suportaria nem uma nem outra coisa. Se tu queres que eu não veja mais o teu retrato, está direito... Eu poderei, ao menos, ver-te sempre em pessoa. Se exiges que a melhor de minhas obras fique sempre oculta aos olhares mundanos, eu concordo. Tua amizade me é mais preciosa do que toda glória ou toda fama.

— Não, Basil, é preciso que me reveles — insistiu Dorian Gray. — Creio ter o direito de sabê-lo.

A sua impressão de terror havia desaparecido, substituída pela da curiosidade. Estava resolvido a conhecer o segredo de Basil Hallward.

— Sentemo-nos, Dorian — convidou o pintor perturbado —, sentemo-nos, e responde à minha pergunta. Notaste no retrato alguma coisa curiosa? Uma coisa que provavelmente não te impressionou, a princípio, mas que te foi depois revelada subitamente?

— Basil! — exclamou o jovem, apertando com mãos trêmulas os braços da poltrona e fixando o companheiro com os olhos ardentes e desnorteados.

— Percebo que tu notaste... Não fales! Procura primeiro ouvir o que tenho a dizer-te.

"Dorian, desde o dia em que te vi, a tua personalidade exerceu em mim uma influência extraordinária. Eu fui dominado, alma, cérebro e talento, por ti. Tornavas-te para mim a visível encarnação desse ideal jamais visto, cuja concepção nos persegue a nós outros artistas, como um sonho extravagante. Eu te amava. Enchi-me de ciúmes contra todos aqueles aos quais falavas, queria possuir-te só para mim, só me sentia feliz quando estava junto de ti. Quando te afastavas de mim, ficavas ainda presente na minha arte.

"É claro que nunca te dei a perceber nada disso. Seria impossível. Tu não terias compreendido, porque eu mesmo mal chego a compreender. Reconheci somente que havia visto a perfeição face a face e o mundo tornou-se maravilhoso a meus olhos, excessivamente maravilhoso talvez, porquanto há um grande perigo em tais adorações, o perigo de perdê-las, não menor que o de conservá-las. As semanas passavam e eu me absorvia cada vez mais em ti. Então começou uma fase nova. Eu te havia desenhado pastor, como Páris, revestido de uma delicada armadura, e caçador, como Adônis, armado de um chuço polido. Coroado de grandes flores de lótus, tu te puseras à proa da embarcação de Adriano, olhando além do Nilo verde e lamacento. Tu te havias debruçado sobre as límpidas águas da piscina de uma paisagem grega, mirando na prata dessas águas silenciosas a magnificência de teu próprio semblante. E tudo isso era apenas o que a arte podia ser — inconsciência, ideal, aproximações. Um dia fatal, do qual, às vezes, lembro-me, resolvi pintar um esplêndido retrato teu, pintar-te tal como és hoje, não em hábitos de tempos esquecidos, mas nas tuas próprias vestes e segundo a tua época. Não sei dizer se seria o realismo do assunto ou a simples ideia de tua própria personalidade, o que assim se me apresentava sem cercaduras e sem véus. Sei, porém, que, enquanto compunha este quadro, cada pincelada e cada toque de colorido me davam a entender que revelava o meu segredo. Assustei-me à ideia de que todos viessem a conhecer a minha idolatria. Senti, Dorian, que havia falado demais e transmitido muito de mim mesmo a essa obra. Então resolvi jamais consentir na exposição do retrato. Tu te mostraste um pouco contrariado, mas, então, mal poderias calcular o que tudo isso significava para mim. Harry, a quem falei a respeito, pôs-se a zombetear-me, mas eu pouco me incomodava. Quando terminei o quadro e me assentei sozinho diante dele, senti que tinha razão... Alguns dias, porém, depois de ele me sair do ateliê, desde que me vi desembaraçado da intolerável fascinação da sua presença, concluí que devia estar louco imaginando haver visto em tal tela outra coisa além da tua beleza, e mais coisas que nem podia pintar. Atualmente mesmo, não posso deixar de sentir o erro que há em crer que a paixão experimentada na criação chegue um dia a patentear-se na obra acabada. A arte é sempre mais abstrata do que a imaginamos. A forma e a cor nos falam de forma e cor — e eis tudo. Muitas vezes tenho pensado que a obra mais facilmente oculta o artista do que o revela. Assim, quando recebi esse convite de Paris, resolvi fazer do teu retrato o *clown* da minha exposição. Nunca supus que me pudesses recusá-lo. Agora percebo que tens razão. Esse retrato não pode ser exibido. Não me queiras agora menos, Dorian, por tudo quanto acabo de confessar-te. Como dizia uma vez Harry, foste feito para ser amado...".

Dorian Gray suspirou longamente. Suas faces se coloriram de novo e um sorriso perpassou-lhe nos lábios. O perigo estava dissipado. Por aquele momento, ele estava salvo. Não podia, contudo, furtar-se a uma imensa piedade pelo pintor que acabava de fazer-lhe uma tão estranha confissão, e a si mesmo inquiria se algum dia ele próprio chegaria a ser assim dominado pela personalidade de um amigo. Lorde Harry possuía esse encanto de ser muito perigoso — mas só isso. Era muito hábil e muito cínico para que se o pudesse verdadeiramente amar. Dar-se-ia o caso de um dia surgir alguém que lhe despertasse tão curiosa idolatria? Seria uma das coisas que a vida lhe reservava?

— Acho extraordinário, Dorian — disse Hallward —, que realmente tenhas visto o que te referi, no retrato. Viste, de fato?

— Nele vi qualquer coisa — respondeu Dorian —, qualquer coisa que me pareceu muito curiosa.

— Bem, permites agora que eu o examine?

Dorian balançou negativamente a cabeça.

— Não deves repetir-me tal pedido, Basil. Efetivamente não posso deixar-te diante desse quadro.

— Um dia hás de consentir.

— Nunca!

— Talvez tenhas razão. E, agora, até logo, Dorian. Tu foste a única pessoa em minha vida que exerceu legítima influência sobre o meu talento. Devo a ti tudo o que fiz de bom. Ah! Tu não avalias quanto me custa declarar-te tudo isto!

— Meu caro Basil — interrompeu Dorian —, que me declaraste afinal? Simplesmente que sentias admirar-me muito... Não chega a ser um cumprimento.

— Não podia ser um cumprimento. Era uma confissão. Agora que já a fiz parece que de mim se desprendeu alguma coisa. Talvez não se deva exprimir a própria adoração por palavras.

— Foi uma confissão bem desapontadora.

— Que esperavas, Dorian? Nada percebeste a mais no quadro? Não havia outra coisa a ver nele?

— Não, não havia mais nada a ver. Por que perguntas? Não deves, porém, falar de adoração. É uma tolice. Eu e tu somos dois amigos e assim nos devemos conservar...

— Fica-te restando Harry! — disse o pintor tristemente.

— Ah! — exclamou o jovem, numa gargalhada. — Harry passa os dias a articular coisas incríveis e suas noites a praticar coisas inverossímeis. Precisamente o gênero de vida que eu desejaria levar. Não creio, porém, que irei em busca de Harry em um momento de embaraço. Correrei de preferência a ti, Basil.

— E ainda posso contar contigo para modelo?

— Impossível!

— Dorian, destróis com essa recusa a minha vida de artista. Nenhum homem encontra duas vezes o seu ideal. Bem poucos têm uma vez só esta sorte.

— Não posso dar-te explicações, Basil. Não devo mais servir-te de modelo. Há não sei o que de fatal num retrato. Tem a sua vida própria... Irei tomar chá contigo. Isto também será agradável.

— Talvez agrade mais a ti — murmurou Hallward com tristeza. — E, agora, até logo. Retiro-me aborrecido, por não me deixares ver mais uma vez o quadro. Nós, porém, não nos entendemos. Compreendo perfeitamente o que tu sentes.

Quando o outro partiu, Dorian sorriu intimamente. Pobre Basil! Como ele estava longe de conhecer a verdadeira razão! E como era estrambótico o fato de haver arrancado o segredo de seu amigo, conseguindo-o quase por acaso, em vez de ser forçado a revelar o seu próprio segredo! Como aquela espantosa confissão o definia aos próprios olhos! Os absurdos acessos de ciúme do pintor, sua feroz devoção, seus panegíricos extravagantes, suas curiosas reticências — tudo ele compreendia presentemente e veio-lhe por tal motivo uma contrariedade. Imaginava que podia haver qualquer coisa de trágico em uma amizade tão embebida de romanesco. Suspirou e fez soar a sineta. O retrato deveria ficar forçosamente oculto. Não podia expor-se por mais tempo ao risco de descobri-lo aos outros. Fora verdadeira loucura deixá-lo, uma hora mesmo, em um compartimento, onde tinham livre acesso todos os seus amigos.

Ao entrar o criado, Dorian observou-o atentamente, desejando saber se esse homem tivera a curiosidade de espiar por trás do biombo. O criado estava literalmente impassível e esperava suas ordens. Dorian acendeu um cigarro e caminhou até o espelho, no qual se contemplou, vendo também dali a face de Victor, que se refletia. Era uma máscara plácida de servilismo. Nada havia a temer desse lado. Dorian entendeu, porém, que seria prudente tomar as suas cautelas.

Disse-lhe em tom velado que chamasse a governanta para falar-lhe e que, em seguida, fosse ao moldureiro pedir-lhe a remessa imediata de dois dos seus homens. Quando o criado se afastou, pareceu-lhe que seus olhos se viravam para o biombo. Ou seria talvez um simples efeito de sua imaginação.

Momentos depois, a senhora Leaf, enfiada no seu vestido de seda negra, com as mãos enrugadas cobertas de luvas à moda antiga, entrava na biblioteca. Ele pediu-lhe a chave da sala de estudos.

— A velha sala de estudos, sr. Dorian? — perguntou a governanta. — Mas está cheia de poeira! Preciso pô-la em ordem e limpá-la, antes que o senhor aí vá. Não está absolutamente apresentável a seus olhos...

— Não exijo que ela esteja em ordem, Leaf. Preciso da chave, simplesmente...

— Se aí for, porém, senhor, as teias de aranha hão de cobri-lo todo. Pois não se abre tal sala há cinco anos, desde que Sua Senhoria morreu.

Dorian sentiu um estremecimento a essa menção a seu avô, de quem guardava uma triste lembrança.

— Nada quer dizer — acentuou. — Tenho somente necessidade de ver esse aposento, e é tudo. Dê-me a chave.

— Ei-la, senhor — disse a velha dama, procurando a chave febrilmente no seu molho. — Ei-la aqui. Vou já fazer arrancá-la do molho. Mas nem quero pensar que o senhor se proponha a morar lá em cima, quando aqui está tão confortavelmente.

— Não, não — bradou ele com impaciência. — Obrigado, Leaf. Muito bem.

Ela demorou-se ainda um momento, discorrendo muito eloquentemente sobre alguns pormenores do interior. Ele suspirou e declarou-lhe que fizesse como entendesse, segundo sua ideia. Ela retirou-se papagueando.

Quando viu a porta cerrada, Dorian meteu a chave no bolso e olhou ao redor de si. Seus olhares detiveram-se em um grande cobertor de cetim púrpura, todo bordado de ouro, um esplêndido trabalho veneziano do século XVII, descoberto por seu avô num convento perto de Bolonha. Sim, essa colcha poderia servir para envolver o triste objeto. Talvez esse estofo já houvesse até servido de pano mortuário. Tratava-se presentemente de cobrir uma coisa que estava mesmo a corromper-se, numa corrupção pior até que a da morte, de despertar horror e que, entretanto, não morreria. O que os vermes são para um cadáver, seus pecados seriam para a imagem pintada nessa tela. Destruiriam a sua beleza, corroeriam a sua graça. Haviam de enodoá-la e a cobririam de vergonha. Apesar de tudo, a imagem persistiria e sempre se conservaria viva.

Dorian enrubesceu e lastimou, durante um momento, que não houvesse desvendado a Basil a verdadeira razão pela qual desejava ocultar esse quadro. Basil o teria ajudado a resistir à influência de lorde Harry e às influências ainda mais envenenadas de seu próprio temperamento. O amor que ele lhe tinha — pois era efetivamente amor — só transpirava nobreza e intelectualidade. Não era essa simples admiração da beleza física, que nasce dos sentidos e que se perde com a simples fadiga dos mesmos sentidos. Era esse outro amor que conheceram Michelangelo, Montaigne, Winckelmann e o próprio Shakespeare. Sim, Basil poderia tê-lo salvo; mas, no momento, já viria muito tarde. O passado poderia ser aniquilado. Os arrependimentos, as abjurações ou o esquecimento permitiriam isso, mas o futuro era inevitável. Havia nele paixões que teriam sua terrível descendência, sonhos que nele projetariam a sombra de sua perversa realidade.

Dorian apanhou sobre o leito o grande estofo de seda e ouro que o cobria e, dobrando-o no braço, passou-se para trás do biombo. O retrato estaria mais horripilante do que antes? Pareceu-lhe que nada nele havia mudado e a sua aversão por essa imagem aumentou ainda mais. Os cabelos de ouro, os olhos azuis e as pétalas rubras dos lábios, tudo ali estava. A expressão somente era outra. Era horrivelmente cruel. Em comparação com tudo o que ele ali via de degradante e de censuras, como lhe pareciam fúteis os reparos de Basil, a propósito de Sibyl Vane! Como eram fúteis e sem interesse! Sua própria alma o apreciava dessa tela e o julgava. Uma expressão de dor cobriu seus traços e ele atirou a rica colcha sobre o quadro. No mesmo instante, bateram à porta e ele já procurava o outro lado do biombo, justamente na ocasião em que seu criado entrou.

— Os moldureiros aí estão, senhor.

Pareceu-lhe que, antes de tudo, seria preciso afastar esse homem. Ele não deveria saber em que ponto a pintura ficaria escondida. Havia nele qualquer coisa de dissimulado e seus olhos mostravam-se inquietos e pérfidos. Sentando-se à mesa, Dorian escreveu uma linha a lorde Harry, pedindo que lhe enviasse qualquer coisa a ler e recordando-lhe que se deveriam encontrar à noite, às oito horas e um quarto.

— Espere a resposta — disse ele, entregando o bilhete ao criado — e faze entrar esses homens.

Dois minutos depois, bateram de novo à porta e o próprio sr. Hubbard, o célebre moldureiro da rua South Audley, entrou acompanhado de um jovem ajudante de aspecto rebarbativo. Sr. Hubbard era um homenzinho viçoso, de costeletas ruivas, cuja admiração pela arte era fortemente atenuada pela insuficiência pecuniária dos artistas que com ele tinham negócio. Não deixava, por hábito, a sua loja. Esperava sempre que fossem à sua propriedade. A favor de Dorian Gray, porém, sempre fazia uma exceção. Havia em Dorian qualquer coisa que seduzia todo mundo. Vê-lo simplesmente já era uma satisfação.

— Que serviço poderei prestar-lhe, sr. Dorian? — disse, esfregando as mãos carnudas e marcadas de nódoas de verniz. — Entendi tomar para mim a honra de interrogar-vos pessoalmente. Tenho justamente uma moldura belíssima, senhor, um achado feito em um leilão. É velho florentino e procede, segundo creio, de Fonthill... Conviria admiravelmente a um assunto religioso, sr. Gray.

— Contraria-me, sr. Hubbard, o fato de incomodá-lo, fazendo-o subir até aqui. Irei buscar, com certeza, essa moldura, embora não seja atualmente um amador de arte religiosa; mas, hoje, queria somente fazer subir um quadro ao mais alto andar da casa. É bastante pesado e eu desejava que me emprestasse dois dos seus homens.

— Nada de incômodos, sr. Gray. Sinto-me feliz, podendo ser-lhe agradável. Que obra de arte é essa?

— Ei-la aqui — respondeu Dorian, dobrando o biombo. — Pode transportá-la, tal qual está, com essa coberta. Desejo que ela não despenque ao subir.

— Isto é muito fácil — disse o ilustre enquadrador, pondo-se com o auxílio do seu aprendiz a desatarraxar o quadro das longas correntes de cobre, às quais estava suspenso. — E até onde deveremos levá-lo, sr. Gray?

— Vou mostrar-lhe o caminho, sr. Hubbard, se quiser acompanhar-me. Ou talvez fizesse melhor indo adiante? Creio que podemos ir pela escadaria da frente, que é mais larga.

Abriu-lhe a porta, ambos atravessaram o vestíbulo e começaram a subir. Os ornatos da moldura tornavam o quadro muito volumoso e, de vez em quando, apesar dos obsequiosos protestos de sr. Hubbard que, como todos os negociantes, sentia um vivo desprazer, vendo um homem aristocrata fazer qualquer coisa de útil, Dorian lhe prestava o auxílio do seu braço.

— É uma verdadeira carga a carregar, senhor — disse o homenzinho, bufando, quando chegaram ao último degrau.

Enxugava a sua fronte descoberta.

— Creio que é efetivamente bem pesado — murmurou Dorian, abrindo a porta do quarto que devia encerrar o estranho segredo de sua vida e dissimular a sua alma aos olhos dos homens.

Havia quatro anos que não entrava nesse aposento. Não, desde quando ele lhe servia de sala de jogo, quando criança, e de sala de estudo um pouco mais tarde. Era uma grande sala bem proporcionada que lorde Kelso havia feito construir especialmente para seu neto, para essa criança extraordinariamente semelhante à sua mãe, que, por esta e outras razões, haviam feito que ele a detestasse e se conservasse sempre a distância. Pareceu a Dorian que o aposento pouco havia mudado. Era bem aquele vasto baú italiano, com seus relevos dourados e desbotados e as suas fantásticas pinturas em pano, no qual ele, muitas vezes, ocultara-se, quando menino. Estavam ainda ali as mesmas estantes de madeira envernizada, cheias de livros de colégio e de páginas enfadonhas. Em certo ponto, achava-se esticada na parede a mesma tapeçaria flamenga já rasgada, onde um velho rei e uma rainha jogavam xadrez em um jardim, enquanto uma companhia de falcoeiros cavalgava no fundo trazendo aves caparrosadas nos punhos enluvados. Como tudo isso voltava à sua memória! Todos os instantes de sua infância solitária eram assim evocados, enquanto olhava em torno. Lembrou-se da pureza sem mácula da sua vida de menino e pareceu-lhe insuportável que a fatal imagem devesse ser ocultada justamente nesse lugar. Quão pouco ele teria imaginado nesses dias longínquos tudo o que a vida lhe reservava para mais tarde!

Não existia, porém, na casa outro aposento tão afastado dos olhares indiscretos. Ele conservava a chave e ninguém mais ali poderia penetrar. Sob o seu estofo de seda, a face pintada na tela poderia tornar-se bestial, empolada e imunda. Que importava? Ninguém a veria. Ele próprio não desejaria contemplá-la... Por que vigiar a corrupção nojenta de sua alma? Ele conservaria a sua mocidade, o que era bastante. E, em suma, seu caráter não poderia embelezar-se? Não havia razão alguma para que o futuro viesse a ser tão cheio de vergonhas. Um amor ainda poderia atravessar-lhe a vida, purificá-la e arrancá-la desses pecados já rastejantes, ao redor de si, em carne e espírito — desses pecados extravagantes e não descritos, aos quais o mistério empresta o seu encanto e a sua sutileza. Talvez um dia a expressão cruel abandonasse a boca escarlate e sensitiva, e ele então poderia exibir ao mundo a obra-prima de Basil Hallward.

Mas não, isso era impossível. De hora em hora, de semana em semana, a imagem pintada decairia: ela poderia escapar à deformidade do vício, mas a fealdade dos anos se fixaria. As faces tornar-se-iam encovadas e pelancudas. Os pés de galinha circundariam os olhos amortecidos, assinalando-os com um estigma horrível. Os cabelos perderiam o brilho; a boca, mole e entreaberta, apresentaria essa expressão grosseira ou ridícula que possuem todas as bocas de velho. O pescoço dessa imagem tornar-se-ia rugoso; as mãos mostrariam as veias azuis salientes; o corpo curvar-se-ia como o do avô, que fora tão áspero para ele na sua infância. O quadro devia ser afastado de todos os olhares. Ele não poderia proceder de outra forma.

— Faça-o entrar, sr. Hubbard — disse ele penosamente, voltando-se —, lamento tê-lo feito esperar tanto tempo; pensava em outra coisa.

— Sempre feliz, por me repousar, sr. Gray — disse o moldureiro que bufava ainda. — Onde o colocaremos?

— Ah! O lugar pouco importa; aqui... fica bem. Não preciso vê-lo pendurado. Coloque-o simplesmente contra a parede; obrigado.

— Pode-se ver essa obra de arte, senhor?

Dorian estremeceu.

— Isto não lhe despertaria o menor interesse, sr. Hubbard — disse ele sem tirar os olhos de cima do homem.

Estava pronto a saltar em cima do outro e subjugá-lo, se ele tentasse levantar a coberta suntuosa que ocultava o segredo de sua vida.

— Não quero importunar-vos por mais tempo. Já vos sou muito obrigado pela gentileza que me demonstrastes vindo até aqui.

— Não é nada, não é nada, sr. Gray. Sempre pronto a servi-lo!

E desceu rapidamente a escadaria, seguido do seu ajudante, que examinava Dorian com certo pasmo medroso estampado nos traços grosseiros e desgraciosos. Jamais vira um homem tão maravilhosamente belo.

Quando se extinguiu o ruído dos passos, Dorian fechou a porta e enfiou a chave no bolso. Estava salvo. Ninguém conseguiria mais olhar a horrenda pintura. Nenhum olhar, senão o seu, poderia surpreender a sua vergonha.

Voltando à biblioteca, percebeu que já haviam soado cinco horas e estava servido o chá. Sobre uma pequena mesa de madeira perfumada, delicadamente incrustada de nácar, presente de *lady* Radley, a esposa de seu tutor, maravilhosa doente profissional, que passava todos os invernos no Cairo, achava-se um bilhete de lorde Harry com um livro amarelo, encadernado, de capa levemente rasgada e com as bordas das folhas sujas. Um número da terceira edição da *Saint-James Gazette* estava colocado sobre a salva de chá. Victor, evidentemente, regressara. Ele desejava saber se esse criado não encontrara os homens no saguão, quando estes abandonavam a casa, e se aos mesmos não perguntara o que faziam por ali. Victor certamente notaria a retirada do quadro ou, sem dúvida, já a teria notado, ao trazer o chá. O biombo não fora colocado no devido lugar e observava-se um espaço vazio na parede. Talvez o surpreendesse uma noite deslizando pelos altos da casa, procurando forçar a porta do quarto. Era insuportável conservar um espião dentro de sua própria casa. Já ouvira falar de pessoas ricas exploradas toda a vida por um criado que havia lido uma carta, apanhado uma conversa, colhido um cartão com um endereço ou encontrado sob um travesseiro uma flor fanada, um retalho de renda.

Dorian suspirou e, vertendo o chá, abriu a carta de lorde Harry. Este comunicava-lhe simplesmente que lhe enviava o jornal e um livro, que poderia interessá-lo, e que estaria no clube às oito horas e um quarto. Desdobrou negligentemente a *Saint-James Gazette*, passando-lhe os olhos. Na quinta página, um traço de lápis vermelho atraiu o seu olhar. Leu atentamente o seguinte parágrafo:

"INQUÉRITO SOBRE UMA ATRIZ — Esta manhã, foi aberto o inquérito em Bell Taverne, Hoxton Road, por sr. Danby, delegado do distrito, sobre a morte de Sibyl Vane, uma jovem atriz, recentemente contratada no Royal Theatre, Holborn. Conclui-se ter sido a morte acidental. Tem sido testemunhada uma grande simpatia à mãe da extinta, que se mostrou muito abalada enquanto depunha, e durante as declarações do dr. Birrell, que redigiu o boletim do falecimento da jovem."

Dorian tornou-se taciturno e, rasgando a folha, pôs-se a caminhar no salão, pisando os pedaços do jornal. Como tudo aquilo se lhe apresentava hediondo! Que verdadeiro horror criavam as coisas! Ressentiu-se um pouco contra lorde Harry por haver-lhe enviado tal reportagem. Era estúpido de sua parte tê-la assinalado com um traço vermelho. Victor poderia tê-la lido. Este homem conhecia bastante inglês para isso.

Talvez houvesse mesmo lido e já desconfiasse de qualquer coisa. Mas, afinal, que consequência isso lhe poderia trazer? Que relação havia entre Dorian Gray e a morte de Sibyl Vane? Ele nada tinha a recear. Dorian Gray não era o autor de sua morte.

Seus olhares retumbaram sobre o livro amarelo, que lorde Henry lhe enviara. Que seria aquilo? Aproximou-se da mesinha octogonal, de tons de pérola, que sempre lhe parecia a obra de algumas exóticas abelhas do Egito trabalhando na prata e, tomando o volume, instalou-se em uma poltrona e começou a folheá-lo. No fim de alguns instantes, estava absorvido. Era o livro mais estranho que ele houvesse jamais lido. Pareceu-lhe que aos sons de flautas delicadas, especialmente vestidos, os pecados do mundo desfilavam diante dele, em silencioso cortejo. O que havia de obscuramente sonhado tomava corpo aos seus olhos; coisas que ele nunca imaginara revelavam-se a ele gradualmente.

Era um romance sem intriga, com um único personagem, o simples estudo psicológico de um jovem parisiense, que ocupava a sua vida procurando realizar, no século XIX, todas as paixões e modos de pensar dos outros séculos e de resumir em si os estados de espírito pelos quais o mundo havia passado, amando pela sua simples artificialidade essas renúncias, que os homens chamavam nesciamente virtudes, assim como essas revoltas naturais que os homens de juízo ainda chamam pecados. O estilo era curiosamente cinzelado, vivo e obscuro a um tempo, repleto de gíria e arcaísmos, de expressões técnicas e frases trabalhadas, como o que caracteriza as obras desses finos artistas da escola francesa: *os simbolistas*... Descobriam-se aí metáforas tão monstruosas como orquídeas e tão sutis, como elas, de cores. A vida dos sentidos era aí descrita em termos de filosofia mística. Por momentos, não se sabia mais se eram lidos os êxtases espirituais de um santo medieval ou as confissões mórbidas de um pecador moderno. Era um livro envenenado. De suas páginas desprendiam-se fortes exalações de incenso, obscurecendo o cérebro. A simples cadência de frases, a insólita monotonia de sua música cheia de estribilhos complicados e de figuras habilmente repetidas, evocavam no espírito do moço, à medida que os capítulos se sucediam, uma sorte de cisma, um sonho doentio, que o faziam inconsciente da queda do dia e da invasão das sombras. Um céu cinzento-esverdeado, sem nuvens, com uma estrela solitária, clareava as janelas. A essa luz mortiça, ele leu tanto quanto lhe foi possível ler. Enfim, depois de seu criado várias vezes lembrar-lhe a hora tardia, levantou-se, foi ao quarto próximo depor o livro sobre a mesinha florentina, que sempre tinha junto ao seu leito, e vestiu-se para jantar.

Eram quase nove horas, quando chegou ao clube, onde encontrou lorde Harry sentado, sem uma companhia, no salão, com ares de quem se sentia bastante enfastiado.

— Estou contrariadíssimo, Harry! — exclamou Dorian. — Mas a culpa é inteiramente tua. O livro que me enviaste interessou-me de tal forma que me esqueci da hora.

— Sim, imaginei que ele te agradasse — replicou o que esperava, levantando-se.

— Eu não digo que ele me agradasse; digo que me interessou, e há nisso uma grande diferença.

— Ah! Chegaste a descobrir isso! — murmurou lorde Henry.

E passaram à sala de jantar.

Durante anos, Dorian Gray não pode libertar-se da influência desse livro, ou, como seria mais justo dizer, nunca pensou em libertar-se dela. Fizera vir de Paris nove exemplares luxuosos da primeira edição e os dispusera em encadernações de cores diversas, de maneira que pudessem concordar com seus cariados humores e fantasias instáveis de seu caráter, sobre o qual, por vezes, mostrava não possuir a menor ação!

O herói do livro, o jovem prodigioso parisiense, em quem as influências romanescas e científicas se haviam confundido tão disparatadamente, tornou-se para ele uma sorte de prefiguração da sua individualidade; e, com efeito, ele entrevia nesse volume a história de sua própria vida, escrita antes de ele vivê-la!

Sob certo ponto de vista, ele era mais feliz que o fantástico herói do romance. Jamais experimentara — e jamais tivera a mínima razão de experimentar — essa indefinível e grotesca aversão pelos espelhos, superfícies de metal lustrosas, águas tranquilas, que tão cedo acometeu o jovem parisiense, logo após o declínio prematuro de uma beleza que antes havia sido tão notável.

Era quase com uma alegria cruel — a crueldade não tem o seu cabimento em toda alegria, como em todo prazer? — que ele lia a última parte do volume; e fazia a sua bem trágica e meio enfática análise, sobretudo quando considerava a tristeza e o desespero daquele que perde o que nos outros e no mundo já havia mais sinceramente apreciado!

A indescritível beleza, que tanto havia fascinado Basil Hallward e muitos outros junto deste, mostrava não dever mais abandoná-lo. Até aqueles que haviam ouvido a seu respeito as mais insólitas narrativas, quando de tempos em tempos, corriam em Londres maus rumores sobre seu modo de vida, então mexerico dos clubes, não podiam crer no seu desdouro quando o vissem. Ele conservara para sempre a aparência de um ser não contaminado pelo mundo. Os homens que entre si se exprimiam sordidamente silenciavam quando o percebiam. Havia qualquer coisa na pureza de sua face que os forçava a calar-se. Sua simples presença parecia avivar-lhes a memória da inocência que haviam maculado. Causava-lhes admiração que um tipo tão cheio de graça e formoso pudesse escapar à tara de uma época a um tempo tão imunda e sensual.

Muitas vezes, regressando à residência, após uma dessas ausências misteriosas e prolongadas, que permitiam tantas conjecturas entre seus amigos ou os que pensavam sê-lo, ele subia, pé ante pé, até o aposento fechado, abria a porta com uma chave da qual não se separava, e ali, com um espelho na mão, em face do quadro de Basil Hallward, confrontava as más e envelhecidas feições da tela com o seu próprio rosto, que lhe sorria no espelho. A acuidade do contraste aumentava-lhe o prazer. Assim, tornou-se cada vez mais enamorado de sua própria beleza, cada vez mais interessado pela deliquescência de sua alma.

Examinava com cuidado minucioso e, às vezes, com inaudita e bárbara delícia os nefandos estigmas que aviltavam a fronte rugosa do retrato ou se imprimiam ao redor da boca carnuda e sensual, indagando de si mesmo quais seriam mais execrandos, se as marcas do pecado ou os vestígios da idade... Colocava suas alvas mãos junto às ásperas e inchadas mãos da pintura, e sorria. Mofava assim do corpo a deformar-se e dos membros fatigados.

Às vezes, entretanto, à noite repousado, desperto no seu quarto impregnado de perfumes delicados ou na sórdida mansarda da pequena taverna mal afamada, próxima das Docas, que se habituara a frequentar, disfarçado e usando um nome falso, meditava sobre consumição a que conduzia sua alma, com um desespero tanto mais pungente quanto ele era radicalmente egoísta. Eram raros, porém, esses momentos.

A grande curiosidade da vida, que lorde Harry fora o primeiro a insuflar-lhe, quando se achavam assentados no jardim do pintor amigo de ambos, como que se desenvolvia com voluptuosidade. Quanto mais conhecia, mais queria conhecer. Experimentava apetites devoradores e, à medida que os satisfazia, mais tornava-se insaciável.

Dorian, de resto, não abandonava todas as suas relações com a sociedade. Uma vez ou duas por mês, durante o inverno, e em cada terça-feira, à noite, durante a estação, abria aos convidados sua esplêndida morada e tinha os mais célebres músicos da ocasião, que lhe regalavam os hóspedes com as maravilhas da respectiva arte.

Seus pequenos jantares, na organização dos quais lorde Harry o ajudava, eram notados não só pela cuidadosa seleção e a dignidade dos convivas como pelo apurado gosto revelado na decoração da mesa, com seus sutis arranjos simbólicos de flores exóticas, suas toalhas bordadas, sua antiga baixela de prata e ouro.

Entre os rapazes, houve muitos que viram ou julgaram ver em Dorian Gray a verdadeira realização do tipo por eles sonhado em Eton ou em Oxford, o tipo combinando qualquer coisa da cultura real do estudante com a graça, a distinção ou as perfeitas maneiras de um homem de sociedade. Ele parecia-lhes ser daqueles a que alude o Dante, daqueles que buscam tornar-se "Perfeitos pelo culto da beleza". Como Gautier, ele era "aquele para quem existe o mundo visível".

E, incontestavelmente, a vida era para ele a primeira, a maior das artes, aquela junto da qual todas as outras não pareciam mais que simples preparo. A moda, pela qual o que é realmente fantástico, faz-se a um instante universal, e o dandismo, que, a seu modo, é uma tentativa proclamando a modernidade absoluta da beleza, haviam, naturalmente, prendido a sua atenção. Seu feitio de vestir-se, as maneiras particulares que, de vez em quando, ele afetava, produziam uma acentuada influência nos jovens mundanos dos bailes de Mayfair ou das janelas dos clubes de Pall Mall, que em tudo o imitavam, procurando reproduzir o atrativo acidental de sua graça.

Isto se lhe afigurava, de resto, secundário e piegas.

Efetivamente, embora estivesse pronto a aceitar a posição que se lhe oferecia, ao entrar na vida, e embora achasse um curioso prazer em pensar que poderia transformar-se para a Londres de hoje, no que havia sido para a Roma imperial de Nero, o autor do *Satíricon*, todavia, no seu íntimo, ele talvez desejasse ser mais que um simples *arbiter elegantiarum*, consultado sobre a colocação de um enfeite, o nó de uma gravata ou o manejo de uma bengala.

Assim, procurava elaborar qualquer novo esquema de vida, com sua filosofia arrazoada seus princípios ordenados, e acharia na espiritualização dos sentidos a sua mais completa realização.

O culto dos sentidos tem sido, muitas vezes e com muita justiça, repelido, por se sentirem os homens instintivamente amedrontados ante as paixões e sensações que lhes parecem mais fortes e que eles têm a consciência de afrontar com formas de existência menos bem organizadas.

A Dorian Gray, porém, afigurava-se que a verdadeira natureza dos sentidos nunca fora compreendida; que os homens haviam-se conservado brutos e selvagens porque a sociedade sempre havia procurado esfomeá-los pela submissão ou aniquilá-los pela dor, em vez de aspirar a convertê-los nos elementos de uma nova espiritualidade, que teria como característica dominante um instinto sutil de beleza. Como imaginasse o homem movendo-se na história, preocupou-o um sentido de derrota. Tantos haviam sido vencidos, e por um fim tão mesquinho!

Houvera abandonos voluntários e desvairados, pasmosas formas de íntima tortura e renunciamento, nascidas do sobressalto, cujo resultado fora uma degradação infinitamente mais temível do que essa degradação imaginária, que, na sua ignorância, haviam procurado evitar; fazia então a Natureza, na sua grande ironia, o anacoreta nutrir-se com as feras do deserto e dava, por companheiros, ao eremita os animais da planície.

Certamente, ainda poderia haver, conforme lorde Harry profetizava, um novo Hedonismo recriador da vida, que a libertaria desse grosseiro e desagradável puritanismo renascente dos nossos dias. Seria, necessariamente, obra da intelectualidade; não devia ser aceita teoria alguma, nem qualquer sistema implicaria o sacrifício de uma forma de experiência passional. Seu fim seria, verdadeiramente, a própria experiência e não os frutos desta, fossem doces ou amargos. Não seria admitido o ascetismo, produtor da morte dos sentidos, tampouco o desregramento vulgar que os embota; tornar-se-ia necessário ensinar o homem a concentrar sua vontade sobre os instantes de uma vida que não passa de um instante.

Após uma dessas noites sem sonhos, que quase nos fazem suspirar pela morte, ou após uma dessas noites de angústia e regozijo informe, quando através das células do cérebro passam fantasmas mais tétricos que a própria realidade, há poucos dentre nós que não tenham despertado antes do alvorecer, animados de uma vida ardente propensa a todos os grotescos, que empresta à arte gótica a sua persistente vitalidade — sendo esta arte, como se pode crer, a arte peculiar àqueles cujo espírito já foi turbado pela moléstia da fantasmagoria...

Gradualmente, dedos brancos agarram-se e sobem pelas cortinas que parecem tremer. Sob tenebrosas formas fantásticas, sombras mudas se dissimulam pelos cantos do quarto e se alastram.

Do lado de fora, é o despertar dos pássaros entre a folhagem, o passo dos operários em caminho para o trabalho ou os suspiros e soluços do vento dobrando as colinas, rondando em torno das casas silenciosas, como receando acordar aqueles que, dormindo, teriam de chamar o sono ao seu antro purpúreo.

Véus e véus de fina gaze escura esvoaçam e, aos poucos, as coisas recuperam formatos e cores, enquanto espreitamos a aurora refazendo de fresco o mundo.

Os espelhos desluzidos tornam a encontrar sua vida mímica. As velas apagadas conservam-se onde as deixamos e ao lado jaz o livro semicortado que líamos, ou a flor amada que trajávamos no baile, ou a carta, que receávamos ler ou tínhamos lido muitas vezes... Nada nos parece mudado.

Fora das sombras irreais da noite, ressurge a vida real que conhecemos. Devemos recordar o ponto em que a deixamos; então apodera-se de nós um terrível sentimento da continuidade necessária da energia em qualquer círculo fastidioso de hábitos estereotipados ou um agreste desejo de se abrirem, uma manhã, os nossos olhos sobre um mundo inteiramente refeito nas trevas, para nosso prazer. Queremos, então, um mundo no qual as coisas apresentem novas formas e novas cores, radicalmente mudado, com outros segredos; um mundo no qual nada caiba do passado e nada sobreviva, embora sob a forma consciente do reconhecimento ou da saudade, visto a recordação das alegrias possuir amargores e a lembrança do prazer reservar as suas dores.

A criação de semelhantes mundos é que se afigurava a Dorian Gray um dos únicos, senão o único objeto da vida. Na sua pesquisa de sensações, isso seria novo, delicioso e possuiria o elemento de bizarria tão essencial ao romance. Ele adotaria certos modos de pensar, que sabia estranhos à sua natureza, entregar-se-ia às suas capciosas influências e, havendo, desta maneira, colhido suas aparências e satisfeito à sua curiosidade intelectual, abandoná-los-ia com a cética indiferença que nada tem de incompatível com um real ardor de temperamento e chega a ser uma condição necessária a este, segundo certos psicólogos modernos.

Constou, durante algum tempo, que se preparava para abraçar a comunhão católica romana; e evidentemente o ritual romano havia sempre tido para ele um grande atrativo. O sacrifício cotidiano, mais fortemente real que todos os sacrifícios do mundo antigo, atraía-o, tanto pelo seu soberbo desdém da evidência dos sentidos como pela simplicidade primitiva de seus elementos e pelo eterno patético da tragédia humana que procura simbolizar.

Dorian gostava de ajoelhar-se nos frios pavimentos de mármore e contemplar o padre, na sua rígida dalmática floreada, desviando lentamente com as brancas mãos o véu do tabernáculo, elevando a custódia cravejada, contendo a alva hóstia, que uns acreditam ser, na verdade, o *panis celestis*, o pão dos anjos — ou revestido dos atributos da Paixão do Cristo, quebrando essa hóstia sobre o cálice e batendo no peito por seus pecados. Os turíbulos fumegantes, que meninos revestidos de escarlate e sobrepelizes de rendas brancas balançavam levemente no ar, como grandes flores de ouro, seduziam-no infinitamente. E, retirando-se, ele pasmava diante dos confessionários obscuros e demorava-se à sombra de um deles, sentindo homens e mulheres segredarem através da grade usada a verídica história de suas vidas.

Jamais, porém, ele caiu no erro de obstar o seu desenvolvimento intelectual pela aceitação formal de uma crença ou um sistema, assim como não tomou para morada definitiva um albergue justamente apropriado para a passagem de uma noite ou algumas horas de uma noite sem estrelas e sem lua.

O misticismo, com o seu extraordinário poder de revestir de bizarria as coisas vulgares, e a antinomia sutil, que parece acompanhá-lo sempre, emocionaram-no por algum tempo.

Por algum tempo, também mostrou tendências pelas doutrinas materialistas do darwinismo alemão e descobriu um singular prazer em prender as ideias e paixões dos homens a alguma célula perolada do cérebro ou a algum nervo branco do corpo, comprazendo-se ante a concepção da dependência absoluta do espírito, conforme umas tantas condições físicas mórbidas ou salubres, normais ou anormais.

Como, porém, já foi dito, nenhuma teoria sobre a vida parecia ter importância, comparada à sua própria vida. Teve profundamente consciência da esterilidade da especulação intelectual, quando é separada da ação e da experiência. Percebeu que os sentidos, não menos do que a alma, também tinham seus mistérios espirituais revelados. Pôs-se a estudar os perfumes e os segredos da sua confecção, destilando óleos poderosamente perfumados ou queimando resinas aromáticas vindas do Oriente. Compreendera que não havia disposição do espírito sem a sua contrapartida na vida sensorial e procurou descobrir as suas verdadeiras relações. Assim, o incenso pareceu-lhe ser a fragrância dos místicos e o âmbar cinzento dos apaixonados; a violeta evoca a memória dos amores defuntos, um produz a demência e o outro perverte a imaginação. Muitas vezes, ele tentou estabelecer uma psicologia dos perfumes e avaliar as diversas influências das raízes odoríferas, das flores carregadas de pólen oloroso, dos bálsamos recendentes, das madeiras de cheiro condensado, do nardo indiano, de hovenia que enlouquece os indivíduos e do aloé, do qual se diz que espanta a melancolia da alma.

Outras vezes, Dorian dedicava-se inteiramente à música e em uma longa sala de rótulas, com o teto de vermelhão dourado e paredes de verde-azeitona, dava exóticos concertos, nos quais loucas ciganas tiravam uma ardente música de pequenas citaras, graves tunisianos, de vestes amarelas, arrancavam sons às cordas de enormes alaúdes, enquanto negros risonhos batiam com monotonia em tambores de cobre e, acocorados em esteiras escarlates, magros hindus, de turbante, sopravam em compridos cachimbos de caniço ou bronze, encantando ou fingindo encantar grandes serpentes de capuz ou horríveis víboras cornudas.

Os acres intervalos e as agudas dissonâncias dessa música bárbara despertavam-no quando a graça de Schubert, as belas tristezas de Chopin e as celestes harmonias de Beethoven já não podiam comovê-lo.

Ele recolheu de todos os cantos do mundo os mais esquisitos instrumentos que conseguiu descobrir, mesmo nos túmulos dos povos mortos ou entre algumas tribos selvagens que têm sobrevivido à civilização ocidental. Recolhia-os e gostava de experimentá-los e tocá-los. Possuía o misterioso *juruparis* dos índios do rio Negro, que as mulheres não podem ver e até os jovens, antes de se sujeitarem ao jejum e à flagelação; as jarras de barro dos peruvianos, das quais se extraem sons semelhantes a pios agudos de pássaros; as flautas feitas de ossos humanos, iguais àquelas que Alfonso de Ovalle ouviu no Chile, e os verdes jaspes sonoros encontrados perto de Cuzco, que dão uma nota de doçura singular.

Ele ainda guardava cabaças pintadas, cheias de cascalho, que ressoavam ao serem sacudidas; o longo clarim dos mexicanos, no qual o músico não deve soprar, mas aspirar o ar; o rude *ture* das tribos do Amazonas, pelo qual tocam as sentinelas empoleiradas um dia inteiro nas altas árvores e que pode ser ouvido, segundo dizem, a três léguas de distância; o *teponaztli*, de duas vibrantes línguas de madeira, que se toca com juncos cobertos de uma goma elástica obtida do suco leitoso das plantas; os sinos dos astecas, denominados *yotl*, reunidos em cachos, e um grande tambor cilíndrico, coberto de peles de serpentes, semelhante ao que viu Bernal Díaz, quando entrou com Cortés no templo mexicano, e cujo som dolorido tanto o impressionou pela brilhante descrição que dele nos faz.

Seduzia-o o caráter fantástico desses instrumentos e ele teve um grande gosto ao refletir que a arte, como a natureza, tinha seus monstros, coisas de formas bestiais e vozes hediondas. Entretanto, passado algum tempo, tais instrumentos já o enfastiavam e ele voltava ao seu camarote na Ópera, só ou acompanhado de lorde Henry, a ouvir extasiado o *Tannhäuser*, percebendo no começo da obra-prima como que o prelúdio da tragédia de sua própria alma.

Dominou-o depois a fantasia das joias e ele um dia apareceu em um baile disfarçado em Anne de Joyeuse, almirante da França, trazendo uma farda coberta de 6 pérolas. Este gosto o obcecou durante anos e acredita-se que nunca mais o deixou.

Frequentemente, Dorian passava dias inteiros arranjando e desarranjando nas caixinhas as variadas pedras que colecionara, como, por exemplo, o crisoberilo esverdeado, que fica rubro à luz da lâmpada, o cimofânio estriado de prata, o peridoto verde-pistache, os topázios róseos e amarelos, os carbúnculos de um ígneo escarlate, com estrelas faiscantes de quatro raios, as espinelas alaranjadas e violáceas e as ametistas com camadas alternadas de rubis e safiras.

Ele amava o ouro ardente da pedra solar, a brancura perolada da pedra lunar, o arco-íris partido da opala leitosa. Fez vir de Amsterdã três esmeraldas de extraordinário tamanho e uma incomparável riqueza de cor e possuiu uma turquesa "da velha rocha" que despertou inveja a todos os conhecedores.

Descobriu também maravilhosas histórias de pedrarias. Na *Clericalis Disciplina* de Alfonso alude-se a uma serpente que tinha por olhos legítimos jacintos e, na história romanesca de Alexandre, é narrado que o conquistador da Macedônia viu, no vale do Jordão, serpentes "trazendo na espinha colares de esmeralda".

Filóstrato relata a existência de uma gema no cérebro de um dragão, devido à qual, "pela exibição de letras de ouro e uma túnica purpúrea", seria possível adormecer o monstro e matá-lo.

Segundo o grande alquimista Pedro Bonifácio, o diamante faria um homem invisível e a ágata das Índias o tornaria eloquente. A cornalina abrandava a cólera, o jacinto provocava o sono e a ametista enxotava os vapores da bebedeira. A granada afugentava os demônios e o hidrópico alterava a cor da lua. A selenita perdia ou ganhava intensidade na cor, conforme a Lua, e o meloceus, que permitia descobrir os ladrões, só seria descorado pelo sangue de um cabrito.

Leonardus Camillus vira uma pedra branca, recolhida dos miolos de um sapo recentemente morto, que era um antídoto infalível contra os venenos. O bezoar, então achado nos corações dos antílopes, era feitiço contra a peste; e, segundo Demócrito, a aspilote, que se descobria nos ninhos dos pássaros da Arábia, preservava os que a conduziam de todo perigo proveniente do fogo.

Um rei de Ceilão, para a cerimônia do seu coroamento, atravessou a sua cidade a cavalo, levantando um enorme rubi na mão. As portas do palácio de João, o padre, eram "feitas de sárdonix, entre as quais se incrustara o chifre de uma víbora cornuda, o que impedia a entrada de qualquer homem portador de peçonhas". Na frontaria, viam-se "duas maçãs de ouro, nas quais estavam cravejados dois carbúnculos", de modo a luzir o ouro de dia, resplandecendo, à noite, os carbúnculos.

No estranho romance de Lodge, *Uma pérola da América*, está escrito que no aposento da rainha viam-se "todas as mulheres castas do mundo, vestidas de prata, mirando-se em belíssimos espelhos de crisólitas, carbúnculos, safiras e esmeraldas verdes". Marco Polo viu os habitantes do Zipango depor pérolas róseas na boca dos cadáveres.

Um monstro marinho havia-se enamorado da pérola que um mergulhador trazia ao rei Perozes, matou o ladrão e chorou sete luas a perda da joia. Quando os hunos atiraram o rei a uma grande fossa, ele voou, segundo nos narra Procópio, e nunca mais foi visto, embora o imperador Anastácio oferecesse 500 toneladas de fragmentos de ouro a quem o descobrisse. O rei de Malabar mostrou a um certo veneziano um rosário de 304 pérolas, cada uma dedicada a cada deus que ele adorava.

Quando o duque de Valentinois, filho de Alexandre IV, visitou Luís XII, da França, a armadura de seu cavalo, a dar-se crédito a Brantôme, era toda de lâminas de ouro, o seu chapéu trazia uma dupla fileira de rubis produzindo admirável resplendor. Carlos da Inglaterra montava a cavalo, servindo-se de estribos com 421 diamantes engastados. Ricardo II possuía um manto avaliado em 30 mil marcos, coberto de rubis-alhetes.

Hall descreve Henrique VII indo a Tarre antes de seu coroamento e trazendo "um gibão bordado de ouro, o peito de armas recamado de diamantes e outras ricas pedrarias e, em torno do pescoço, uma larga faixa com enormes rubis incrustados".

Os favoritos de Jacques I usavam brincos de esmeraldas presas em filigranas de ouro. Eduardo II deu a Piers Gaveston uma armadura de ouro fulvo marchetada de jacintos, um colar de rosas de ouro combinadas com turquesas e um capacete todo pontilhado de pérolas... Henrique II enfiava luvas guarnecidas de pedrarias, subindo até os cotovelos, e tinha uma de falcoaria, coberta de 20 rubis e 52 pérolas. O chapéu de Carlos, o Temerário, último duque de Borgonha, era carregado de pérolas piriformes e de safiras.

Extraordinária vida a de outrora! Que magnificência no luxo e na decoração! A simples leitura desse Fausto dos tempos abolidos parecia ainda enlevar.

Dorian, porém, volveu depois sua atenção para os bordados, as tapeçarias, que substituíam os frescos nas frias salas das nações do Norte. E, como se absorvesse no trato desses objetos — pois sempre tivera a extraordinária faculdade de absorver totalmente seu espírito em tudo quanto empreendia —, entristeceu-se ao pensar na ruína que reservava o tempo a tão belas e artificiosas coisas. Ele, entretanto, havia escapado.

Os estios sucediam-se aos estios, os junquilhos amarelos haviam florescido e murchado muitas vezes, noites horrendas repetiam a história da sua vergonha, e ele não havia mudado! Nenhum inverno desfigurara sua face nem desdobrara sua pureza floral. Que diferença, admitido o confronto com alguns objetos materiais! Onde estariam eles agora?

Onde estaria a bela túnica açafroada, tecida por morenas donzelas para o prazer de Atena, com a qual os deuses haviam combatido os gigantes? Onde o imenso *velarium*, que Nero fizera desdobrar sobre o Coliseu de Roma, esse véu de púrpura em que eram representados os céus estrelados e Apolo conduzindo sua quadriga de corcéis brancos, pelas rédeas de ouro?

Dorian esquecia horas a contemplar as preciosas toalhas do Padre do Sol sobre as quais eram dispostos todos os acepipes e carnes necessários às festas; a mortalha do rei Chilperico, recamada de 300 abelhas de ouro; as vestes fantásticas, que excitaram a indignação do bispo de Pont, em que eram representados "leões, panteras, ursos, cães de fila, florestas, rochedos, caçadores, em resumo, tudo o que um pintor pode copiar da natureza"; e a vestimenta trazida uma vez por Carlos de Orleans, cujas mangas eram adornadas pelos versos de uma canção, começando:

Madame, je suis tout joyeux...

O acompanhamento musical das palavras era um tecido de fios de ouro e cada nota, pela forma da cadência, era feita de quatro pérolas.

Ele leu a descrição do mobiliário de quarto, confeccionado em Reims para a rainha Joana de Borgonha; esse quarto "era decorado por 321 papagaios bordados nas armas do rei e mais 1 borboletas, com as armas da rainha nas asas, tudo de ouro".

Catarina de Médici tinha um leito de luto feito para ela, todo de veludo negro, ornado de crescentes de lua e sóis, com cortinados de damasco. Suas bordas eram embutidas de pérolas; nos espaços de ouro e prata havia coroas de verdura e guirlandas bordadas, e a câmara que guardava esse leito era cercada de emblemas recortados em veludo negro e pregados em um fundo de prata. Luís XIV abrigava em seu palácio cariátides de 15 pés de altura, vestidas de ouro. O leito de justiça de Sobieski, rei da Polônia, era feito de brocado de ouro de Smirna, com recamos de turquesa e versos do Alcorão na parte superior; seus suportes eram de prata dourada, artisticamente cinzelada, e cobertos de pedrarias ou profusos medalhões esmaltados. Fora apreendido perto de Viena, em um acampamento turco, e sobre os fulvos e tremulantes tesouros de sua umbela havia flutuado o estandarte de Moisés.

Durante um ano inteiro, Dorian dedicou-se à acumulação dos mais raros espécimes da arte têxtil e do bordado. Achou inestimáveis musselinas de Déli, de palminhas de ouro ou asas iriantes de escarabeus finamente tecidas; gazes do Dekkan que, por sua transparência, são denominados no Oriente *ar tecido, água corrente ou sereno da noite*; incomparáveis estofos históricos de Java; tapetes amarelos da China, delicadamente trabalhados; livros encadernados em cetim fulvo ou em seda de um azul furta-cor, com desenhos de lírios, pássaros ou figuras; rendas de ponto da Hungria, brocados sicilianos e grossos veludos espanhóis, bordados georgianos de cantos dourados e *foukousas* japoneses, de tons de ouro esverdeado, cheios de pássaros em plumagens multicores e fulgurantes.

Teve também uma particular paixão pelas vestimentas eclesiásticas, como se interessou, de resto, por tudo quanto se relacionava com o serviço da Igreja.

Nos grandes cofres de cedro que enchiam a galeria ocidental de sua casa, havia recolhido preciosos exemplares do que rigorosamente constitui o vestuário da "Esposa de Cristo", que deve cobrir-se de púrpura, joias e linhos finos, para ocultar seu corpo anemizado pelas macerações, gasto pelos sofrimentos solicitados, ferido pelos golpes que ela mesma se reserva.

Possuía uma suntuosa capa de asperges, de damasco dourado e carmesim, com um desenho de romãs presas a flores de seis pétalas, acompanhadas de pinhas incrustadas de pérolas. As bordaduras representavam cenas da vida da Virgem e o seu coroamento era um lavor de sedas de várias cores — tudo obra italiana do século XV.

Outro pluvial era de veludo verde, brocado de folhas de acanto enlaçadas, a que se prendiam alvas flores de longo caule, representando os detalhes um entrelaçamento de fios argênteos e cristais coloridos; nele figurava uma áurea cabeça de serafim e havia ainda partes do estofo tecidas de seda rubra e ouro, com medalhões de vários santos e mártires, entre os quais São Sebastião.

Dorian tinha também casulas de seda cor de âmbar, tecidos de ouro e seda azul lavrados, damascos amarelos, estofos de ouro com desenhos da Paixão e da Crucificação, brocatéis com leões, pavões e outros emblemas; dalmáticas de cetim branco e róseo decoradas de tulipas, delfins e flores-de-lis; toalhas de altar de veludo escarlate e linho azul; corporais, véus de cálices e estolas.

Sua imaginação era aguçada, ao pensar nas aplicações místicas a que haviam servido todos esses paramentos, porquanto tais tesouros que colecionava na sua habitação deleitosa importavam-lhe num meio de esquecimento, numa maneira de escapar por algum tempo a certos terrores que não podia suportar.

Nas paredes da solitária sala trancada, onde passara sua infância, suspendera com suas próprias mãos o assombroso retrato cujos traços cambiantes lhe demonstravam a degradação real da própria vida, e sobre o qual ele havia disposto, à guisa de cortina, um pálio de púrpura e ouro.

Durante semanas, Dorian não visitava tal compartimento, esforçando-se por esquecer a medonha pintura e recobrando a leveza de coração, a alegria descuidosa que lhe permitia remergulhar na existência. Uma noite saía, deslizava até os execrandos arredores dos *Blue Gate Fields* e aí ficava dias até que o repelissem. De volta, punha-se em frente do retrato, achincalhando alternativamente sua reprodução e a si próprio, embora repleto, algumas vezes, desse orgulho individualista, que é uma semifascinação do pecado, e sorrindo com secreto prazer a sombra informe, suportadora do fardo que deveria ser seu.

Passados alguns anos, como lhe custasse ficar muito tempo ausente da Inglaterra, vendeu a *vila* que dividia, em Trouville, com lorde Henry, assim como a pequena casa toda caiada de branco, que possuía em Argel, onde os dois haviam atravessado mais do que um inverno. Não se conformava com a ideia de estar separado do quadro que tinha uma tal ligação com seu viver e sobressaltava-se ao pensar que, longe de si, alguém chegasse a penetrar naquela instância, apesar dos ferrolhos postos à porta.

Sentia, porém, que o retrato nada revelaria a ninguém, embora conservasse, sob a torpeza e a hediondez dos traços, uma pronunciada semelhança consigo. Que poderia ele desvendar a quem o visse? Havia de rir-se dos que tentassem reprová-lo. Se ele não a havia pintado, que lhe importaria essa vileza, essa vergonha? Dar-lhe-iam crédito, mesmo quando ele o confessasse?

Intimidava-o qualquer coisa, apesar de tudo... Às vezes, quando estava em sua casa de Nottinghamshire, rodeado de elegantes jovens de sua classe, dos quais se fazia o chefe reconhecido, surpreendendo o condado com seu luxo descomedido e o incrível esplendor do seu modo de vida, subitamente deixava os hóspedes e corria a outro ponto a fim de verificar se a porta não fora forçada e o quadro continuava em seu lugar... Se um dia o roubassem? Esta simples lembrança o alarmava! O mundo saberia seu segredo. E se, por acaso, já o conhecesse?

A verdade é que, embora ele ainda fascinasse a maior parte dos indivíduos, muitos o desprezavam abertamente. A proposta da sua admissão foi quase recusada em um clube de West End, do qual tinha pleno direito de ser membro, por seu nascimento e sua posição social, e refere-se que uma vez, introduzido em um salão do *Churchill* o duque de Berwick e outro gentil homem, estes levantaram-se e saíram imediatamente, de maneira a provocar reparos. Correram singulares histórias a seu respeito, quando passou dos seus 25 anos. Dizia-se que havia sido visto em disputa com marinheiros estrangeiros, ao fundo de uma sórdida taverna dos arredores de Whitechapel, e que frequentava ladrões e moedeiros falsos com os quais aprendia os mistérios da respectiva arte.

Fizeram-se notórias as suas prolongadas ausências e, quando ele reaparecia, os homens cochichavam pelos cantos, ou soltavam risos ao enfrentá-lo, ou o consideravam com olhares indagadores e frios, como dispostos a conhecer os seus arcanos. Dorian não dava importância alguma a tais insolências e desatenções; aliás, na opinião de muita gente, suas maneiras francas e bonachonas, seu gracioso sorriso de criança e o infinito encanto de sua estupenda juventude eram como uma resposta satisfatória às calúnias que, como diziam, o rodeavam... Notou-se, todavia, que os que se haviam mostrado seus mais íntimos amigos começaram a evitá-lo. As mulheres que o haviam barbaramente adorado e haviam rompido, por sua causa, com a censura social, desafiando conveniências, empalideciam de vergonha ou temor quando ele entrava em uma sala onde se achassem.

Para alguns, entretanto, tais escândalos sussurrados aos ouvidos aumentaram-lhe o inexplicável e perigoso encanto. Teve na sua grande fortuna um elemento de segurança. A sociedade ultracivilizada, pelo menos, dificilmente crê ou admite a maldade dos que são ricos e belos. Ela concebe instintivamente que as aparências são de muito maior importância que a moral e, a seus olhos, o mais puro exemplo de respeitabilidade é de muito menor valor que a posse de um bom chefe.

Na verdade, é uma mesquinha consolação fazer referências a um homem que nos dá mau vinho e leva na vida privada irrepreensível. O exercício das virtudes cardeais não pode mesmo redimir as *entrées* que os servem resfriadas, como um dia considerou lorde Henry, discorrendo a propósito do assunto; e, decerto, há muito a expor a respeito, porquanto as regras da sociedade refinada são ou poderiam ser iguais às da arte. A forma é, neste caso, absolutamente essencial. Tudo admitiria a dignidade de um cerimonial, assim como sua irrealidade, e poder-se-ia combinar o caráter fictício de uma peça romântica com o espírito e a beleza que nos tornam deliciosas semelhantes peças. A insinceridade será uma característica tão alarmante? Não parece. É simplesmente um método, com auxílio do qual podemos multiplicar nossas personalidades. Tal era, ao menos, a opinião de Dorian Gray.

Ele estranhava a psicologia superficial que consiste em conceber o *Eu* no homem como uma coisa simples, permanente, digna de confiança e guardando a sua essência. Para ele, o homem era um ser composto de miríades de vidas e miríades de sensações, uma complexa e multiforme criatura que carregava consigo inconcebíveis heranças de dúvidas e paixões e cuja própria carne alimentava a infecção de inauditas moléstias mortais.

Dorian gostava de trocar pernas pela fria e desativada galeria de pintura de sua casa campestre, contemplando os diversos retratos daqueles cujo sangue lhe corria nas veias.

Aqui estava Philip Herbert, de quem Francis Osborne diz nas suas *Memoirs on the Reigns of Queen Elizabeth and King James*, que "foi acariciado na corte pela sua bela figura que não conservou muito tempo". Seria a vida do jovem Herbert que ele, às vezes, reproduzia? Que extraordinário germe envenenado se teria comunicado, de geração em geração, até ele? Não seria algum resíduo obscuro dessa graça apagada que o fizera, subitamente e quase sem causa, proferir, no ateliê de Basil Hallward, essa prece estulta que modificara sua vida?

Adiante, em gibão vermelho debruado de ouro, envolto em um manto recamado de pedrarias, o colarinho e os punhos dourados, erigia-se sr. Anthony Sherard, com sua armadura negra e argentada aos pés. Qual havia sido o legado desse homem? Esse amante da Giovanna de Nápoles ter-lhe-ia deixado uma herança de pecado e vilipêndio? Não seriam as suas próprias ações de hoje simplesmente os sonhos que esse defunto não ousara realizar?

Em uma tela desbotada, sorria *lady* Elizabeth Devereux, com sua coifa de gaze, um corpinho de pérolas nos laços e mangas com aberturas de cetim róseo. Tinha uma flor na sua mão direita e na esquerda segurava um colar esmaltado de brancas rosas de Damasco. Na mesa ao lado dela, uma maçã e um bandolim. De seus sapatinhos pontudos sobressaíam rosetas verdes. Dorian conhecia a história daquela dama e curiosos episódios que envolviam seus amantes. Haveria nela qualquer coisa do seu temperamento? Seus olhos amendoados, de pálpebras caídas, como que o miravam.

E esse George Willoughby. Com seus cabelos empoados e sua esquisita barbinha? Que mau aspecto ele tinha! Seu rosto era escurecido e taciturno e seus lábios sensuais eram franzidos com desdém. As mãos magras e descarnadas, reluzentes de anéis, destacavam-se dos punhos de renda preciosa. Fora um dos dândis notáveis do século XVIII e, na sua mocidade, fora amigo de lorde Ferrars.

Que pensar ainda desse segundo lorde Beckenham, companheiro do Príncipe Regente nos seus dias mais reprováveis e uma das testemunhas de seu casamento secreto com a senhora Fitzherbert? Como parecia altivo e belo, com seus cabelos castanhos e a sua atitude insolente! Que paixões Dorian havia transmitido a ele? A sociedade o julgara infame e sabia-se que tomara parte nas orgias de Carlton House. Brilhava no seu peito a estrela da Jarreteira.

Ao lado dele, via-se pendurada a figura de sua esposa, pálida mulher de lábios delgados, vestida de preto. Dorian lembrava-se de que o sangue desta também corria nele. Como tudo isso lhe pareceu curioso!

E sua mãe, que se assemelhava a *lady* Hamilton, sua mãe, de lábios úmidos, de um rubor de vinho! Ele sabia o que herdara dela! Ela lhe havia legado a beleza e a paixão pela beleza dos outros. Ela lhe sorria numa frouxa túnica de bacante; coroavam-lhe os cabelos frescas folhas de parreira, e uma espuma purpúrea escorria da taça que ela segurava. A pintura da carnação havia descorado, mas os olhos eram ainda prodigiosos pelo seu tom de profundeza e brilhante colorido. Dorian tinha a impressão de que tais olhos o acompanhavam no andar.

Vemos antepassados em literatura, assim como na própria família, mais aproximados de nós como tipo e temperamento, dos quais experimentamos conscientemente uma influência bem maior. Às vezes, Dorian Gray imaginava que a história do mundo não diferia da de sua vida, não como se ele a houvesse vivido em ações ou fatos, mas como no seu conceito a havia criado, como ela se formara no seu cérebro e se apresentara as suas paixões. Então afagava a ideia de haver conhecido todas essas admiráveis e prodigiosas figuras aparecidas no cenário do mundo, que haviam feito tão empolgante o pecado e o mal tão sutil, e acreditava que, por misteriosas vias, a existência delas fora apenas a sua.

O herói do extravagante romance, que tanto havia influído sobre o seu espírito, também havia conhecido esses sonhos singulares. No sétimo capítulo ele conta como, coroado de louros para que o raio não o atingisse, assentara-se, como Tibério, num jardim, em Capri, lendo livros obscenos de Elefantino, enquanto pigmeus e pavões moviam-se ao redor e o tocador de flauta escarnecia do balanceador do incenso. Como Calígula, ele havia-se regalado nas estrebarias com os cavaleiros de camisola verde e ceado em uma manjedoura de marfim com um cavalo, que trazia a testa coberta de pedrarias. Como Domiciano, havia errado pelos corredores cheios de espelhos de mármore, com olhos de alucinado, à ideia do facão que deveria dar cabo de seus dias, enfermo desse nojo, desse insuportável *tedium vitae* que acomete aqueles aos quais a vida nada recusa. Ele havia espiado, através de uma clara esmeralda, os sangrentos matadouros do Circo, e, em uma liteira de pérolas e púrpura, tirada por mulas ferradas de prata, vira-se conduzido pela Via Pomegranates até a Casa de Ouro, escutando, enquanto passava, os homens a gritar: *Nero César!*

Como Heliogábalo, tingira as faces, fiara na roca entre mulheres e fizera vir a Lua de Cartago para uni-la ao sol, num desposório místico.

Dorian relia o capítulo fantástico e ainda os dois capítulos seguintes, nos quais, como em uma tapeçaria ou em esmaltes finamente trabalhados, sobressaíam temerosas e belas figuras de quantos o vício, o sangue e a lassidão fizeram monstruosos dementes. Havia Filippo, duque de Milão, que, matando a mulher, lambuzou-se nos lábios um veneno escarlate, de modo que seu amante sugasse a morte, ao beijar o cadáver que idolatrava. Era ainda Pietro Barbi, o Veneziano, denominado Paulo II, que, vaidosamente, quis tomar o título *Formosus* e cuja tiara, avaliada em 200 mil florins, fora prêmio de um pecado hediondo, seguia-se Gian Maria Visconti, que se servia de galgos para repelir os homens e cujo cadáver escalavrado foi coberto de rosas por uma prostituta sua amiga!

Depois o Bórgia no seu cavalo branco, o Fratricida galopando a seu lado, o manto tinto do sangue de Perotto. Pietro Riario, o jovem cardeal-arcebispo de Florença, filho e valido de Sisto IV, cuja beleza só igualou ao deboche e que recebeu Leonor de Aragão sob um pavilhão de sua seda branca e carmesim, cheio de ninfas e centauros, acariciando um rapaz, do qual se servia nas festas como de Ganimedes ou Hilas. Ezzelin, cuja melancolia só era dissipada ante o espetáculo da morte, tendo pelo sangue a paixão que outros têm pelo vinho — Ezzelin, filho do demônio, conforme diziam, que burlou seu pai nos dados, quando este jogava sua alma! E as figuras iam-se sucedendo...

Giambattista Cibo tomara por escárnio a alcunha de Inocente e fizera injetar em suas torpes veias, por um doutor judeu, o sangue de três adolescentes; Sigismondo Malatesta, o amante de Isotta e senhor de Rimini, cuja efígie foi queimada em

Roma, como inimigo de Deus e dos homens, estrangulara Polissena com um guardanapo, fizera Ginevra d'Este ingerir a peçonha em um copo de esmeralda e construíra uma igreja pagã para adoração do Cristo, em honra de uma paixão abominável!

E esse Carlos VI, que amara tão selvaticamente a esposa do próprio irmão, a ponto de um leproso denunciar seu crime projetado, esse Carlos VI, cuja paixão de demente só pôde ser combatida por meio de cartas sarracenas, onde havia pintadas as imagens do amor, da morte e da loucura?

Evocava-se ainda, no seu gibão bordado, com seu chapéu guarnecido de joias e seus cabelos anelados como acantos, Grifonetto Baglioni, que assassinou Astorre e a noiva, Simonetto e seu pajem, mas cuja graça era tal que, quando o encontraram agonizante na praça amarela de Perusa, os que o odiavam só puderam chorar, benzendo-o então Atalanta, que antes o amaldiçoara!

Uma horrível fascinação emanava de toda essa gente! Dorian descobria tais figuras à noite, e, de dia, elas conturbavam-lhe a imaginação. A Renascença conheceu especialíssimas maneiras de envenenar: por um morrião ou uma tocha acesos, por uma luva bordada ou um leque de diamantes, por uma bola dourada e perfumosa ou por uma enfiada de pedras de âmbar.

Ele, Dorian Gray, havia sido intoxicado por um livro!

Havia momentos em que considerava simplesmente o mau elemento necessário à realização do seu conceito da beleza.

Era 9 de novembro, véspera do seu 38° aniversário, como mais tarde se recordou frequentemente.

Pelas onze horas da noite, Dorian saía da casa de lorde Henry, onde havia jantado, e envolvera-se em espessos capotes, por estar a noite muito fria e brumosa. Na esquina entre a praça de Grosvenor e a rua South Audley, um homem passou bem junto dele, rompendo o nevoeiro, andando depressa, com a gola de seu *ulster* cinzento levantada. Trazia uma maleta na mão. Dorian reconheceu-o. Era Basil Hallward. Um novo sentimento de medo, que não soube explicar, o invadiu. Não fez sinal algum de reconhecimento e continuou rapidamente o caminho em direção a sua casa.

Hallward, porém, o vira. Dorian percebeu-o detendo-se na calçada e chamando-o. Instantes depois, a mão do outro apoiava-se em seu braço.

— Dorian! Que sorte incomparável! Esperei-te na biblioteca até as nove horas. Finalmente, apiedei-me de teu criado fatigado e disse-lhe, ao partir, que se deitasse. Vou a Paris pelo trem da meia-noite e tinha uma particular necessidade de ver-te antes da partida. Pareceu-me seres tu ou, ao menos, teu capote, quando ali nos cruzamos... Fiquei, porém, na dúvida. Não me reconheceste?

— Há nevoa, meu caro Basil! Eu apenas podia reconhecer a praça de Grosvenor. Creio que minha casa fica por aqui, mas não tenho certeza. Lamento a tua partida, pois há uma eternidade que não te vejo. Suponho, porém, que regressarás em breve.

— Não, estarei ausente da Inglaterra por seis meses. Pretendo arranjar um ateliê em Paris e aí ficar até terminar um grande quadro que tenho na cabeça. Não é, todavia, de mim que desejava falar-te. Chegamos à tua porta. Deixa-me entrar um momento, pois tenho uma coisa a dizer-te.

— Sinto-me contente, mas não perderás o trem? — perguntou descuidadamente Dorian Gray, galgando os degraus e abrindo a porta com a chave do trinco.

A luz do lampadário era circunscrita pela garoa. Hallward examinou o relógio.

— Tenho o tempo de que preciso — respondeu ele. — O trem só parte à meia-noite e quinze e são apenas onze horas. Demais, eu ia ao clube procurar-te, quando te encontrei. Como vês, não esperarei minha bagagem, por havê-la remetido na frente, trago comigo somente esta maleta e posso ir folgadamente à Victoria em vinte minutos.

Dorian fitou-o e sorriu.

— Que traje de viagem para um pintor elegante! Uma maleta *gladstone* e um *ulster!* Entra: a garoa invade o vestíbulo. E reflete que não deves falar de coisas sérias. Atualmente, já não há mais nada sério, ou, ao menos, nada pode ser tomado a sério.

Hallward sacudiu a cabeça, ao entrar, e seguiu Dorian até a biblioteca. Um clarão de brasas brilhava na grande lareira da sala. As lâmpadas estavam acesas, e um licoreiro holandês, de prata, todo aberto, sifões de soda e grandes copos de cristal achavam-se dispostos em uma mesinha marchetada.

— Bem vês que o teu criado me havia servido como em minha casa, Dorian. Forneceu-me todo o necessário, inclusive os teus melhores cigarros de ponta dourada. É uma criatura hospitaleira, que estimo mais do que esse francês que possuías. E, a propósito, que fim levou o francês?

Dorian sacudiu os ombros.

— Creio que desposou a camareira de *lady* Radley e a instalou em Paris como costureira inglesa.

A *anglomania* está muito em moda por aí, ao que parece. É uma idiotice da parte dos franceses, não achas? Afinal, não era um mau criado. Nunca me agradou, mas também nunca tive queixas dele. Imaginamos sempre coisas absurdas. Ele me era dedicado e pareceu-me constrangido quando se retirou. Mais um conhaque com soda? Preferes vinho do Reno com água de Seltz? Eu sempre tomo. Com certeza, há aqui, no quarto ao lado.

— Obrigado, não quero mais nada — disse o pintor, tirando o chapéu e a capa e colocando-os sobre a maleta que depusera a um canto. — Agora, caro amigo, quero falar-te seriamente. Não faças essa carranca, porque me dificultas a obrigação.

— Que há, então? — bradou Dorian, com a sua vivacidade costumeira, atirando-

-se ao sofá. — Espero que não se trate de mim. Estou fatigado de mim mesmo esta noite. Quisera estar na pele de um outro.

— É a propósito de ti mesmo — notificou Hallward com uma voz grave e compenetrada. — É preciso que eu te diga. Não tomarei mais de meia hora.

Dorian suspirou, acendeu um cigarro e balbuciou:

— Meia hora!

— Não é muito para interrogar-te, Dorian, e é absolutamente no teu próprio interesse. Entendo ser conveniente que saibas as incríveis apreciações que correm em Londres sobre tua pessoa.

— Não desejo conhecê-las. Aprecio os escândalos dos outros, mas os que me concernem não me interessam tanto. Já não trazem o mérito da novidade.

— Devem interessar-te, Dorian. Todo *gentleman* mostra interesse pelo seu bom renome. Tu não quererás que aludam a ti como a qualquer vil e degradado. Certamente, dispões de tua situação, de tua fortuna e do resto; todavia, a posição e a fortuna não são tudo. Compreendes, perfeitamente, que eu não creio nesses rumores ultrajosos. E, depois, não posso mesmo concebê-los quando te vejo. O vício estampa-se por si mesmo na figura de um homem. Não consegue ser oculto. Fala-se algumas vezes de vícios secretos; não há tais vícios. Se um corrompido tem um vício, ele se patenteia por si mesmo nas linhas da boca do indivíduo, na queda de suas pálpebras e até na forma de suas mãos. Alguém — não citarei o nome, mas tu o conheces — pediu-me o ano passado a execução de seu retrato. Eu nunca o vira nem nada ouvira sobre ele; ouvi falar depois. Ofereceu-me um preço extravagante e recusei. Havia qualquer coisa na conformação de seus dedos, que repeli. Sei agora que as minhas suposições eram cheias de razão; sua vida é uma iniquidade. Tu, porém, Dorian, com teu semblante puro, límpido, inocente, com tua soberba e inalterada juventude, nada apresentas que me permita suspeitar contra ti. Entretanto, vejo-te muito raramente; não apareces mais no meu ateliê, e, quando, afastado de ti, ouço essas odiosas alusões ao teu nome, não sei mais o que dizer. Como se explica, Dorian, que um homem como o duque de Berwick abandone o salão de um clube, logo que aí penetras? Por que tantas pessoas em Londres recusam ir a tua casa e não te convidam às casas delas? Tu eras um dos amigos de lorde Staveley. Encontrei-o a jantar, na semana passada. Teu nome foi pronunciado no correr da conversa, a propósito dessas miniaturas que emprestaste à exposição de Dudley. Staveley fez um gesto desdenhoso e disse que poderias, talvez, ter muito gosto artístico; mas, na sua opinião, eras um homem que nenhuma moça pura poderia conhecer e cuja presença deveria ser evitada a toda mulher casta. Eu lembrei-lhe que era teu amigo e perguntei-lhe o que ele desejava exprimir. Ele me disse... Ele me disse em face e diante de todos. Foi horroroso! Por que tua amizade há de ser tão fatal aos jovens? Ouve... Esse pobre rapaz que servia nos Gardes e que se suicidou era dos mais queridos por ti. E sr. Henry Ashton, que teve de abandonar a Inglaterra com o nome maculado? Tu e ele eram inseparáveis. Que dizer de Adrian Singleton e do seu triste fim? Que dizer do filho único de lorde Kent e de sua carreira comprometida? Ontem, encontrei seu pai na rua St. James. Pareceu-me coberto de vergonha e mágoa. Que dizer ainda do jovem duque de Perth? Que existência leva ele agora? Que *gentleman* o aceitaria como amigo?

— Basta, Basil! Falas de assuntos que não conheces — atalhou Dorian Gray, mordendo os lábios.

Depois disse, com um tom de infinito desprezo na voz:

— Tu me perguntas por que Berwick abandona o lugar aonde eu chego? É porque conheço toda a sua vida e ele não conhece a minha. Com um sangue, como o que lhe corre nas veias, como poderá ser sincero o que ele diz? Tu me interpelas a propósito de Henry Ashton e sobre o jovem Perth. Terei ensinado a um os seus vícios e, a outro, seus deboches? Se o filho imbecil de Kent escolhe a esposa nas calçadas, tenho eu alguma coisa com isso? Se Adrian Singleton falsifica a assinatura de seus amigos em documentos, serei eu seu guarda? Bem sei como se tagarela na Inglaterra. Os burgueses fazem à sobremesa uma exposição de seus preconceitos morais e referem muito baixo o que chamam a libertinagem de seus superiores, a fim de dar a entender que pertencem à bela sociedade e vivem perfeitamente com seus caluniados. Neste país, basta que um homem possua certa distinção e um cérebro para que as más línguas lhe caiam logo em cima. E que vida leva essa gente que se trata de moralidade? Meu caro amigo, tu te esqueces de que estamos na terra natal da hipocrisia.

— Dorian — exclamou Hallward —, a questão é muito outra! A Inglaterra é bem vil, eu sei, e a sociedade inglesa tem todos os defeitos. É justamente por esta razão que tenho necessidade de saber-te puro. E tu não o foste. Tem-se o direito de julgar um homem pela influência que ele exerce sobre seus amigos: os teus parecem perder todo sentimento de honra, de bondade, de pureza. Tu lhes infiltraste uma loucura de prazer. Eles despenharam-se em abismos; tu os arrastaste até aí. Sim, tu os abandonaste e podes ainda sorrir, como neste momento. Ainda há pior. Sei que tu e Harry são dois inseparáveis; e justamente por esta razão, senão por outra, não escarneço.

— Atenção, Basil! Tu te adiantas muito!

— É preciso que eu fale e é preciso que me ouças! Tu hás de ouvir-me! Quando encontraste *lady* Gwendoline, nem sombra de escândalo a enodoara. Há hoje uma única mulher respeitável em Londres que consinta em passear de carro com ela no parque? Qual! Seus próprios filhos evitam a sua convivência! Depois, há outras histórias: conta-se que tu tens sido visto resvalar de madrugada pelo exterior das mais infames moradas de Londres e penetrar, furtivamente, disfarçado, nas mais imundas espeluncas. São verdadeiras, podem ser verdadeiras essas histórias?

"Quando as ouvi pela primeira vez, dei risadas. Atualmente as ouço e fazem-me estremecer. O que é a tua casa de campo, com a vida que ali se leva? Dorian, tu não calculas o que se diz de ti. Dispenso-me de dizer-te que não quero pregar-te sermões. Lembro-me de Harry dizendo uma vez que todo pregador improvisado sempre começava por anunciar seu título e tinha pressa em desmentir-se. Não quero te fazer prédicas. Eu só quisera ver-te com um comportamento que te fizesse respeitado dos homens. Quisera que possuísses um nome sem mácula, uma reputação pura. Quisera que te desembaraçasses desses tipos repugnantes com que formas a tua sociedade. Não sacudas assim os ombros... Não te faças tão indiferente... Tua influência é grande; busca empregá-la no bem e não no mal. Dizem que corrompes todos os que se tornam teus íntimos e que basta entrares em uma casa para que os desonrados te acompanhem. Não sei se isso é verdade ou não. Como hei de sabê-lo? O fato é que se diz. Deram-me pormenores de que é impossível duvidar. Lorde Gloucester era um dos meus maiores amigos em Oxford. Mostrou-me uma carta que sua esposa lhe havia escrito, moribunda e isolada em seu retiro de Menton. Teu nome era citado na mais inconcebível confissão que até hoje tenho lido. Disse-lhe que era absurdo, que eu te conhecia a fundo e que serias incapaz de praticar certas faltas aí relatadas. Conhecer-te! Eu quisera conhecer-te, mas precisava ver a tua alma!"

— Ver a minha alma! — pronunciou Dorian Gray, erguendo-se do sofá e empalidecendo de pavor.

— Sim — confirmou Hallward gravemente, com uma acentuada emoção na voz —, ver a tua alma... Mas só Deus pode vê-la!

Um riso de amarga zombaria passou nos lábios do mais jovem.

— Tu mesmo hás de vê-la esta noite! — bradou ele, apanhando a lâmpada. — Vem, é a obra de tuas mãos. Por que não hás de vê-la? Em seguida, se quiseres, poderás contar o sucedido a todo mundo. Ninguém te dará crédito. E, se te derem crédito, hão de amar-me ainda mais. Conheço nossa época melhor que tu, embora tagareles tão fastidiosamente. Vem, que te chamo! Já peroraste bastante sobre a corrupção. Agora vais vê-la face a face!

Havia um desvario de orgulho em cada palavra que Dorian proferia. Segundo a sua habitual e pueril insolência, ele batia no assoalho com os pés. Sentia odiosa alegria ao pensar que outro partilharia o seu segredo e que o autor do quadro, origem de sua vergonha, passaria toda a vida humilhado, à triste lembrança do que havia produzido.

— Sim — continuou ele, aproximando-se do pintor e fixando-lhes os olhos severos —, vou mostrar-te a minha alma. Vais ver isso que, segundo pensas, só a Deus é dado ver!

Hallward recuou.

— Blasfemas, Dorian — clamou ele. — Não te é permitido dizer tais coisas, que são horrendas e nada significam.

— Tu crês?— E Dorian riu de novo.

— Creio, sim. E, quanto ao que hoje te disse, é para teu bem. Sabes que sempre fui um devotado amigo teu.

— Não te aproximes de mim! Acaba o que tens a dizer...

Uma contração dolorosa alterou os traços do pintor. Deteve-se um instante e sentiu-se tomado de uma ardente compaixão. Que direito tinha ele, afinal, de intrometer-se na vida de Dorian Gray? Se este houvesse praticado a décima parte do que se dizia dele, como deveria sofrer! Então levantou-se, marchou direto ao fogão e, pondo-se diante do fogo, contemplou as achas abrasadas, de cinzas brancas como gelo, e a palpitação das labaredas.

— Estou esperando, Basil! — disse o moço num tom enérgico e alto.

Hallward voltou-se.

— O que tenho a acrescentar é isto: urge que me dês uma resposta sobre as estupendas acusações que te fazem. Se me disseres que são inteiramente falsas, do começo ao fim, acreditarei. Desmente-as, Dorian, desmente-as! Não percebes o que eu sinto? Meu Deus! Não me digas que és mau, corrompido e coberto de desonras!

Dorian Gray sorriu. Seus lábios distendiam-se num rito de satisfação.

— Sobe comigo, Basil — convidou ele tranquilamente. — Tenho um memorial da minha vida, feito dia a dia, mas que nunca sai da câmara onde é elaborado: eu te mostrarei se vieres comigo.

— Irei contigo onde quiseres, Dorian... Noto que perdi meu trem. Isto não tem importância; partirei amanhã. Não me peças, porém, para ler qualquer coisa esta noite. Tudo quanto me interessa é uma resposta à minha interpelação.

— Ela te será dada lá em cima, não posso dá-la aqui. Não é nenhuma leitura longa.

XIII

Dorian saiu da sala e começou a subir, acompanhado de perto por Basil Hallward. Caminhavam docemente, como instintivamente se caminha à noite. A lâmpada projetava clarões fantásticos na parede e na escadaria. Soprava um vento que fez bater as janelas.

Quando ambos atingiram o andar superior, Dorian depôs a lanterna no pavimento e, segurando a chave, torceu a fechadura.

— Insistes, Basil? — perguntou ele com voz baixa.

— Sim!

— Ainda bem — balbuciou Dorian, sorrindo e acrescentando depois um pouco rudemente: — Tu és o único homem que tens o direito de saber o que me diz respeito. Tens tomado na minha vida maior parte do que pensas...

Apanhou a lanterna, empurrou a porta e entrou. Uma corrente de ar frio envolveu os dois homens, e a chama, vacilando um instante, tomou depois um tom alaranjado. Dorian sentiu um calafrio.

— Fecha a porta atrás de ti — recomendou ele ao outro, depondo a lâmpada na mesa.

Hallward olhou ao redor de si, profundamente pasmado. O compartimento parecia não ter sido habitado desde muitos anos. Uma tapeçaria flamenga, desbotada, um quadro oculto sob um véu, um velho baú italiano e uma grande estante vazia formavam todo o mobiliário, além de uma cadeira e uma mesa.

Como Dorian acendesse uma vela meio consumida, posta sobre a lareira,

Hallward percebeu que tudo ali estava coberto de poeira, inclusive o tapete em molambos. Um rato fugiu apavorado pelos retábulos. Desprendia-se um cheiro úmido de bolor.

— Então pensas que somente Deus pode ver uma alma, Basil? Arranca esse pano e verás a minha!

A voz de Dorian era fria e cruel.

— Estás doido, Dorian, ou representas uma comédia? — perguntou o pintor, franzindo a testa.

— Não ousas? Eu mesmo a afastarei — disse o moço, arrancando a cortina do seu varão de ferro e atirando-a no assoalho.

Um grito de espanto escapou-se dos lábios do pintor, quando ele viu, à fraca luz da lanterna, a execrável figura que parecia caretear na tela. Havia nessa expressão qualquer coisa que o encheu de nojo e pavor. Céus! Aquilo poderia ser a face, a própria face de Dorian Gray? O horror, fosse qual fosse, entretanto, não havia inteiramente danificado essa beleza incomparável. Restava ainda ouro na cabeleira iluminada e a boca sensual ainda possuía o escarlate. Os olhos empolados haviam guardado uns restos de pureza de seu azul e as curvas elegantes das narinas, finamente traçadas, e do pescoço, fortemente modelado, não haviam desaparecido inteiramente. Sim, era bem o próprio Dorian! Mas quem fizera aquilo? Pareceu-lhe reconhecer sua pintura e a moldura não deixava de ser a desenhada por ele. A ideia era monstruosa e ele se apavorou! Apanhou a luz e aproximou-se da tela. No canto esquerdo, seu nome estava traçado em grandes letras, a puro vermelhão...

Era uma odiosa paródia, uma infame, ignóbil sátira! Jamais fizera aquilo... Entretanto, não deixava de ser seu próprio quadro! Ele bem o sabia e pareceu-lhe que seu sangue, pouco antes fervente, gelava-se de repente. Seu próprio quadro... Que queria dizer aquilo? Por que uma tal transformação? Voltou-se, fixando Dorian com os olhos de um louco. Os seus lábios tremiam e a língua seca não podia articular uma palavra. Passou a mão pela fronte; estava toda úmida de suor frio.

O jovem, encostado no pano da chaminé, olhava-o com essa estranha expressão observada na figura daqueles que se sentem absorvidos em um grande espetáculo, quando trabalha um grande artista. Não era um verdadeiro pesar nem uma verdadeira satisfação. Era a expressão de um espectador, talvez, com um clarão de triunfo nos olhos. Dorian havia tirado a flor do peito e aspirava-a com afetação.

— Que quer dizer isso? — exclamou, enfim, Hallward.

Sua voz ressoava com uma retumbância a que não estavam habituados seus próprios ouvidos.

— Há anos, quando eu era um menino — disse Dorian Gray, triturando a flor nas pontas dos dedos —, tu me lisonjeaste e me ensinaste a envaidecer-me da minha beleza. Um dia apresentaste-me a um de teus amigos, que me explicou o milagre da mocidade, e fizeste-me esse retrato que me revelou o milagre da beleza. Em um momento de loucura, que, mesmo agora, não sei se lamento ou não, fiz um voto que talvez denomines uma prece...

— Lembro-me! Ah! Como me lembro! Não! É uma coisa impossível... Este quarto é úmido e o mofo agarrou-se à tela; as cores que empreguei eram de má composição... Eu te repito que isso é impossível!

— Ah! Que há de impossível? — interrogou o moço, indo à janela e apoiando a fronte no vitral lustroso.

— Tu me disseste que o havias destruído.

— Estava enganado. Foi ele quem me destruiu.

— Não posso crer que seja esse o meu quadro.

— Não podes ver assim o teu ideal? — disse Dorian amargamente.

— Meu ideal, como tu dizes...

— Como tu o chamavas!

— Nada de mau havia nele, nada de vergonhoso. Tu eras para mim um ideal como nunca mais encontrarei outro... E isto é a figura de um sátiro.

— É a face de minha alma!

— Senhor! Que coisa idolatrei! Ali estão os olhos de um demônio!

— Cada um de nós traz consigo a chave do inferno, Basil — clamou Dorian, com um gesto feroz de desespero.

Hallward voltou-se para o retrato e considerou-o:

— Meu Deus! Se é verdade — disse ele — e se ali está o que fizeste de tua vida, deves ser ainda mais corrompido do que imaginam os que falam de ti!

Aproximou de novo a vela para melhor examinar a tela. Superficialmente, não mostrava haver sofrido alteração alguma; estava como a havia deixado. Era de dentro, aparentemente, que havia brotado a iniquidade e a vergonha. Por meio de qualquer rara vida interior, a lepra do pecado corroía-lhe essa face. Era menos perturbadora a podridão de um corpo, no fundo de um túmulo úmido.

Passou-lhe um tremor na mão e a vela caiu do candelabro no tapete, onde se partiu. Ele tocou-a com o pé. Depois deixou-se cair na poltrona, junto da mesa, e tapou o rosto com as mãos.

— Divina bondade! Dorian, que lição! Que temerosa lição!

Não teve resposta, mas pôde ouvir o rapaz que soluçava junto à janela.

— Oremos! Dorian, oremos! — murmurou ele. — Que nos ensinaram a dizer na nossa infância? "Não nos deixeis cair em tentação. Perdoai-nos os nossos pecados, purificai-nos de nossas iniquidades!" Repitamos juntos estas palavras. A prece do teu orgulho foi ouvida; a prece do teu arrependimento será também ouvida! Eu muito te adorei! Estou punido. Tu muito te amaste! Estamos ambos punidos!

Dorian Gray voltou-se lentamente e, fixando-o com seus olhos obscurecidos:

— É muito tarde, Basil! — balbuciou ele.

— Nunca é muito tarde, Dorian! Ajoelhemo-nos e tentemos recordar uma oração. Não há um versículo que diz: "Embora vossos pecados sejam escarlates, eu os tornarei brancos como a neve"?

— Tais palavras já não têm agora mais sentido para mim.

— Ah! Não digas isso. Tu fizeste bastante mal na vida. Meu Deus! Não vês essa maldita face que nos espia?

Dorian Gray olhou o retrato e, súbito, um indefinível sentimento de ódio contra

Basil Hallward apoderou-se dele, como se lhe fosse sugerido por essa figura pintada na tela, sibilado ao ouvido por esses lábios em caretas. Os selvagens instintos de um animal acuado despertavam nele e então detestou esse homem assentado junto à mesa, mais do que nenhuma outra coisa na sua vida!

Observou ferozmente ao redor de si. À sua frente, faiscava um objeto sobre o cofre pintado. O seu olhar parou nele. Lembrou-se do que era: uma faca que fizera subir, dias antes, para cortar uma corda e que se esquecera de reconduzir. Avançou docemente, passando perto de Hallward, chegando atrás deste, apanhou a faca e voltou-se. Hallward fez um movimento, como para levantar-se da poltrona. Dorian saltou sobre ele, enfiou-lhe a faca atrás da orelha, cortando-lhe a carótida, rachando-lhe a cabeça contra a mesa e desferindo-lhe golpes furiosos.

Houve um gemido abafado e o horrível gorgolejar do sangue na garganta. Três vezes os dois braços se suspenderam convulsivamente, agitando grotescamente no vácuo duas mãos com dedos crispados. Dorian feriu duas vezes ainda, mas o homem não se mexeu mais. Qualquer coisa começou a escorrer pelo chão. Ele estacou um instante, sustentando sempre a cabeça. Depois atirou a faca sobre a mesa e pôs-se a escutar.

Não ouviu senão um ruído de gotas tombando docemente no tapete usado. Abriu a porta e saiu até o patamar da escada. A casa estava absolutamente tranquila. Não havia ninguém. Conservou-se alguns instantes curvado sobre a balaustrada, procurando varar a obscuridade profunda e silenciosa do vácuo. Depois tirou a chave da fechadura, voltou ao quarto e nele fechou-se.

O homem conservava-se assentado na poltrona, encostado à mesa, o dorso curvado, com seus braços longos e fantásticos. Se não fora o golpe rubro e aberto no pescoço, e o pequeno charco negro de sangue coagulado, que se alargava pela mesa, seria fácil crer que esse homem estava simplesmente adormecido.

Como tudo havia sido rapidamente feito! Dorian sentia-se curiosamente calmo e, indo à janela, abriu-a, avançando até o balcão. O vento havia dissipado a névoa e o céu lembrava a cauda monstruosa de um pavão, estrelado de miríades de olhos dourados. Espiou a rua e viu um policial que fazia a sua ronda, irradiando longos raios de luz da lanterna sobre as portas das casas silenciosas. A luz carmesim de um carro a rodar tocou o canto da rua, depois desapareceu. Uma mulher envolvida em um xale flutuante deslizou lentamente ao longo das grades de uma praça; avançava cambaleando. De espaço a espaço, parava para olhar atrás de si. Depois, entoou uma canção com uma voz rouca. O policial correu a ela e falou-lhe. Ela partiu tropeçando e dando gargalhadas. Um nordeste áspero passou pela praça. As luzes de gás vacilaram, pálidas, e as árvores desfolhadas entrechocaram os galhos enferrujados. Ele arrepiou-se e entrou, fechando a janela.

Chegado à porta, torceu a chave na fechadura e abriu. Não havia posto os olhos no homem assassinado. Sentiu que o segredo de tudo aquilo não alteraria a sua situação. O amigo que havia pintado o fatal retrato, ao qual toda a sua miséria era devida, tinha cessado de viver. Era bastante.

Então lembrou-se da lâmpada. Era um curioso trabalho mourisco, feito de prata maciça, incrustado de arabescos de aço polido e ornado de grandes turquesas. Talvez o criado notasse o seu desaparecimento e perguntas seriam feitas. Hesitou um instante, depois entrou de novo e apanhou-a sobre a mesa. Não pôde deixar de olhar o morto. Como estava tranquilo! Como suas longas mãos estavam brancas! Era uma apavorante figura de cera.

Tendo fechado a porta atrás de si, desceu a escadaria tranquilamente. Os degraus estalavam sob seus pés, como se gemessem.

Ele parou várias vezes e ouviu. Não, tudo estava tranquilo. Era apenas o ruído dos próprios passos.

Quando chegou à biblioteca, percebeu a maleta e o sobretudo em um canto. Precisava ocultá-los em algum lugar. Abriu um secreto armário de parede, dissimulado nos forros, onde guardava estranhos disfarces; aí encerrou os objetos. Poderia facilmente queimá-los mais tarde. Então puxou pelo relógio. Eram duas horas menos vinte.

Sentou-se e pôs-se a refletir. Todos os anos, todos os meses quase, homens eram enforcados na Inglaterra pelo que ele acabava de praticar. Havia como uma loucura de assassinatos no ar. Alguma rubra estrela aproximara-se bastante da Terra. E, depois, que provas haveria contra ele? Basil Hallward havia deixado sua casa às onze horas. Ninguém o vira voltar. A maior parte dos criados estava em Selby Royal. Seu criado estava deitado. Paris! Sim. Era para Paris que Basil Hallward havia partido e pelo trem da meia-noite, como tinha a intenção. Com seus hábitos particulares de reserva, passar-se-iam meses, antes que as desconfianças pudessem nascer. Meses! Tudo poderia ser destruído bem mais cedo.

Uma ideia súbita atravessou-lhe o espírito. Enfiou a peliça, o chapéu e saiu ao vestíbulo. Aí parou, ouvindo o passo pesado e retardado do policial, sobre a calçada em frente, e olhando a luz de sua lanterna inexorável refletindo-se em uma janela. Esperou, retendo a respiração. Passados alguns instantes, puxou a lingueta, pôs-se do lado de fora, fechando a porta docemente atrás de si. Depois tocou a campainha. Dentro de cinco minutos, mais ou menos, o criado apareceu meio vestido, cheio de sono.

— Contraria-me ter te despertado, Francis — disse ele, entrando —, mas havia esquecido a minha chave de trinco. Que horas são?

— Duas horas e dez, senhor — disse o homem, olhando a pêndula e apertando os olhos.

— Duas horas e dez! Estou enormemente atrasado! É preciso que me acordes amanhã às nove horas; tenho que fazer.

— Perfeitamente.

— Apareceu alguém esta noite?

— Sr. Hallward, senhor. Aqui esteve até onze horas e partiu para tomar o trem.

— Ah! Tenho pena de não havê-lo visto. Deixou alguma palavra?

— Não, senhor. Disse que lhe escreveria de Paris, se não o encontrasse no clube.

— Muito bem, Francis. Não te esqueças de despertar-me amanhã, às nove horas.

— Não, senhor.

O homem desapareceu no corredor, arrastando os chinelos.

Dorian Gray atirou o capote e o chapéu sobre uma mesa e entrou na biblioteca. Marchou de um extremo a outro, durante um quarto de hora, mordendo os lábios e refletindo. Depois tomou em uma estante o *Birebook* e começou a folheá-lo. "Alan Campbell, 152, rua Hertford, Mayfair." Sim, era esse o homem de que precisava.

XIV

Na manhã seguinte, às nove horas, o criado entrou com uma xícara de chocolate na bandeja e fez correr as persianas. Dorian dormia pacificamente, do lado direito, a face apoiada à mão. Dir-se-ia um jovem fatigado pelo jogo ou pelo estudo.

Foi preciso o criado tocar-lhe duas vezes no ombro para que ele despertasse e, quando abriu os olhos, um apagado sorriso correu-lhe nos lábios, como se saísse de algum sonho delicioso. Entretanto, nada tinha sonhado. A noite não fora perturbada por imagens de prazer ou de pena; mas a mocidade sorri sem motivos: é o mais encantador dos seus privilégios.

Ele voltou-se e, apoiando-se nos cotovelos, começou a beber, a pequenos goles, o chocolate. O pálido sol de novembro inundava o quarto. O céu era puro e havia uma doce tepidez no ar. Era quase uma manhã de maio. Pouco a pouco, os sucessos da noite precedente invadiram-lhe a memória, sem o mínimo ruído de passos ensanguentados! Reconstituíram-se espontaneamente com uma admirável precisão. Ele estremeceu à lembrança de tudo quanto havia sofrido e, durante um instante, o mesmo sentimento de ódio contra Basil Hallward, que o impelira a matá-lo quando descansava na sua poltrona, invadiu-o e fê-lo arrepiar-se. O morto estava ainda lá em cima também, e à plena luz do sol, no momento. Era inquietador! Coisas tão hediondas são feitas para as trevas e não para a luz do dia...

Dorian sentiu que se prosseguisse nessa cisma estaria brevemente doente ou louco. Havia pecados cujo encanto era maior pela lembrança que deixavam, do que em si mesmos, singulares triunfos que recompensavam o orgulho muito mais que as paixões e davam ao espírito um refinamento de júbilo muito superior ao prazer que provocavam ou podiam provocar nos sentidos. Mas este não era dos tais. Era uma lembrança a expulsar do espírito; seria preciso adormecê-la em dormideiras e, enfim, estrangulá-la antes que ela lhe o fizesse.

Quando soou a meia hora, passou a mão pela fronte e levantou-se rápido. Vestiu-se com maior cuidado ainda que de costume, escolhendo demoradamente sua gravata e seu alfinete e mudando várias vezes de anéis. Levou também muito tempo para almoçar, saboreando diversos pratos, falando ao criado de um novo uniforme que ainda queria mandar fazer para os servidores em Selby, isso enquanto abria o seu correio.

Uma das cartas fê-lo sorrir, três outras o enfastiaram.

Releu várias vezes uma delas, depois rasgou-a com uma ligeira expressão de cansaço: "Que terrível coisa é uma memória de mulher!, como diz lorde Henry...", murmurou ele.

Depois de beber a sua xícara de café, passou o guardanapo nos lábios, fez sinal ao criado para que esperasse e assentou-se à sua mesa para escrever duas cartas. Pós uma delas no bolso e estendeu a outra ao criado.

— Leva-me isto ao 152, rua Hertford, Francis, e, se sr. Campbell estiver ausente de Londres, pede o seu endereço.

Logo que se viu só, acendeu um cigarro e pôs-se a rabiscar em uma folha de papel, desenhando flores, motivos de arquitetura, depois figuras humanas. De repente notou que cada figura traçada por ele tinha uma fantástica semelhança com Basil Hallward. Sobressaltou-se e, levantando-se, foi à biblioteca, onde apanhou um volume ao acaso. Havia-se decidido a não pensar nos últimos acontecimentos, a não ser quando isso se tornasse absolutamente necessário.

Uma vez estendido no divã, examinou o título do livro. Era uma edição Charpentier, em papel do Japão, dos *Esmaltes e camafeus*, de Gautier, ornada de uma água-forte de Jacquemart. A encadernação era de couro amarelado e limão, tendo estampados uma rótula de ouro e um semeado de granadas. O livro fora-lhe oferecido por Adrian Singleton. Como voltasse as páginas, seus olhos recaíram sobre o poema da mão de Lacenaire, a mão fria e lívida *"du supplice encor mal lavée"*, de pelos ruivos de "dedos de fauno". Mirou seus próprios dedos brancos, pontiagudos, e perturbou-se ligeiramente, apesar de si. Continuou a folhear o volume e estacou nestas deliciosas estâncias sobre Veneza:

Sur une gramme chromatique,
Le sein de perles ruisselant,
La Vénus de l'Adriatique
Sort de leau son corps rose et blanc.

Les dômes, sur l'azur des ondes,
Suivant la phrase au pur contour,
S'enflent comme des gorges rondes,
Que soulève un soupir d'amour.

L'esquif aborde et me dépose,
Jetant son amarre au pilier,
Devant une façade rose,
Sur le marbre d'un escalier.

Como isto era belo! Lendo-se, parecia descer-se às verdes lagunas da cidade cor-

-de-rosa e pérola, sobre uma gôndola negra de proa de prata e cortinados a arrastar. Esses simples versos evocavam-lhe as longas bandas de azul-turquesa, sucedendo-se lentamente no horizonte do Lido. O brilho súbito das cores lembrava esses pássaros de pescoço de íris e opala, que volitavam em torno do alto campanário rebuscado como um favo de mel ou passeiam com tanta graça sob as sombrias e poeirentas arcadas. Dorian recostou-se, de olhos semicerrados, repetindo a si mesmo:

Devant une façade rose,
Sur le marbre d'un escalier...

Toda Veneza estava nestes dois versos. Ele lembrou-se do outono que ali havia passado e do prestigioso amor que o havia levado a deliciosas e delirantes loucuras. Há romances em toda parte. Em Veneza, porém, como em Oxford, ficara o verdadeiro quadro de todo romance, e, para o legítimo romântico, a moldura é tudo ou quase tudo. Basil o havia acompanhado uma parte do tempo e tinha-se enamorado do Tintoretto. Pobre Basil! Que morte execranda!

Teve novamente um calafrio e retomou o volume, esforçando-se para esquecer. Leu esses versos deliciosos sobre as andorinhas do pequeno café de Smirna, entrando e saindo, enquanto os hadjis, assentados ao redor, contam os grãos de âmbar dos seus rosários e os negociantes de turbante fumam os longos cachimbos de bolotas, conversando gravemente. Leu outros sobre o Obelisco da praça da Concórdia, que tem lágrimas de granito pelo seu exílio sem sol e se consome por não poder voltar junto ao Nilo ardente e coberto de lótus, onde há esfinges e íbis róseos e vermelhos, abutres brancos de garras de ouro, crocodilos de olhinhos de berilo rastejando na lama verde e vaporífera. Pôs-se a pensar em outros versos que cantam um mármore manchado de beijos e nos falam dessa curiosa estátua que Gautier compara a uma voz de contralto, o *"monstre charmant"* deitado na sala de pórfiro do Louvre. O livro logo caiu-lhe das mãos... Ele se enervava e uma inquietação o invadia. E se Alan Campbell estivesse ausente da Inglaterra? Dias se passariam antes que voltasse. Talvez recusasse vir. O que fazer, então? Cada momento tinha uma importância vital. Haviam sido grandes amigos, cinco anos antes, quase inseparáveis, na verdade. Depois a sua intimidade se interrompera de repente. Quando se encontravam hoje, na sociedade, somente Dorian Gray sorria, mas nunca Alan Campbell.

Era um jovem muito inteligente, embora não apreciasse as artes plásticas, e tinha uma certa compreensão da beleza poética, que lhe fora inteiramente transmitida por Dorian. Sua paixão dominante era a ciência. Em Cambridge, havia gasto a maior parte de seu tempo a trabalhar no laboratório, e nas ciências naturais conquistou um bom grau de saída. Entregava-se ainda muito ao estudo da química e possuía um laboratório, no qual se encerrava todo dia, com grande desespero de sua mãe, que para ele havia sonhado um assento no parlamento e alimentava a vaga ideia de que um químico era um homem que preparava receitas. Ele era, além de tudo, muito bom músico e tocava violino e piano melhor que a maior parte dos amadores. De fato, era a música que os havia aproximado, Dorian e ele; a música e também essa indefinível atração que Dorian mostrava poder exercer quando queria e que, muitas vezes mesmo, exercia inconscientemente. Eles se haviam encontrado em casa de *lady* Berkshire, na noite em que Rubinstein aí havia aparecido, e depois foram sempre vistos juntos na Ópera e em toda parte onde tocavam boa música. Essa intimidade prolongou-se por dezoito meses. Campbell estava constantemente em Selby Royal ou na praça de Grosvenor. Para ele, como para muitos outros, Dorian era o arquétipo de tudo quanto é maravilhoso e sedutor na vida. Sobreviera entre eles uma controvérsia, desconhecida de todos. Imediatamente, porém, notou-se que apenas se falavam quando se encontravam e que Campbell sempre se retirava cedo das reuniões onde aparecia Dorian. Além disso, ele mudara; tinha desusadas melancolias, manifestava quase detestar a música, não querendo tocar, alegando para escusar-se, quando lhe pediam, que seus estudos científicos o absorviam por tal forma que não lhe restava mais tempo para exercícios. E era verdade. Cada dia a biologia o interessava mais e seu nome fora citado várias vezes nas revistas de ciência, a propósito de curiosas experiências.

Era o homem que Dorian esperava. A todo momento, ele examinava o relógio. À medida que os minutos se escoavam, tornava-se tristemente agitado. Afinal, ergueu-se e pôs-se a percorrer o aposento como um pássaro prisioneiro. Seu andar era convulsivo, suas mãos estavam gélidas.

A espera tornava-se intolerável. O tempo parecia-lhe marchar com pés de chumbo e ele se sentia carregado por um terrível furacão por sobre a beira de qualquer precipício escancarado. Sabia o que esperava, bem o via, e apertava com as mãos úmidas as pupilas ardentes, como para apagar a vista ou afundar para sempre nas órbitas os globos de seus olhos. Era em vão. Seu cérebro tinha o próprio alimento de que se sustentava e a visão, tornada grotesca pelo terror, desenrolava-se em contorções, dolorosamente desfigurada, dançando diante dele como um manequim imundo e careteando sob máscaras cambiantes. Então, subitamente, o tempo suspendeu-se para ele, e esta força cega, de respiração lenta, cessou o seu rebuliço. Fantásticas ideias sobre a morte do tempo correram diante dele, mostrando-lhe um futuro horripilante. Pondo-se a contemplar, o horror petrificou-o.

Enfim a porta abriu-se e o criado entrou. Volveu os olhos esgazeados e pávidos.

— Sr. Campbell, senhor — disse o homem.

Um suspiro de alívio escapou-lhe da garganta e a cor voltou-lhe às faces.

— Dize-lhe que entre, Francis.

Sentia que se recobrava. O medo havia desaparecido.

O homem inclinou-se e saiu. Um instante depois, Alan Campbell entrou, pálido e severo, sua palidez aumentada pelo forte negro dos cabelos e das sobrancelhas.

— Alan! Como és amável! Agradeço a tua vinda.

— Eu resolvera nunca mais pôr os pés em tua casa, Gray. Mas como tu dizias que era uma questão de vida ou de morte...

Sua voz era dura e fria. Falava lentamente. Havia uma nuance de desprezo no seu olhar firme e perscrutador dirigido sobre Dorian. Conservava as mãos nos bolsos do sobretudo de astracã e parecia não notar o acolhimento que lhe era feito.

— Sim, é uma questão de vida ou de morte, Alan, e para mais de uma pessoa. Senta-te. — Campbell tomou uma cadeira perto da mesa e Dorian outra em frente.

Cruzaram-se os olhos dos dois homens. Lia-se uma infinita compaixão nos de Dorian. Ele sabia que era nefando o que ia praticar!

Depois de penoso silêncio, Dorian debruçou-se sobre a mesa e disse tranquilamente, observando o efeito de cada palavra sobre o semblante daquele que havia feito chamar:

— Alan, em uma câmara fechada à chave, bem no alto desta casa, em um quarto onde ninguém mais, senão eu, penetrou, está um homem morto assentado junto a uma mesa. Morreu há dez horas. Não te enganes nem me olhes assim! Quem é esse homem, porque e como morreu são assuntos que não te interessam. O que tens a fazer é o seguinte...

— Para, Gray! Eu nada mais quero saber. O que acabas de dizer-me, seja ou não verdade, não me interessa. Recuso-me absolutamente a intrometer-me na tua vida. Guarda contigo teus infames segredos. Não me interessam mais daqui por diante.

— Alan, eles hão de interessar-te... Este te interessará. Estou cruelmente contrariado por tua causa, Alan. Mas eu próprio não consigo nada. Tu és o único capaz de me salvar. Sou forçado a envolver-te neste caso; não tenho que escolher... Alan, tu és um sábio. Tu conheces a química e tudo o que com ela se relaciona. Tens feito experiências. O que tens a fazer agora é destruir o corpo que lá está, destruí-lo de modo a não ficar o menor vestígio. Ninguém viu esse homem entrar em minha casa. Julgam-no neste momento em Paris. Não perceberão a sua ausência antes de um mês. Quando a perceberem, nenhum traço existirá da sua presença aqui. Quanto a ti, Alan, é preciso que o transformes, com tudo o que há nele, em um punhado de cinzas que eu possa atirar ao vento.

— Tu estás doido, Dorian!

— Ah! Eu esperava que me chamasses Dorian.

— Tu estás doido, repito, por julgar que eu possa levantar um dedo em teu auxílio, doido por me haveres feito semelhante confissão! Não me meto nisso. Pensas que serei capaz de arriscar a minha reputação por ti? Que me importa a tua obra diabólica?

— Ele suicidou-se, Alan.

— É melhor que assim seja! Mas quem o levaria a este ato? Tu, eu calculo?

— Ainda recusas a prestar-me esse serviço?

— Certamente, recuso. Não quero absolutamente me ocupar disso. Pouco me importa a vergonha que te espera. Tu mereces todas. Não me incomodarei se te vir comprometido, publicamente comprometido. Como ousas tu pedir-me, entre tantos homens, que me envolva nessa infâmia? Acreditei que conhecesses melhor o caráter das pessoas. Teu amigo lorde Henry Wotton poderia ter-te instruído melhor em psicologia, entre outras coisas que te ensinou. Nada me decidirá a dar um passo para salvar-te. Tu erraste o caminho. Procura qualquer outro dos teus amigos; não te dirijas a mim...

— Alan, foi um assassinato! Eu o matei. Tu não sabes o que ele me tinha feito sofrer. Qualquer que tenha sido a minha existência, ele contribuiu mais a fazê-la o que foi e a perdê-la do que o pobre Harry. Pode ser que o não fizesse intencionalmente, mas o resultado é o mesmo.

— Um assassinato, meu Deus! Dorian, até aí chegaste? Eu não te denunciarei, que este não é meu ofício. Entretanto, mesmo sem minha intervenção, tu serás certamente preso. Ninguém comete um crime sem juntar qualquer desabilidade. Eu, porém, nada quero ter com isso...

— É preciso que tenhas. Espera, espera um momento e escuta... Escuta somente, Alan... Tudo que te peço é fazeres uma experiência. Vais aos hospitais, aos necrotérios e as abominações que aí fazes não te comovem. Se em um desses laboratórios fétidos ou em uma dessas salas de dissecação encontrasses esse homem estendido em uma mesa de chumbo, com regos e goteiras para escorrimento do sangue, tu o olharias simplesmente como uma admirável peça de estudo. Não sentirias um único fio de cabelo arrepiado. Não pensarias praticar uma infâmia. Ao contrário, pensarias provavelmente trabalhar pelo bem da humanidade ou aumentar o tesouro científico do mundo, satisfazer uma curiosidade intelectual ou qualquer coisa deste gênero. O que te peço é o que já fizeste muitas vezes. Na verdade, destruir um cadáver deve ser menos horrível do que o que já te habituaste a fazer. E, reflete, este cadáver é a única prova existente contra mim. Se ele for descoberto, estou perdido; e ele será fatalmente descoberto se tu não me ajudares!

— Não tenho o menor desejo de ajudar-te. Sou simplesmente indiferente a toda essa questão, que não me interessa.

— Alan, torno a rogar-te! Pensa na minha posição! Justamente no momento em que chegavas eu desfalecia de pavor. Talvez tu próprio conheças um dia esse terror... Não! Não penses nisso. Considera o caso, simplesmente, do ponto de vista científico. Tu não te informas da procedência dos cadáveres que servem às tuas experiências... Não queiras saber de onde este veio. Já te falei muito a respeito, mas peço-te que me faças o trabalho. Nós fomos amigos, Alan!

— Não me fales desses dias passados, Dorian. Estão mortos.

— Os mortos retardam, às vezes... O homem que está lá em cima não se irá assim. Está assentado junto à mesa, com a cabeça inclinada e os braços alongados. Alan! Alan! Se não vens em meu socorro, estou perdido! Ora, serei enforcado, Alan! Não compreendes? Hão de enforcar-me pelo que está feito!

— É inútil prolongar esta cena. Recuso-me terminantemente a envolver-me em tudo isso. É loucura o pedido de tua parte.

— Então recusas?

— Sim.

— Eu te suplico, Alan!

— É inútil.

A mesma expressão compassiva voltou aos olhos de Dorian Gray. Ele alongou o braço, apanhou uma folha de papel e traçou algumas palavras. Releu duas vezes esse bilhete, dobrou-o cuidadosamente e impeliu-o sobre a mesa. Feito isto, levantou-se, encaminhando-se até a janela.

Campbell mirou-o surpreso, depois agarrou o papel e desdobrou-o. À medida que o lia, um medonho calor descompunha-lhe os traços e seu corpo dobrou-se na cadeira. O coração pulsava a arrebentar.

Após dois ou três minutos de suspensivo silêncio, Dorian voltou-se e veio colocar-se atrás dele, apoiando uma das mãos no seu ombro.

— Lastimo pelo que te toca, Alan — murmurou ele —, mas tu não me deixas alternativa alguma. Eu estava com uma carta pronta; ei-la. Vês o endereço. Se tu não me ajudas, será preciso que eu a remeta: se não me ajudares, eu a remeterei... Bem sabes o que resultará. Vais, porém, ajudar-me. É impossível que o recuses agora. Procurei poupar-te. Fará a justiça de reconhecê-lo... Foste severo, duro, ofensivo. Trataste-me como homem algum jamais ousou fazê-lo — nenhum homem vivo, pelo menos. Tudo suportei. Agora é a mim que cabe ditar as condições.

Campbell ocultou a cabeça entre as mãos. Um arrepio percorreu-lhe o corpo.

— Sim, agora é a minha vez de ditar as condições, Alan. Tu já as conheces. A coisa é muito simples. Vem. Não te ponhas assim febril. É preciso que a coisa seja feita. Considera-a e faze-a...

Um gemido saiu da boca de Campbell, que se pôs a tremer de alto a baixo. O tique-taque do relógio sobre a chaminé pareceu-lhe dividir o tempo em átomos sucessivos de agonia, pesados de suportar. Pareceu-lhe que um círculo de ferro comprimia lentamente sua fronte e que a vergonha de que estava ameaçado já o atingira. A mão descansada em seu ombro pesava-lhe como mão de chumbo, intoleravelmente; parecia contundi-lo.

— Então, Alan! É preciso decidires.

— Não posso — proferiu ele maquinalmente —, como se estas palavras chegassem a mudar a situação...

— É preciso. Não tens a escolha... Não esperes mais.

Campbell hesitou um momento.

— Há fogo nessa sala, lá em cima?

— Sim, há um aparelho de gás com amianto.

— Preciso voltar a casa, a fim de apanhar uns instrumentos no laboratório.

— Não, Alan, tu não sairás daqui. Escreve o necessário em uma folha de papel: meu criado tomará um carro e irá buscar.

Campbell rabiscou algumas linhas, passou o mata-borrão e escreveu em uma sobrecarta o endereço de seu ajudante. Dorian tomou o bilhete: leu-o atentamente. Depois tocou a campainha e o entregou ao criado, com a recomendação de voltar o mais cedo possível, trazendo os objetos pedidos.

Quando a porta da rua foi fechada, Campbell levantou-se nervosamente e aproximou-se da chaminé. Parecia tiritar com uma espécie de febre. Durante cerca de vinte minutos, nenhum dos dois homens falou. Uma mosca voejava ruidosamente no aposento e o tique-taque do relógio soava como pancadas de martelo. O timbre marcou uma hora. Campbell voltou-se e, contemplando Dorian, percebeu que seus olhos estavam banhados de lágrimas. Havia nesse semblante desesperado uma pureza e uma distinção que o puseram fora de si.

— Tu és vil, inteiramente vil — disse.

— Psiu, Alan! Tu me salvaste a vida — replicou Dorian.

— Tua vida, justo céu! Que vida! Tu foste de corrupções em corrupções até o crime. Fazendo o que vou fazer, o que me forças a fazer, não é em tua vida que eu sonho...

— Ah! Alan! — balbuciou Dorian com um suspiro. — Eu só desejo que tenhas por mim a milésima parte da piedade que sinto por ti.

Falando assim, virou-lhe as costas e foi espiar da janela o jardim. Campbell nada respondeu. Passados dez minutos, bateram à porta e o criado entrou, carregando uma grande caixa de acaju cheia de drogas, um longo rolo de fio de aço e platina e dois férreos ganchos de forma esquisita.

— Devo deixar tudo aqui, senhor? — perguntou o criado a Campbell.

— Sim — ordenou Dorian. — E creio, Francis, que ainda te reservo uma comissão. Qual é o nome desse homem de Richmond que fornece as orquídeas em Selby?

— Harden, senhor.

— Sim, Harden... Tu irás, pois, a Richmond procurar esse próprio Harden e lhe dirás que me envie duas vezes mais a porção de orquídeas não encomendadas e com a menor quantidade de folhas possível... Não, sem uma folha, absolutamente... O tempo está lindo, Francis, e Richmond é um belo lugar. Se assim não fosse, eu não te incomodaria com a encomenda.

— Absolutamente, senhor. A que horas devo estar de volta?

Dorian fixou Campbell.

— Quanto tempo requer a tua experiência, Alan? — inquiriu ele, com voz calma e indiferente, como se a presença de um terceiro lhe desse uma coragem inesperada.

Campbell estremeceu e mordeu os lábios.

— Cerca de cinco horas — respondeu.

— Podes então estar de volta pelas sete horas e meia, Francis. Ou antes, espera: prepara-me o necessário para vestir-me e dispõe do resto do dia. Eu não janto aqui, de sorte que não preciso de ti.

— Obrigado, senhor — respondeu o criado, retirando-se.

— Agora, Alan, não percamos um momento... Como esta caixa é pesada! Eu a carrego; apanha os demais objetos.

Dorian falava depressa, num tom de comando. Campbell sentiu-se dominado. Saíram juntos.

Chegados ao patamar do último andar, Dorian puxou a chave e introduziu-a na fechadura. De repente, estacou, com os olhos turvos e trêmulos.

— Creio que não poderei entrar, Alan! — confessou ele.

— Pouco me importa, não preciso de ti — retrucou Campbell friamente.

Dorian entreabriu a porta. Nessa ocasião, percebeu sob a plena luz os olhos do retrato, como a fixá-lo. Diante dele, sobre o assoalho, estava estendido o estofo rasgado. Lembrou-se de que, na noite precedente, havia esquecido, pela primeira vez na sua vida, de ocultar o quadro fatal; teve vontade de fugir, mas reteve-se todo fremente.

Que era essa odiosa nódoa rubra, úmida e brilhante que ele via em uma de suas mãos, como se a tela tivesse sido salpicada de sangue? Que horrível, mais horrível ainda, pareceu-lhe neste momento este fardo imóvel e silencioso, caído de encontro à mesa, essa massa informe e grotesca, com a sombra a projetar-se no sujo tapete, mostrando-lhe que não se havia movido e estava sempre lá, tal qual a havia deixado.

Dorian soltou um profundo suspiro, abriu um pouco mais a porta e, de olhos semicerrados, voltando a cabeça, entrou vivamente, resolvido a não dirigir um só olhar ao cadáver. Depois, parando e recolhendo o estofo de púrpura e ouro, lançou-o sobre o quadro.

Então conservou-se imóvel, receando regressar, com os olhos fixos nos arabescos dos bordados que tinha diante de si. Ouviu Campbell, que fazia entrar a pesada caixa e os objetos metálicos necessários à sua sórdida tarefa. Interrogou-se intimamente se Campbell e Basil Hallward já se haviam algum dia encontrado e, neste caso, o que haviam podido pensar um do outro.

— Deixa-me agora — disse uma voz dura atrás dele. Ele voltou-se e saiu às pressas, tendo confusamente entrevisto o cadáver revirado no espaldar da poltrona e Campbell que lhe espreitava a face pálida e luzente. Descendo, ouviu o ruído da chave na fechadura.

Alan trancava-se.

Eram muito mais de sete horas quando Campbell penetrou na biblioteca. Estava pálido, mas perfeitamente calmo.

— Fiz o que me pediste — anunciou ele. — E agora, adeus! Nunca mais nos tornaremos a ver!

— Tu me salvaste, Alan, nunca mais hei de esquecê-lo — pronunciou Dorian simplesmente.

Logo que Campbell saiu, ele subiu. Enchia a sala um insuportável cheiro de ácido nítrico. Havia, porém, desaparecido o vulto assentado de manhã diante da mesa.

Nessa noite, às oito horas e trinta, esplendidamente vestido, trazendo ao peito um grande ramalhete de violetas de Parma, Dorian Gray era introduzido no salão de *lady* Narborough pelos criados inclinados.

As veias das têmporas palpitavam-lhe febrilmente e ele sentia-se excitadíssimo, mas a elegante reverência que fez diante da mão da dona da casa foi tão fácil e graciosa como ordinária. Talvez nunca se esteja tão à vontade como quando se tem uma comédia a desempenhar. Certamente, nenhum dos que viram Dorian Gray essa noite imaginaria que ele atravessara um drama dos mais horríveis da nossa época. Aqueles dedos delicados não podiam ter segurado o cutelo de um assassino, nem aqueles lábios sorridentes teriam blasfemado Deus. Apesar de tudo, ele próprio se pasmava da calma de seu espírito e por um momento sentiu intensamente o macabro prazer de possuir uma dupla vida.

A reunião era íntima, logo posta em confusão por *lady* Narborough, dama muito inteligente, de quem lorde Henry falava como de uma mulher que havia conservado os belos restos de uma notável fealdade. Ela mostrara-se excelente esposa de um dos nossos mais enfadonhos embaixadores e, tendo sepultado convenientemente seu marido sob um mausoléu de mármore, que ela própria desenhara, e casado suas filhas com homens ricos e maduros, consagrava-se ultimamente aos prazeres da arte francesa, da cozinha francesa e do espírito francês, quando podia atingi-lo.

Dorian era um dos seus grandes favoritos. Ela dizia-lhe sempre que se sentia encantada por não o ter conhecido quando moça.

— Porque, meu caro amigo, estou certa de que me teria perdidamente apaixonado e faria loucuras. Felizmente, nesse tempo não pensava em si! Depois, foi culpa de Narborough. Ele era tão míope que não haveria prazer algum em enganar um marido que nunca via nada!

Seus convidados, essa noite, estavam fastidiosos. Assim como ela explicava a Dorian, por trás de um velho leque, tinha-lhe aparecido de improviso uma de suas filhas casadas e, por cúmulo do caiporismo, tinha trazido o marido.

— Acho este procedimento descortês de sua parte, meu caro — dizia-lhe ela, bem junto ao ouvido.

— É verdade que vou passar o verão com eles, ao regressar de Hamburgo, mas também é necessário que uma velha como eu tome de vez em quando um pouco de ar fresco. Afinal, eu os desperto, realmente, porque não concebo a sua existência. É a mais acabada vida campestre. Levantam-se cedo, por terem muito que fazer, e deitam-se ainda mais cedo, por não terem que pensar. Não houve o menor escândalo em toda a vizinhança, desde os tempos da rainha Isabel, e assim todos adormecem logo após o jantar. Não precisa ter o cuidado de ir sentar-se perto deles. Fique perto de mim e assim se distrairá!

Dorian murmurou um cumprimento amável e olhou em torno de si. Era certamente uma fastidiosa reunião. Dois personagens desconhecidos e os outros: Ernesto Harrowden, um desses medíocres entre duas idades, tão comuns nos clubes de Londres, sem inimigos, mas que não são menos detestados pelos amigos. *Lady* Ruxton, uma mulher de 47 anos, de vestuário estrepitoso, nariz recurvado, que sempre procurava comprometer-se, mas era tão perfeitamente banal que, com grande desengano, ninguém jamais quis acreditar na menor detração a seu respeito. *Lady* Erlynne, de cabelos ruivos "venezianos", muito reservada, vítima de uma rápida gagueira. *Lady* Alice Chapman, filha da hospedeira, triste e mal vestida, tipo de uma dessas banais figuras britânicas já esquecidas, e, enfim, seu marido, figura de faces rosadas, suíças brancas, que, como muitos da sua espécie, pensava que uma excessiva jovialidade podia suprir a absoluta falta de ideias.

Dorian quase já lastimava ter vindo, quando *lady* Narborough, fitando o grande relógio que ostentava sobre a chaminé forrada de malva as suas pretensiosas volutas de bronze dourado, exclamou:

— Como é condenável em Henry Wotton fazer-se assim esperar! Mandei a sua casa, esta manhã, e ele prometeu-me não faltar.

Foi para Dorian um consolo saber que Harry estava para chegar; e quando se abriu a porta e ele ouviu sua voz doce e musical, emprestando novo encanto a qualquer cumprimento fingido, o tédio o abandonou.

Entretanto, à mesa, não pôde comer. Os manjares se sucediam em seu prato sem que os saboreasse. *Lady* Narborough não cessava de rosnar pelo que ela chamava "um insulto a esse pobre Adolpho que compôs o menu expressamente para a sua pessoa". De vez em quando, lorde Henry o espreitava, espantando-se do seu silêncio e do seu ar absorto. O criado enchia-lhe a taça de champanhe; ele bebia avidamente e sua sede parecia aumentar.

— Dorian — disse enfim lorde Henry —, quando se serviu o *chaud froid*, que tens tu esta noite? Não pareces muito à vontade!

— Está enamorado — exclamou *lady* Narborough — e creio que tem medo de me confessar, pela certeza de que sou ciumenta. Tem razão, porque despertará o meu ciúme.

— Cara *lady* Narborough — ciciou Dorian, sorrindo —, há uma longa semana que não tenho amores, desde que a senhora Ferrol deixou Londres.

— Como os homens podem amar essa mulher! — bradou a velha dama. — Não posso compreender!

— É simplesmente porque ela nos recorda a infância, *lady* Narborough — explicou lorde Henry. — É o único traço de união entre nós e as nossas calças curtas.

— Ela não me recorda absolutamente as minhas calças curtas, lorde Henry. Lembro-me, porém, perfeitamente de tê-la visto em Viena, há 30 anos... Já se decotava bem.

— Ainda é decotada hoje — acrescentou ele, tomando uma azeitona com seus longos dedos —, e quando se adorna com brilhantes vestuários assemelha-se a uma *édition de luxe* de um mau romance francês. É verdadeiramente extraordinária e cheia de surpresas. O seu gosto pela família é prodigioso. Quando seu terceiro marido morreu, seus cabelos tornaram-se incomparavelmente dourados de angústia.

— Podes tu dizê-lo, Harry?! — murmurou Dorian.

— É uma explicação romântica! — exclamou, rindo, a dona da casa. — Dizeis, porém, seu terceiro marido, lorde Henry... Não quereis dizer que Ferrol é o quarto?

— Certamente, *lady* Narborough.

— Não creio.

— Interrogue o sr. Gray, um dos seus mais íntimos amigos.

— É verdade, sr. Gray?

— Ela me disse, *lady* Narborough — esclareceu Dorian. — Eu perguntei-lhe se, como Margarida de Navarra, ela não conservava os seus corações embalsamados e pendurados à cintura. Respondeu-me que não, porquanto nenhum deles tinha coração.

— Quatro maridos! Palavra, é *trop de zéle!*

— *Trop d'audace*, afirmei-lhe eu — replicou Dorian.

— Ah! É bastante audaz, meu caro. E Ferrol, que tal é? Não o conheço.

— Os maridos das belas mulheres pertencem à classe dos criminosos — falou lorde Harry, saboreando pequenos goles.

Lady Narborough bateu-lhe com o leque.

— Lorde Harry, já não me surpreendo quando a sociedade o acha extremamente perverso!

— Mas por que a sociedade há de dizer isso? — indagou lorde Harry alçando a cabeça. — Só poderá fazê-lo a sociedade futura. A de hoje e eu nos entendemos perfeitamente.

— Todas as pessoas que conheço o acham um grande perverso — insistiu a velha dama, sacudindo a cabeça.

Lorde Harry mostrou-se sério por um momento.

— É simplesmente monstruoso — articulou ele, enfim — esse costume contemporâneo de falar-se pelas costas dos homens o que é... absolutamente verdadeiro!

— Não o acha incorrigível? — clamou Dorian, recostando-se no espaldar da cadeira.

— Certamente — concordou, rindo, a dona da casa. — Se, porém, na verdade, vós todos adorais tão ridiculamente a senhora Ferrol, será preciso que eu torne a casar-me, a fim de entrar na moda.

— A senhora não se casaria de novo, *lady* Narborough — interrompeu lorde Henry. — Foi muito feliz pela primeira vez. Quando uma mulher torna a casar-se, é porque detestava o primeiro esposo. Quando o mesmo se dá com o homem, é que ele adorava a primeira mulher. Estas procuram a felicidade, os homens arriscam a sua.

— Narborough não era perfeito! — sentenciou a velha dama.

— Se fosse, não o teria adorado — responderam-lhe. — As mulheres nos amam pelos nossos defeitos. Se não os temos, transmitem-nos os seus, mesmo à nossa inteligência. Receio que, por haver dito isto, não me convide mais; é, porém, a pura verdade, *lady* Narborough.

— Certamente, é exato, lorde Henry... Se nós, mulheres, não vos amássemos pelos vossos defeitos, a que ficaríeis reduzidos? Nenhum de vós poderia casar-se. Seríeis um montão de infortunados celibatários... Isto, entretanto, não vos alteraria muito. Hoje todos os homens casados vivem como solteiros e todos os solteiros como casados.

— *Fin de siècle!* — disse lorde Henry.

— *Fin du globe!* — respondeu a hospedeira.

— Eu estimaria que isso fosse o *fin du globe* — emendou Dorian com um suspiro. — A vida é uma grande desilusão.

— Ah! Meu caro amigo! — exclamou *lady* Narborough enfiando as luvas. — Não me diga que a vida para si já está esgotada. Quando um homem diz isso, compreende-se que foi a vida que o esgotou. Lorde Henry é muito mau e eu muitas vezes desejaria sê-lo também. Isto, porém, não se entende consigo, que é tão belo e feito para ser bom! Hei de descobrir-lhe uma linda mulher. Lorde Henry, não acha que o sr. Gray deveria casar-se?

— É o que eu sempre lhe repito, *lady* Narborough — aquiesceu lorde Henry, inclinando-se.

— Bem, será que preciso que nos ocupemos de um partido que lhe convenha? Percorrerei esta noite o Debrett com cuidado e organizarei uma lista de todas as moças prontas para casar.

— Com as respectivas idades, *lady* Narborough? — perguntou Dorian.

— Decerto, com as respectivas idades, devidamente reconhecidas... Nada, porém, se deve fazer com precipitação. Quero que se faça o que o *Morning Post* chama uma união sorteada e que lhe toque a felicidade.

— Quantas tolices se dizem sobre os casamentos felizes! — bradou lorde Henry. — Um homem pode ser feliz com qualquer mulher durante o tempo em que não a ama.

— Ah! Que estupendo cínico! — disse, levantando-se, a velha dama, fazendo um sinal a *lady* Ruxton. — Deve voltar em breve a jantar comigo. É realmente um admirável tônico, bem superior ao que sr. Andrew me prescreveu. Deve igualmente dizer-me quais as pessoas que estimaria encontrar. Quero ter uma reunião irrepreensível.

— Gosto dos homens que esperam um futuro e das mulheres que guardam um passado — respondeu lorde Henry. — Não acredita que assim se consiga uma boa companhia?

— Receio — disse ela, rindo, dirigindo-se para a porta. — Mil perdões, cara *lady* Ruxton — acrescentou —, não reparara que vosso cigarro estava por acabar.

— Pouco importa, *lady* Narborough, eu fumo muito. Limitar-me-ei para o futuro.

— Nada faça, *lady* Ruxton — aconselhou lorde Harry. — A moderação é uma coisa fatal. Bastante é tão mau como uma refeição; mais que bastante é tão bom como uma festa.

Lady Ruxton fixou-o com curiosidade.

— Deve vir explicar-me isso, uma destas tardes, lorde Henry. A teoria parece-me agradável — acrescentou, saindo majestosamente.

— Agora pensem em não falar demasiadamente de política e escândalos — observou *lady* Narborough da porta. — Se assim não for, brigaremos.

Os homens puseram-se a rir e sr. Chapman remontou solenemente do fim da mesa, vindo tomar o lugar de honra. Dorian Gray colocou-se junto a lorde Harry. Sr. Chapman pôs-se a falar muito alto da situação na Câmara dos Comuns. Soltava grossas risadas, pronunciando os nomes dos adversários. O vocábulo *doutrinário* — vocábulo cheio de terrores para o espírito britânico — surgia volta e meia na sua conversa. Um prefixo aliterado é um ornamento da oratória. Ele elevava a Union Jack ao pináculo do pensamento. A estupidez hereditária da raça — que ele jovialmente denominava o bom senso inglês — era, como demonstrava, o verdadeiro reduto da sociedade.

Um sorriso veio aos lábios de lorde Henry, que se voltou para Dorian.

— Estás melhor, caro amigo? — perguntou ele. — Parecias pouco à vontade na mesa...

— Passo muito bem, Harry, um pouco fatigado somente.

— Estiveste adorável ontem à noite. A duquesinha está louca por ti. Disse-me que iria a Selby.

— Ela prometeu-me ir a vinte.

— E Monmouth lá estará também? Ele me enfastia imensamente, quase tanto quanto a duquesa. Ela é bem inteligente, muito inteligente para uma mulher. Falta-lhe esse encanto indefinível das fracas. São os pés de argila que fazem precioso o ouro das estátuas. Seus pés são lindos, mas não são de argila; são pés de porcelana branca, se quiseres. Passaram pelo fogo e, o que o fogo não destrói, endurece. Ela teve aventuras.

— Desde quando está casada? — perguntou Dorian.

— Há uma eternidade — disse-me ela. — Creio, segundo o armorial, que se casou há dez anos, mas dez anos com Monmouth representam uma eternidade. Quem mais irá?

— Ah! Os Willoughby, lorde Rugby e sua esposa, a nossa anfitriã, Geoffrey Clouston, os de costume... Convidei também lorde Grotrian.

— Este agrada-me — anunciou lorde Henry. — Não agrada a todo mundo, mas eu o acho excelente. Ele expia o seu exterior às vezes exagerado e sua educação sempre muito perfeita. É uma figura muito moderna.

— Não sei se poderá vir, Harry. Talvez vá a Monte Carlo com o pai.

— Ah! Que peste essa gente! Esforça-te para que ele venha. A propósito, Dorian, tu partiste muito cedo ontem à noite. Não eram ainda onze horas. Que fizeste? Entraste logo em casa?

Dorian fitou-o bruscamente.

— Não, Harry. Eu só voltei a casa pelas três horas.

— Foste ao clube?

— Sim — respondeu Dorian. Depois mordeu os lábios. — Quero dizer: não, não fui ao clube... passei. Não sei mais o que fiz... Como tu és indiscreto, Harry! Queres sempre saber o que se faz... Entrei às duas horas e meia, se queres saber a hora exata. Havia esquecido a chave e o criado teve de abrir a porta. Se queres provas, poderá pedi-las.

Lorde Henry deu de ombros.

— Como se isso me interessasse, meu caro amigo!

— Subamos ao salão!

— Não, obrigado, sr. Chapman, nada de *cherry*.

— Aconteceu-te alguma coisa, Dorian. Conta-me o que foi. Tu não és o mesmo esta noite.

— Não te inquietes comigo, Harry; estou irritável, nervoso. Irei ver-te amanhã ou depois de amanhã. Apresenta as minhas desculpas a *lady* Narborough. Não subirei; vou regressar. Preciso recolher-me.

— Muito bem, Dorian. Espero ver-te amanhã, à hora do chá. A duquesa lá estará.

— Farei o possível, Harry — disse o outro, retirando-se.

Reentrando em casa, Dorian sentiu que o acabrunhamento, uma vez expelido, tomava-o de novo. As perguntas imprevistas de lorde Henry lhe haviam feito perder, um instante, todo o seu sangue-frio e ele ainda carecia de calma. Ainda havia objetos perigosos a destruir. Ele revoltava-se à ideia de tocá-los com suas mãos.

Entretanto, era necessário fazer-se tudo. Resignou-se e, depois de fechar à chave a porta da biblioteca, abriu o secreto armário de parede onde depositara a capa e a maleta de Basil Hallward. Brasas ardiam na chaminé; aí atirou mais uma acha. O cheiro de couro e pano queimados era insuportável. Foram precisos três quartos de hora para tudo consumir-se. Ao terminar, ele sentiu-se fraco, quase doente; e, tendo queimado pastilhas de Argel em um defumador de cobre furado, refrescou as mãos e a fronte com vinagre perfumado.

Subitamente arrepiou-se. Os olhos brilhavam-lhe de maneira estranha e ele mordia febrilmente o lábio inferior. Entre duas janelas, havia um grande móvel florentino de ébano incrustado de marfim e lápis-lazúli. Olhava-o como se fosse um objeto capaz de transportá-lo ou apavorá-lo ao mesmo tempo, como se contivesse qualquer coisa que ambicionava, mas de que tinha terror. Sua respiração era ofegante. Apoderou-se dele um desvairado desejo. Acendeu um cigarro e logo o atirou fora. Suas pálpebras baixaram e as longas pestanas produziam-lhe uma pequena sombra nas faces. Olhou ainda o móvel. Por fim, levantou-se do divã onde se estirara, dirigiu-se ao móvel, abriu-o e comprimiu um botão dissimulado em um canto. Uma gaveta triangular saiu lentamente. Seus dedos nela afundaram instintivamente e retiraram uma caixinha de laca dourada com pequenas iluminuras; os lados eram ornados de pequenas ondas em relevo e cordões de seda dos quais pendiam bolotas de fios metálicos e pérolas de cristal. Abriu a caixinha. Esta continha uma pasta verde, com aspecto de cera e um odor forte e penetrante...

Hesitou um instante, sorrindo estranhamente. Tremia apesar da quentura da sala. Depois espreguiçou-se, olhou o relógio. Eram doze menos vinte. Tornou a guardar a caixa, fechou o móvel e voltou ao quarto.

Quando as doze badaladas de bronze soavam na noite escura, Dorian Gray, malvestido, o pescoço envolto num cachenê, saía de casa. Na rua Bond encontrou um *hansom* bem atrelado. Chamou-o: em voz baixa deu ao cocheiro a direção.

O homem balançou a cabeça.

— É muito longe para mim.

— Tome um soberano. Terá outro se for depressa.

— Ah, bem. Lá estará dentro de uma hora.

O cocheiro guardou a gorjeta, deu meia-volta ao cavalo e partiu rapidamente em direção ao rio.

XVI

Uma chuva fria começava a cair e os revérberos luziam fantasticamente na neblina úmida. As *public-houses* fechavam e grupos tenebrosos de homens e de mulheres separavam-se em torno. Ignóbeis gargalhadas partiam dos bares e, em outros, bêbados berravam, gritavam.

Estendido no *hansom,* o chapéu no alto da cabeça, Dorian Gray olhava indiferente a sórdida vergonha da cidade e repetia, palavra por palavra, o que lhe dissera lorde Harry, no seu primeiro encontro: "Curar a alma pelos sentidos e os sentidos por meio da alma". Sim. O segredo era esse. Muitas vezes o tentara e ainda o faria. Há lojas de ópio em que se pode comprar o esquecimento, cavernas de horror em que a lembrança de velhos pecados se anula na loucura de pecados novos.

A lua estava no céu baixo como um crânio amarelo. De tempo em tempo, uma nuvem pesada e informe ocultava-a como um longo braço. Os revérberos tornavam-se raros. Um momento o cocheiro perdeu-se e teve de retroceder meia milha. O cavalo fumegando trotava em poças d'água. Os vidros do *hansom* cobriam-se de nevoeiro.

"Curar a alma pelos sentidos e os sentidos por meio da alma." Essas palavras soavam-lhe singularmente aos ouvidos. Sim. A sua alma estava doente de morte. Era verdade que os sentidos a poderiam curar? Sangue inocente fora derramado. Como pagar isso? Ah! Não havia expiação! Mas, posto que o perdão fosse impossível, era ainda possível o esquecimento e Dorian estava decidido a esquecer essa coisa, a abolir para sempre a recordação, a esmagá-la como se esmaga uma víbora. Com que direito Basil me falara daquela forma? Quem o autorizara a se fazer juiz dos outros? Ele dissera coisas horríveis, impossíveis de suportar.

O *hansom* ia cada vez menos depressa. Dorian abaixou a portinhola e pediu mais rapidez. Um atroz desejo de ópio começou a verrumá-lo. A garganta ardia-lhe, as delicadas mãos crispavam-se nervosamente, ele batia no cavalo, ferozmente, com a bengala. O cocheiro riu e chicoteou o animal. Ele riu também e o cocheiro calou-se.

O caminho era interminável, as ruas pareciam a teia negra de uma invisível aranha. Essa monotonia tornava-se insuportável. Assustou-se vendo o nevoeiro aumentar. Mas passaram próximo de solitárias fábricas de telhas, onde a neblina se adelgaçava, e ele pôde ver estranhos fornos em forma de garrafa donde saíam línguas de fogo alaranjado em leque. Um cão ladrou e, ao longe, gargalhou uma coruja errante. O cavalo perdeu o pé numa volta, quase cai. E partiu a galope.

Após um instante, deixaram o caminho terroso e acordaram os ecos das ruas mal calçadas. As janelas eram escuras, mas aqui e acolá sombras fantásticas se recordavam nas persianas iluminadas. Dorian observava-as. Elas moviam-se como monstruosos bonecos que pareciam vivos. Dorian detestou-as. Um ódio sombrio vivia no seu coração.

No canto de uma rua, certa mulher gritou-lhes qualquer coisa de uma porta aberta, e dois homens correram atrás do carro o espaço de cem jardas, enquanto o cocheiro os enxotava com o chicote.

É certo que a paixão nos faz voltar aos mesmos pensamentos. Com detestável reiteração os lábios que Dorian Gray mordia repetiam e repetiam sempre a frase capciosa que lhe falava de alma e de sentidos — até que ele encontrou a perfeita e justificada expressão do humor pela aprovação intelectual dos sentidos que o dominavam. De uma célula a outra do cérebro, rastejava o mesmo pensar; e o selvagem desejo de viver, o mais terrível de todos os apetites humanos, tornava mais vivo cada nervo, cada fibra do seu ser. A fealdade, que ele odiara porque faz as coisas reais, tornava-se cara por isso mesmo; a fealdade era a única realidade.

As abomináveis rixas, a execrável taverna, a crua violência de uma vida desordenada, a vileza dos ladrões e dos desclassificados eram mais verdadeiras na sua intensa atualidade de impressão que todas as formas graciosas da arte, as sombras sonhadoras do canto; era o que precisava para esquecer. Em três dias, ficaria livre...

De repente, o homem parou bruscamente o cavalo à beira de uma ruela sombria. Por cima dos telhados baixos e das achas dentadas das chaminés, erguiam-se os mastros negros dos navios, e grinaldas de nevoeiro se prendiam às vergas como velas de sonho.

— É por aqui, senhor? — indagou a voz rouca do cocheiro.

Dorian estremeceu e olhou em volta.

— Sim, é... — respondeu. E depois de sair às pressas do *cab* e de ter dado a gorjeta que prometera, caminhou rápido em direção ao cais. Daqui, dali, uma lanterna luzia à popa de um navio mercante; a luz dançava e quebrava-se nas ondas. Um vermelho clarão vinha de certo *steamer* que tomava carvão. O chão escorregadio lembrava um *mackinstosh* molhado.

Correu para a esquerda, olhando atrás a ver se não era seguido. Ao fim de sete ou oito minutos, chegou a uma pequena casa baixa, esmagada entre duas manufaturas miseráveis. Uma luz ardia na janela de cima. Parou e bateu um sinal particular. Alguns instantes após ouviram-se passos no corredor, um ruído de trancas que se descolam. A porta abriu-se docemente. Ele entrou sem dizer palavra à vaga forma humana que se apagou na sombra. No fundo do corredor pendia um cortinado verde e rasgado que o vento da rua agitara. Afastando-o, Dorian entrou numa longa sala baixa que tinha o ar de um salão de dança de terceira ordem. Nos muros, bicos de gás derramavam uma luz ofuscante, que se deformava nos espelhos sujos de moscas. Refletores de estanho por trás dos bicos eram trêmulos discos de luz. O assoalho estava coberto de areia amarelo-ocre, sujo de lama e de bebidas entornadas.

Malaios de cócoras perto do fogão jogavam com fichas de osso e, mostravam, ao falar, dentes brancos. No canto, na areia, a cabeça enterrada nos braços, estendera-se um marinheiro, e diante do bar de estridentes pinturas, que ocupava todo um lado da sala, duas mulheres horríveis debochavam de um velho que escovava a manga do casaco com uma expressão de nojo.

Como Dorian passasse, ouviu uma delas dizer:

— O diabo pensa que está cheio de formigas vermelhas.

O velho olhava-as e gemia.

No fim da sala, havia uma pequena escada que levava a um quarto escuro. Logo que subiu os degraus desengonçados, Dorian foi tomado pelo pesado odor do ópio. Deu um profundo suspiro e as suas narinas palpitaram de prazer.

Ao entrar, viu um jovem de cabelos loiros que acendia na lâmpada um fino e longo cachimbo. O jovem olhou-o, saudou-o hesitante.

— Você aqui, Adriano? — murmurou Dorian.

— Onde poderia ir eu? — respondeu o outro despreocupadamente. — Agora ninguém quer mais minhas relações.

— Pensei que você tivesse deixado a Inglaterra.

— Darlington não quer fazer nada... Meu irmão pagou enfim a nota. George também não quer me falar. Para mim é o mesmo. — Suspirou. — Quando se tem esta droga não são precisos amigos. Creio que os tive demais.

Dorian recuou e observou, ao redor de si, os indivíduos grotescos que ali jaziam em posturas fantásticas sobre montões em frangalhos. Esses membros recurvados, essas bocas escancaradas, esses olhos abertos e vitrosos o atraíram. Ele sabia em que estranhos céus eles sofriam e que tenebrosos infernos lhes ensinavam o segredo de novos gozos; eles se sentiam melhor do que ele, prisioneiro do seu pensamento. A memória, como uma apavorante moléstia, corroía-lhe a alma. De vez em quando, via fixar-se em si os olhos de Basil Hallward. Entretanto, não podia conservar-se ali; a presença de Adriano Singleton o incomodava; precisava estar em um lugar onde ninguém o conhecesse. Desejaria mesmo fugir de si próprio... Instantes depois, disse ele:

— Vou a outro lugar.

— Ao cais?

— Sim...

— Aquela louca lá estará seguramente; aqui não é tolerada mais.

Dorian moveu os ombros.

— Eu sofro o mal das mulheres que amam; as que odeiam são muito mais interessantes. Afinal, esta droga é ainda melhor...

— É absolutamente semelhante.

— Eu prefiro isto; vem beber alguma coisa; preciso muito.

— E eu não — murmurou o outro.

— Que importa?

Adriano Singleton ergueu-se preguiçosamente e acompanhou Dorian até o balcão. Um homem, de turbante rasgado, fez uns trejeitos de saudação e colocou uma garrafa de *brandy* e dois copos diante deles. As mulheres aproximaram-se jeitosamente e puseram-se a conversar. Dorian deu-lhes as costas e, em voz baixa, disse qualquer coisa a Adriano Singleton. Um sorriso perverso, como um *kriss* malaio, contraiu a face de uma das mulheres.

— Parece que estamos muito importantes esta noite — zombou ela.

— Não me fales, pelo amor de Deus — gritou Dorian batendo com o pé. — Que queres tu? Dinheiro? Toma! Não me fales mais...

Dois relâmpagos sanguíneos passaram pelos olhos inchados da mulher e extinguiram-se, deixando-os vitrosos e sombrios. Ela meneou a cabeça e apanhou com mãos ávidas a moeda sobre o balcão. Sua companheira contemplou-a com inveja.

— Obrigado — suspirou Singleton. — A volta não me preocupa. De que me serviria? Agora sinto-me perfeitamente feliz.

— Tu me escreverás se precisares de alguma coisa, não é? — falou Dorian um momento depois.

— Talvez!

— Então, boa noite!

— Boa noite... — respondeu o rapaz, voltando a subir os degraus e passando um lenço nos lábios ressecados.

Dorian tomou a direção da porta, com um ar de dor na face; como puxasse o reposteiro, um riso mesquinho desenhou-se na boca da mulher que havia apanhado o dinheiro.

— É o comércio do demônio — suspirou ela com sua voz reles.

— Maldição! — clamou ele. — Não me digas isso!

Ela fez estalar os dedos.

— Queres ser denominado Príncipe Encantador, não é assim? — ganiu atrás dele.

A essas palavras, o marinheiro adormecido saltou e olhou em torno de si, ferozmente. Ouviu o ruído da porta do corredor, fechando-se. Precipitou-se por ele, correndo.

Dorian Gray ia às pressas ao longo do cais, sob o nevoeiro. Seu encontro com Adriano Singleton tinha-o comovido especialmente; admirava-se de que a ruína dessa nova vida fosse realmente sua obra, como Basil Hallward lhe havia afirmado de maneira tão insultante. Mordeu os lábios e seus olhos se entristeceram por um momento. Afinal, que lhe poderia resultar daí? A vida é muito curta para suportar-se ainda o fardo dos erros alheios. Cada um vivia sua própria vida e pagava-lhe seu preço para vivê-la... O único inconveniente era ter-se de pagar tantas vezes por uma só falta, porque era preciso pagar sempre e ainda mais... nas suas transações com os homens, jamais o destino encerra as contas. Dizem-nos os psicólogos, quando a paixão pelo vício, ou o que os homens chamam vício, domina a nossa natureza, que cada fibra do corpo, cada célula do cérebro, parecem ser animadas de movimentos temerosos: homens e mulheres, em tais momentos, perdem o livre exercício de sua vontade; marcham, como autômatos, para um fim pavoroso. O arbítrio lhes é recusado e extingue-se a própria consciência; ou, se ainda continua a viver, é apenas para dar um atrativo à rebelião e seu encanto à desobediência; pois, todos os pecados, como os teólogos estão cansados de nos lembrar, são pecados de desobediência. Quando esse anjo altaneiro, estrela da manhã, rolou do céu, foi como rebelde exclusivamente que tombou! Endurecido, concentrado no mal, o espírito maculado, a alma sedenta de revolta, Dorian Gray acelerava cada vez mais o passo... Como penetrasse sob uma arcada sombria, que sempre costumava procurar para abreviar o caminho até esse ponto mal afamado que buscava, subitamente sentiu-se agarrado pelas costas e, antes que tivesse tempo de defender-se, foi violentamente atirado contra o muro; uma mão brutal agarrou-lhe a garganta! Ele defendeu-se desesperadamente e, com um esforço supremo, destacou do pescoço os dedos que o estrangulavam. Ouviu o estalo de um revólver, percebeu o brilho de um cano apontado sobre sua fronte e divisou a forma obscura de um homem baixo e robusto.

— Que queres tu? — balbuciou ele.

— Fique tranquilo! — disse o homem. — Se se mover, eu o mato!

— Tu estás doido? Que te fiz eu?

— O cavalheiro perdeu a vida de Sibyl Vane, e Sibyl Vane era minha irmã! Ela matou-se, eu bem sei... Mas a morte dela é sua obra, e eu juro que vou matá-lo! Procurei-o durante anos, sem o menor guia, sem achar um traço. As duas pessoas que o conheciam já estão mortas! Eu nada sabia de si, senão o apelido favorito que minha irmã lhe emprestava. Por acaso, escutei-o esta noite... Reconcilie-se com Deus, porque vai fatalmente morrer!

Dorian Gray quase desfaleceu de assombro.

— Eu nunca a conheci — gaguejou ele —, nem jamais ouvi falar dela... Tu estás doido!

— O cavalheiro procederia melhor confessando o seu pecado, pois, tão certo como sou James Vane, a sua vida está perdida!

O momento era alarmante; Dorian não sabia o que fazer nem o que dizer.

— De joelhos! — ordenou o homem. — Tem ainda um minuto, estritamente um minuto, para confessar-se... Parto amanhã para as Índias e devo deixar este negócio liquidado. Um minuto apenas! Nem mais um instante!

Os braços de Dorian congelaram. Paralisado de pavor, ele nem conseguia ligar as ideias. Subitamente, uma esplêndida esperança tocou-lhe o espírito!

— Espera! — gritou ele. — Quando morreu tua irmã? Depressa! Dize-me!

— Há dezoito anos — informou o homem. — E por que essa pergunta? O tempo nada adianta.

— Dezoito anos! — exclamou Dorian Gray com um sorriso triunfante. — Dezoito anos! Conduze-me para baixo de uma lanterna e examina a minha cara!

James Vane hesitou um momento, não compreendendo o que aquilo significava, mas, afinal, agarrou Dorian e puxou-o fora da arcada. Embora a luz da lanterna fosse indecisa e crepitante, contudo, bastou para mostrar a Vane — pareceu-lhe — o revoltante erro em que havia caído, pois a face do homem que se dispunha a matar conservava toda a frescura da adolescência e a real pureza da primeira mocidade. Ele parecia ter pouco mais de vinte anos; não devia ser mais velho que sua irmã, quando a deixou, havia tantos anos... tornava-se evidente que esse não era o homem destruidor de sua vida.

Assim, largou-o e recuou.

— Meu Deus! Meu Deus! — exclamou. — Eu ia matá-lo!

Dorian Gray suspirou.

— Tu quase ias cometendo um crime hediondo, meu amigo — considerou ele, fixando o outro severamente. — Que isto te sirva de exemplo para que um dia não procures vingar-te a ti próprio...

— Perdoe-me, senhor — murmurou James Vane —, iludiram-me. Uma frase por mim ouvida nessa maldita taverna foi que me pôs na falsa pista.

— Farias melhor recolhendo-te a tua casa e guardando esse revólver, que ainda poderá trazer-te grandes desgostos — disse Dorian Gray, voltando-se sobre os tacões e descendo mansamente a rua.

James Vane conservava-se sobre a calçada cheio de remorsos a tremer da cabeça aos pés. Ele não vira uma sombra negra que, desde alguns instantes escorregava, ao longo do muro untuoso, que passou um momento pela luz e dele se aproximou pé ante pé. Sentiu uma mão que lhe tocava o braço e voltou-se arrepiado! Era uma das mulheres que bebiam no balcão.

— Por que não o mataste? — sibilou ela aproximando do homem a sua máscara cruel. — Eu sabia que tu o acompanharias, quando te precipitaste da casa de Daly. Doido que tu és! Tu deverias matá-lo! Ele tem muito dinheiro e é mau quanto pode ser!

— Não era o homem que eu procurava — respondeu ele — e não preciso do dinheiro de ninguém. Preciso da vida de um homem e o que eu desejo matar conta perto de quarenta anos! Este era apenas um adolescente. Graças a Deus, não embebi minhas mãos no seu sangue!

A mulher soltou uma risada amarga.

— Apenas um adolescente! — ela fez troça. — Sabes que há cerca de dezoito anos o Príncipe Encantador fez de mim o que hoje sou?

— Tu mentes! — berrou James Vane.

Ela ergueu as mãos ao céu.

— Perante Deus, digo a verdade!

— Perante Deus!

— Que eu emudeça, se assim não é! Ele é o mais perverso dentre quantos por aqui aparecem. Dizem que se vendeu ao diabo para conservar aquela bela face! Há mais de dezoito anos o encontrei e até hoje não lhe notei depois a mudança de um só traço. É exatamente como te digo — acrescentou ela com um olhar melancólico.

— Tu o juras?

— Eu o juro! — pronunciou ela num tom de eco. — Mas não me traias; ele me aterra! Dá-me qualquer dinheiro para encontrar esta noite um abrigo...

Ele deixou-a, soltando uma praga, e precipitou-se para o canto da rua. Dorian Gray, porém, havia desaparecido. Quando voltou, a mulher desaparecera também.

XVII

Uma semana mais tarde, Dorian Gray estava sentado na estufa de Selby Royal, falando à linda duquesa de Monmouth, que, com seu marido, um homem de 60 anos, de ar fatigado, fazia parte de seus hóspedes. Era hora do chá e a doce luz da grande lâmpada coberta de rendas, que repousava sobre a mesa, fazia brilhar os delicados ídolos chineses e os relevos da prata da baixela. A duquesa presidia à recepção. Suas alvas mãos moviam-se gentilmente entre as xícaras, e seus lábios, de um rubor sanguíneo, riam à menor frase que Dorian lhe sussurrasse. Lorde Harry achava-se estendido em uma cadeira de vime forrada de seda e os espreitava. Sobre um divã cor de pêssego, *lady* Narborough fingia ouvir a descrição que lhe fazia o duque de um escaravelho brasileiro com que recentemente enriquecera a sua coleção. Três mocinhos, em *smokings* apurados, ofereciam bolos a algumas damas. A sociedade era composta de doze pessoas e esperavam-se mais outras para o dia seguinte.

— Sobre o que conversam? — indagou lorde Henry, inclinando-se junto à mesa e aí depositando a sua xícara. — Creio que Dorian lhe comunica o meu plano de tudo rebatizar, Gladys. É uma ideia admirável!

— Eu, porém, não tenho necessidade de ser rebatizada, Harry — replicou a duquesa, descansando nele seus belos olhos. — Estou muito contente com o meu nome e estou certa de que sr. Gray também se contenta com o seu.

— Minha cara Gladys, eu nunca desejarei mudar nenhum dos vossos dois nomes para quem quer que seja; ambos são perfeitos. Pensava sobretudo nas flores. Ontem, colhi uma orquídea para meu casaco. Era uma adorável flor pintalgada, tão perversa como os sete pecados capitais. Distraidamente, perguntei a um dos jardineiros como ela se chamava. Respondeu-me que era um belo espécime de robinsoniana ou qualquer coisa horrorosa. É uma triste verdade, mas perdemos a faculdade de dar belos nomes aos objetos. Os nomes são tudo. Eu nunca me desentendo a propósito dos fatos; minhas únicas desavenças são sobre as palavras: aí está porque detesto o realismo vulgar em literatura. O homem que dá a uma enxada este nome deve ser forçado a carregar uma; é o único instrumento que lhe convém.

— Então, como quer que o apelidemos, Harry? — perguntou a duquesa.

— O seu título é o Príncipe Paradoxo — disse Dorian.

— Não pode ser outro — declarou a duquesa.

— Eu nada quero ouvir — disse lorde Henry, acomodando-se em uma poltrona. — Não podemos desembaraçar-nos de uma etiqueta... Recuso o título.

— As majestades não podem abdicar — advertiram os lindos lábios.

— Quer então que eu defenda o meu trono?

— Sim.

— Direi as verdades de amanhã.

— Prefiro as faltas de hoje — notificou a duquesa.

— Assim me desarma, Gladys — proferiu ele, imitando a sua teimosia.

— De seu escudo, Harry, não de sua lança...

— Eu não combato jamais contra a beleza — explicou ele com seu peculiar gesto de mão.

— É um erro, creia-me. Assim eleva demasiadamente a beleza.

— Como pode dizer isso? Creio e confesso-lhe que mais vale ser belo que bom. Mas, por outro lado, ninguém estará mais disposto do que eu a reconhecer que mais vale ser bom do que feio.

— A fealdade é então um dos sete pecados capitais! — exclamou a duquesa. — Que resta da sua comparação sobre as orquídeas?

— A fealdade é uma das sete virtudes capitais, Gladys. A minha amiga, como uma boa conservadora, não deve desestimá-las. A cerveja, a Bíblia e as sete virtudes capitais fizeram da nossa Inglaterra o que ela é hoje!

— Não ama, pois, o seu país?

— Nele vivo.

— É que censura justamente o melhor!

— Queria que recorresse ao veredito da Europa sobre nós? — interrogou ele.

— Que diz ela de nós?

— Que Tartufo emigrou para a Inglaterra e aqui instalou sua tenda.

— Isso é teu, Harry!

— Dou-te a ideia; dela não me posso servir; há verdade demais. Nada há a temer. Os nossos compatriotas nunca se reconhecem em uma descrição!

— São práticos.

— São mais finórios que práticos. Quando abrem o livro do *Deve Haver,* contrapesam a estupidez com a fortuna e, o vício, com a hipocrisia.

— Entretanto, já fizemos grandes coisas.

— As grandes coisas nos foram impostas, Gladys.

— Temos carregado o fardo.

— Nunca além de *Stock Exchange*.

A senhora meneou a cabeça.

— Creio na raça! — exclamou ela.

— Representa os sobreviventes do assalto.

— Ela prossegue no seu desenvolvimento.

— A decadência me interessa muito mais.

— O que é a arte? — perguntou a duquesa.

— Uma moléstia.

— E o amor?

— Uma ilusão.

— A religião?

— Uma coisa que substitui elegantemente a fé.

— O amigo é um cético.

— Nunca! O ceticismo é o começo da fé.

— Que é, então?

— Definir é limitar.

— Dê-me um guia!

— Os fios estão partidos; perder-se-ia no labirinto...

— Assim me extravio... Conversemos sobre outra coisa.

— O dono da casa é um assunto precioso. Este é apelidado, há anos, de o Príncipe Encantador!

— Ah! Não me recordes isso! — suplicou Dorian Gray.

— Está um pouco menos agradável esta noite — observou jovialmente a duquesa. — Segundo creio, ele pensa que Monmouth, seguindo os seus princípios científicos, só me desposou como o melhor exemplar que chegou a descobrir da borboleta moderna.

— Espero ao menos que a ideia não chegue a beliscá-lo como a ponta de um alfinete, duquesa — disse Dorian, sorrindo.

— Ah! Minha criada de quarto se encarrega disso... quando eu a aborreço...

— E como consegue aborrecê-la, duquesa?

— Com coisas triviais, asseguro-lhe. Ordinariamente, porque chego às nove horas menos dez e digo-lhe que devo estar vestida para as oito e meia.

— Que erro de sua parte! Devia despedi-la.

— Não ouso, sr. Gray. Imagine, por exemplo, que ela me inventa os chapéus. Lembra-se daquele que eu trazia no *garden-partyde, lady* Hillstone? Não se lembra mais, bem sei, mas é gentileza de sua parte fingir que se lembra. Pois bem! Foi feito de nada, como aliás acontece com todos os belos chapéus.

— Como as boas reputações, Gladys — interrompeu lorde Henry. — Cada efeito que se produz representa um inimigo a mais. Para ser popular é preciso ser medíocre.

— Não com as mulheres — emendou a duquesa levantando a cabeça —, e as mulheres governam o mundo. Asseguro-lhe que não podem suportar as mediocridades. Nós, mulheres, como se diz, amamos com os nossos ouvidos, como os homens amais com vossos olhos, se é que algum dia amais...

— Parece-me que não fazemos outra coisa — balbuciou Dorian.

— Ah! Então o senhor realmente nunca chegou a amar, sr. Gray — acrescentou a duquesa num tom tristonho e de escárnio.

— Minha cara Gladys — bradou lorde Henry —, como pode dizer isso? A paixão vive pela repetição e a repetição converte em arte uma tendência. Ademais, cada vez que se ama é a única vez em que se tem amado. A diferença do objeto não altera a sinceridade da paixão; ela se torna intensa, simplesmente. Nós não podemos ter na vida mais que uma grande experiência, e o segredo da vida está em reproduzi-la o maior número de vezes possível.

— Mesmo quando ela nos fere, Harry? — perguntou a duquesa, após um curto silêncio.

— Sobretudo quando se é ferido por ela — respondeu lorde Henry.

Com uma curiosa expressão no olhar, a duquesa, voltando-se, fitou Dorian Gray.

— O que diz de tudo isso, sr. Gray? — indagou ela.

— Estou sempre de acordo com Harry, duquesa.

Dorian hesitou um momento; depois recostou-se rindo.

— Mesmo quando ele erra?

— Harry nunca erra, duquesa.

— E a sua filosofia o tem feito feliz?

— Nunca procurei a felicidade. Quem precisa de felicidade? Eu só tenho procurado o prazer.

— E já o encontrou, sr. Gray?

— Muitas vezes, muitas vezes mesmo...

A duquesa suspirou.

— Eu busco a paz — disse ela — e, se não for vestir-me, não a encontrarei esta noite.

— Deixe-me colher-lhe algumas orquídeas, duquesa — pediu Dorian, erguendo-se e caminhando na estufa.

— Vocês se namoram muito de perto — declarou lorde Henry à prima. — Preste atenção: ele é fascinante...

— Se ele não o fosse, não haveria combate.

— Os gregos então afrontam os gregos?

— Estou do lado dos troianos que combatiam por uma mulher.

— Foram derrotados.

— Há coisas mais tristes que as derrotas — ponderou ela.

— Você galopa à rédea solta.

— É a atitude que nos dá a vida.

— Escreverei isto no jornal, esta noite.

— Quê?

— Que uma criança queimada ama o fogo.

— Eu não me acho nem mesmo sapecada; minhas asas estão intactas.

— São usadas para tudo, exceto para a fuga.

— A coragem passou dos homens às mulheres. É uma nova experiência para nós.

— Você tem uma rival.

— Quem?

— *Lady* Narborough — sibilou ele, rindo. — Ela o adora.

— Não me faça tremer. A lembrança das velharias nos é fatal, a nós que somos românticas.

— Românticas! Você possui todo o método da ciência.

— Os homens fizeram a nossa educação.

— Mas não chegaram a explicá-la.

— Descreva-nos, então, o desafio.

— Esfinges sem segredos.

Ela o contemplou sorridente.

— Como o sr. Gray demora! — disse. — Vamos ajudá-lo. Ainda não lhe disse a cor do meu vestido.

— Deve mesmo combinar o seu vestuário com as flores dele, Gladys.

— Seria uma rendição prematura.

— A arte romântica procede por gradação.

— Eu me reservarei uma ocasião de retirada.

— À maneira dos partas?

— Esses acharam a segurança no deserto; não o conseguirei.

— Nem sempre é permitida a escolha às mulheres — notou ele.

Apenas lorde Henry acabava de pronunciar esta ameaça, partiu do fundo da estufa um gemido abafado, seguido da queda de um corpo pesado! Cada qual se sobressaltou. A duquesa conservava-se imóvel de pavor. Os olhos esbugalhados de susto, lorde Henry precipitou-se por entre as palmas pendentes e encontrou Dorian Gray estendido, com o rosto voltado para o chão calçado de tijolos, desfalecido como morto. Assim foi transportado até o salão azul e colocado em um sofá. Dentro de alguns minutos, voltou a si e olhou em volta, com uma expressão aterradora.

— O que aconteceu? — perguntou ele. — Ah! Bem me lembro! Cheguei aqui salvo, Henry?

Um tremor tomou-lhe todo o corpo.

— Meu caro Dorian — respondeu lorde Henry —, foi uma simples síncope e tudo passou. Tu deves andar esgotado e fatigado. E melhor que não venhas ao jantar; tomarei o teu lugar.

— Não, irei jantar — protestou ele, endireitando-se. — Prefiro estar à mesa. Não quero estar só!

Dirigiu-se ao quarto e vestiu-se. À mesa, revelou como uma excêntrica e descuidosa alegria nas maneiras; uma vez ou outra, era tomado de um arrepio de assombro, quando revia, grudada como um lenço branco nas vidraças da estufa, a figura de James Vane a espreitá-lo!

XVIII

No dia seguinte, Dorian não saiu e passou a maior parte do dia no quarto, tomado de um grande medo de morrer e, entretanto, indiferente à vida. O receio de ser vigiado, perseguido, cercado, começava a dominá-lo. Tremia quando uma corrente de ar agitava a tapeçaria. As folhas secas que o vento atirava contra os vitrais embutidos em chumbo lembravam-lhe resoluções dissipadas, despertavam-lhe saudades ardentes... Quando fechava os olhos, revia a figura do marinheiro, espionando-o através da vidraça, e o horror parecia ter, mais uma vez, apertado a mão sobre seu coração!

Talvez, porém, fosse o espírito perturbado que tivesse suscitado a vingança das trevas, pondo em frente aos seus olhos as ignóbeis formas do castigo. A vida atual era um caos, mas havia qualquer coisa de fatalmente lógico na imaginação. É a imaginação que põe o remorso na pista do pecado. É a imaginação que faz com que o crime arraste com ele as obscuras punições. No cenário comum dos fatos, os maus não são punidos nem os bons recompensados; o sucesso é dado aos fortes e o insucesso aos fracos; é tudo.

Além disso, se algum estranho houvesse rondado pelas proximidades da sua casa, os guardas ou os criados o teriam visto. Se fossem deixados sinais de traços nos canteiros, os jardineiros teriam notado. Decididamente, era uma simples ilusão. O irmão de Sibyl Vane não voltara para matá-lo. Havia partido no navio para naufragar em qualquer mar ártico. Quanto a Dorian, em todo o caso, ele estava salvo. Esse homem não sabia quem ele era, nem poderia sabê-lo; salvara-o a máscara da mocidade. Entretanto, supondo mesmo que tudo não passasse de uma ilusão, não era alarmante pensar que a consciência lhe poderia suscitar fantasmas iguais, dar-lhes formas visíveis e fazê-los mover-se? Que existência seria a sua se, dias e noites, as sombras do seu crime o espreitassem de todos os cantos silenciosos, escarnecendo-o dos seus esconderijos, sibilando-lhe aos ouvidos no meio das festas, despertando-o com seus dedos gelados quando ele adormecesse? A esta ideia, que lhe tomava o espírito, empalideceu e, repentinamente, teve a sensação de que o ar esfriava... Ah! Que estrambótica hora de loucura, aquela em que havia exterminado seu amigo! Quão abominável a simples recordação da cena! Ainda a via, e cada vil pormenor lhe voltava à memória, com toda a indignidade realçante! Fora da caverna tenebrosa do tempo, aterradora e coberta de escarlate, surgia a imagem de seu crime! Quando lorde Henry lhe apareceu, pelas seis horas, encontrou-o soluçando, como se o coração lhe estalasse! Somente no terceiro dia, arriscou-se a sair. Havia alguma coisa no ar claro, carregado de perfumes de pinheiro dessa manhã de inverno, que de novo lhe trazia a alegria e o ardor de viver; mas não eram exclusivamente as condições físicas ambientes que lhe haviam causado tal mudança. A sua própria natureza se revoltava contra o excesso de angústia que tendia a deteriorar, a mutilar a perfeição de sua calma. Assim sempre acontece com os temperamentos sutis e finamente educados; suas paixões fortes devem ou dobrar-se ou magoá-los. Elas matam o homem, se não se exterminam por si mesmas. Os sofrimentos medíocres e os amores limitados sobrevivem. Os grandes amores e as verdadeiras dores aniquilam-se pela sua própria plenitude... Dorian Gray se convencera de que fora vítima de sua imaginação tocada de terror e pensava em seus sobressaltos com compaixão e certo desprezo. Depois do almoço matinal, passeou cerca de uma hora com a duquesa, pelo jardim, atravessando ambos, em seguida, o parque, num carro, para alcançarem a caçada. A geada, estalando sob os passos, cobrira a relva como areia. O céu era uma taça revirada de metal azul. Uma leve camada de gelo orlava a superfície úmida do lago cercado de caniços. Ao canto de um bosque de pinheiros, ele percebeu sr. Geoffrey Clouston, irmão da duquesa, extraindo da espingarda dois cartuchos descarregados. Saltou do veículo e, depois de recomendar ao *groom* que reconduzisse o animal ao castelo, tomou a direção do ponto de seus hóspedes, através dos galhos caídos e dos ásperos abrolhos.

— Fizeste boa caçada, Geoffrey? — perguntou ele.

— Não das melhores, Dorian... Os pássaros estão na planície: creio que ela será melhor após o almoço, quando avançarmos pelas terras.

Dorian trocou pernas ao lado do outro. O ar era vivificante e aromático; os diversos brilhos que luziam no mato, os gritos espaçados e roucos dos batedores, as detonações agudas que se sucediam — tudo isso o interessava e o impregnava de um sentimento de deliciosa liberdade. Sentiu-se arrebatado pela despreocupação da felicidade, pela indiferença elevada da alegria. Subitamente, de uma pequena eminência relvosa, a vinte passos deles, com as pontas negras de suas orelhas assestadas e suas longas pernas traseiras distendidas, partiu uma lebre. Correu em direção a um grupo de álamos. Sr. Geoffrey levou a arma ao ombro, mas havia alguma coisa de tão graciosa nos saltos do animal que Dorian se enterneceu e pediu:

— Não atires, Geoffrey! Deixa-a viver!

— Que tolice, Dorian! — disse, rindo, o companheiro. E, como a lebre fosse saltando junto ao mato, disparou.

Ouviram-se dois gritos: o da lebre ferida, que é pungente, e o de um homem mortalmente golpeado, que é de outra forma horrível!

— Meu Deus! Alcancei um batedor! — exclamou sr. Geoffrey. — Que besta, essa criatura se coloca à frente das espingardas! Suspendam os tiros! — berrou ele com toda a força dos pulmões. — Um homem ferido!

O guarda geral chegou correndo, com um bastão em umas das mãos.

— Onde, senhor? — gritou. — Onde está ele?

No mesmo instante, o fogo cessava em toda a linha.

— Aqui — respondeu furiosamente sr. Geoffrey, precipitando-se para o bosque. — Por que não conservas teus homens atrás? Estragaste-me hoje a caçada.

Dorian viu-os penetrar no atalho, desviando ramadas. No fim de um instante, saíram, trazendo um corpo à luz do sol. Dorian voltou-se, intimidado. Pareceu-lhe que a desgraça o seguia por toda parte. Ouviu sr. Geoffrey perguntar se o homem estava realmente morto e a afirmativa resposta do guarda. O bosque apresentou-se subitamente povoado de figuras vivas e dele chegava-lhe como o ruído de uma miríade de pés e um surdo ressoar de vozes. Um grande faisão de pescoço dourado voejou pelas ramagens acima deles. Passados alguns minutos, que lhe pareceram, no seu estado de superexcitação, horas sem fim de dor, ele sentiu alguém pousar-lhe a mão no ombro; estremeceu e espiou em volta.

— Dorian — disse-lhe lorde Henry —, devo anunciar-te que a caçada, por hoje, está terminada. Não podemos prossegui-la.

— Eu desejaria que fosse suspensa para sempre, Harry — acrescentou Dorian amargamente. — Isto é odioso e cruel. Esse homem, por acaso, estará...

Não pôde concluir a interrogação...

— Tenho meus receios — respondeu lorde Henry. — Ele recebeu toda a carga em pleno peito e deve ter morrido logo. Anda, vamos para casa...

Puseram-se a caminhar lado a lado, em direção da avenida, e andaram quase 50 jardas sem trocar uma palavra. Enfim, Dorian virou-se para lorde Henry e rosnou depois de um suspiro abafado:

— É um mau presságio, Harry, um péssimo presságio!

— Quê? — interrogou o lorde. — Ah! Esse acidente. Meu caro amigo, nada posso fazer... É culpa desse homem. Por que se colocava adiante da espingarda? Nada temos com isso. É, naturalmente, desagradável para Geoffrey. Não há vantagem em alvejar batedores; isto faz crer que se tem má pontaria e, no entanto, Geoffrey atira admiravelmente. Mas para que lembrar o caso?

Dorian sacudiu a cabeça:

— Mau presságio, Harry! Acredito que vai suceder-nos alguma coisa funesta, a um de nós dois... a mim, talvez...

Dorian passou a mão pelos olhos com uma expressão de sofrimento.

Lorde Harry soltou uma risada.

— A única coisa funesta no mundo é o aborrecimento, Dorian. É o único pecado para o qual não existe perdão. Provavelmente, porém, esse caso não nos trará contrariedades, a menos que os batedores não tagarelem, jantando; mas eu lhes proibirei de falar. Quanto a presságios, estes não existem: o destino não nos envia arautos; é muito sabido... ou, antes, muito cruel para dar-se a esse cuidado. Ademais, que poderia acontecer-te, Dorian? Tu tens tudo o que, no mundo, um homem pode desejar. Quem não trocará a sua existência pela tua?

— Eu a trocaria com quem quer que fosse, Harry. Não rias! Digo a verdade. O miserável que acaba de morrer é mais feliz que eu. Não tenho medo da morte. A sua vinda é que me impressiona! As suas asas monstruosas como que se desdobram no ar pesado em torno de mim! Meu Deus! E tu não percebes, por trás dessas árvores, um homem que me espreita, que me espera?

Lorde Harry fixou a vista na direção que lhe indicava a trêmula mão enluvada.

— Sim — confirmou ele rindo. — Vejo o jardineiro que te espera. Precisará saber quais são as flores que desejas para a mesa, esta noite... Tu estás deveras nervoso, meu caro! Convém procurar o médico, quando regressares à cidade.

Dorian desprendeu um suspiro de calma, vendo aproximar-se o jardineiro. O homem tirou o chapéu, olhou hesitante para lorde Henry e apresentou uma carta ao patrão.

— Sua graça recomendou-me que esperasse uma resposta — murmurou o jardineiro.

Dorian enfiou a carta no bolso.

— Dize a sua graça que já volto — respondeu friamente.

O homem inclinou-se e partiu na frente em direção a casa.

— Como as mulheres gostam de fazer as coisas perigosas — observou, rindo, lorde Henry. — É uma das qualidades que mais admiro nelas. Uma mulher namorará seja quem for no mundo, enquanto a olharem...

— Como gosta de dizer leviandades, Harry. Agora, por exemplo, tu te enganas. Estimo muito a duquesa, mas não a amo.

— E a duquesa te ama muito, mas não te estima, o que nos torna perfeitamente aparelhados...

— Tu falas escandalosamente, Harry, e não existe em nossas relações o menor fundo escandaloso.

— A base de todo escândalo é uma certeza imortal — ponderou lorde Henry, acendendo um cigarro.

— Sacrificas qualquer pessoa pelo gosto de uma epigrama.

— As pessoas vão ao altar por seu próprio consentimento — foi a resposta de lorde Henry. — Eu quisera amar! — exclamou Dorian Gray com a entonação profundamente patética na voz. — Parece-me, porém, que perdi a paixão e esqueci o desejo. Estou muito concentrado em mim mesmo. A minha personalidade já me é um fardo e preciso evadir-me, viajar, esquecer... É ridículo da minha parte ter vindo até aqui. Penso em transmitir um telegrama a Harvey para prepararem o *iate*. Em um *iate* está-se em segurança...

— Contra o quê, Dorian?! Tu tens algum aborrecimento. Por que não o confias a mim? Bem sabes que te ajudarei.

— Não posso confessar-te, Harry — respondeu Dorian tristemente. — E, afinal, tudo é um capricho meu. Esse desagradável acidente me transtornou. Tenho o inquietante pressentimento de que alguma coisa idêntica acontecerá.

— Que maluquice!

— Admito que o seja, mas não posso livrar-me de tal ideia. Ah! Olha a duquesa; tem o ar de Ártemis em um vestido *tailleur*... Vê que regressamos, duquesa.

— Já sei o que aconteceu, sr. Gray — respondeu ela. — O coitado do Geoffrey está realmente contrariado... Ele não o ouviu, parece, quando lhe pediu que não disparasse contra essa lebre. É curioso!

— Sim, é muito curioso. Não sei o que me fez pedir-lhe isso. Qualquer capricho, penso; essa lebre tinha o mais belo ar de coisas vivas... Mas já me desgosta que lhe tenham ido relatar o acidente. É um triste assunto...

— É um assunto inoportuno — interrompeu lorde Henry. — Não tem o mínimo valor psicológico. Ah! Se Geoffrey houvesse cometido esse desastre expressamente, como seria interessante! Eu gostaria de conhecer o autor de um legítimo assassinato.

— Como lhe ficariam mal tais palavras! — exclamou a duquesa. — Não concorda, sr. Gray? Harry! Sr. Gray está indisposto! Olhe! Ele sente-se mal!

Dorian endireitou-se com esforço e sorriu.

— Não há nada, duquesa — gaguejou ele. — Sinto uma superexcitação nervosa, é tudo. Receio não poder ir longe esta manhã. Não ouvi o que Harry dizia. Maldades? Peço-lhe contar-me em outra ocasião. Agora penso que o melhor é deitar-me. Estou desculpado, não é?

Haviam atingido os degraus da escadaria entre a estufa e o terraço. Como a porta envidraçada se fechasse atrás de Dorian, lorde Henry virou para a duquesa seus olhos fatigados.

— Ama-o bastante? — inquiriu ele.

Ela, contemplando a paisagem, não deu uma resposta imediata. Afinal, disse:

— Bem desejaria sabê-lo...

Ele balançou a cabeça:

— A certeza seria fatal. O que a seduz é a incerteza. A bruma apresenta maravilhosas as coisas...

— É fácil perder-se o caminho.

— Todos os caminhos conduzem ao mesmo ponto, minha cara Gladys.

— Que ponto é esse?

— A desilusão.

— É o meu ponto de partida na vida — suspirou a dama.

— Foi um ponto coroado...

— Estou farta das folhas de morangueiro da coroa ducal.

— Elas lhe assentam muito bem.

— Somente em público.

— Um dia há de chorá-las.

— Não perderei uma pétala.

— Monmouth tem ouvidos.

— A velhice tem ouvidos moucos.

— Ele nunca foi ciumento?

— Estimaria que o fosse!

Lorde Harry olhou ao redor de si, como procurando alguma coisa.

— Que procura? — perguntou a duquesa.

— O seu botão de florete — respondeu ele. — Deixou-o cair.

— Conservo ainda a máscara — disse ela, rindo.

— Que lhe faz os olhos mais adoráveis!

Ela riu de novo e seus dentes apareceram como brancas sementes em um fruto escarlate.

Em cima, em seu quarto, Dorian Gray jazia no sofá, o terror em cada fibra tremente de seu corpo. A vida se lhe tornara de repente um fardo custoso de carregar. A desastrada morte do infortunado batedor, morto em uma brenha como uma fera, parecia prever-lhe o seu fim. Ele quase desmaiara ao ouvir o que lorde Henry, por acaso, dissera como um gracejo cínico. Às cinco horas fez soar a sineta, chamando o criado, e ordenou-lhe que preparasse as malas para o expresso da noite e fizesse emparelhar o *brougham* para as oito horas e meia. Estava resolvido a não dormir mais nem uma noite em Selby Royal. Era um lugar de fúnebres augúrios. A morte aí andava ao sol. O verde da floresta estava ensanguentado. Dorian escreveu depois um bilhete a lorde Henry, comunicando-lhe que ia à cidade em busca de um médico e pedindo-lhe que divertisse os convidados durante sua ausência. Como estivesse a dobrar este bilhete, bateram na porta e seu criado veio adverti-lo de que o chefe dos guardas desejava falar-lhe. Ele franziu a testa e mordeu os lábios.

— Faze-o entrar — disse hesitante.

Entrando o homem, Dorian puxou uma caderneta de cheques e abrindo-a diante dele:

— Creio que vens por causa do triste acidente desta manhã, Thornton — disse, segurando uma pena.

— Sim, senhor — disse o guarda das caçadas.

— O pobre rapaz era casado? Tinha família? — perguntou Dorian, enfastiado. — Se assim for, eu não a deixarei na miséria e enviarei o dinheiro que julgares necessário.

— Não sabemos quem ele era, senhor. Por isso mesmo é que tomei a liberdade de procurar-vos.

— Não sabes quem ele é? — perguntou Dorian, indiferente. — Que queres tu dizer? Não era um dos teus homens?

— Não, senhor. Ninguém por aqui jamais o vira. Tem o aspecto de um marinheiro...

A pena caiu dos dedos de Dorian e ele teve a sensação de que seu coração parara.

— Um marinheiro! — bradou ele. — Um marinheiro, dizes tu?!

— Sim, senhor. Tem realmente o ar de qualquer inferior da Marinha. Apresenta, sobretudo, muitas tatuagens nos dois braços.

— Acharam qualquer objeto com ele? — inquiriu Dorian, aproximando-se do homem e fixando-o intensamente. — Alguma coisa deixa perceber o seu nome?

— Só se achou em seu poder um pouco de dinheiro e um revólver de seis tiros. Não descobrimos nome algum. A aparência é agradável, mas grosseira. Pensamos que deve ser mesmo um marinheiro...

Dorian bateu com os pés. Surgira-lhe uma fantástica esperança! Agarrou-a furiosamente!

— Onde está o corpo? — gritou ele. — Depressa! Quero vê-lo!

— Foi depositado em uma estrebaria desocupada junto à casa da herdade. Os homens não gostam de ver tais coisas junto de suas habitações. Dizem que um cadáver é um sinal de má sorte...

— Na casa da herdade? Espera-me lá! Dize a um cavaleiro que me traga já um cavalo... Não! Não faças nada. Eu mesmo irei às estrebarias. Isto economiza tempo.

Um quarto de hora depois, Dorian Gray descia a todo galope a longa avenida: as árvores como que passavam diante de si lembrando uma procissão espectral, e sombras hostis atravessavam o seu caminho. Subitamente, a égua tropeçou em um barrote de cancela e quase o lançou fora da sela. Ele fustigou-a no pescoço com a tala. Ela disparou como uma flecha e as pedras voavam sob as ferraduras. Afinal, atingiu a casa da herdade. Dois homens conversavam na frente. Ele saltou do animal e entregou as rédeas a um deles. Na estrebaria mais afastada, brilhava uma luz. Qualquer coisa indicou-lhe que o corpo ali estava. Precipitou-se em direção à porta e agarrou a lingueta. Hesitou um momento, sentindo estar na iminência de uma descoberta que lhe salvaria ou perderia de uma vez a vida. Enfim empurrou a porta e entrou. Sobre um montão de sacos, ao fundo, jazia o cadáver de um homem, enfiado em uma grossa camisa e em umas calças azuis. Um lenço manchado cobria-lhe o rosto. Uma vela ardia junto dele, num caco de garrafa.

Dorian Gray arrepiou-se. Sentia que ele mesmo não seria capaz de levantar o lenço. Disse a um rapaz da herdade que se aproximasse.

— Tira-lhe esse trapo do rosto! Quero vê-lo — acrescentou, apoiando-se à tranca da porta.

Quando o criado executou sua ordem, avançou. Uma exclamação de júbilo saltou-lhe da boca! O homem que havia sido morto na brenha era James Vane! Ele conservou-se ainda alguns instantes considerando o cadáver e, como retomasse a galope o caminho de casa, seus olhos iam-se enchendo de lágrimas, pois sabia estar com sua vida salva!

XIX

— Por que me dizes que te queres tornar bom? — perguntou lorde Henry, molhando os dedos brancos em um vaso de cobre vermelho, cheio de água de rosa. — Tu és absolutamente perfeito! Não mudes, por favor.

Dorian Gray abanou a cabeça:

— Não, Harry. Já pratiquei atos abomináveis na minha vida e não quero repeti-los. Comecei ontem as minhas boas ações.

— Onde estavas ontem?

— No campo, Harry. Hospedava-me em um pequeno albergue.

— Meu caro amigo — disse lorde Henry, sorrindo —, todo mundo pode ser bom no campo; não se encontram aí tentações. Eis por que os que vivem fora da cidade são absolutamente incivilizados. A civilização não é de modo algum atingível facilmente. Só há duas maneiras de atingi-la: pela cultura ou pela corrupção. A gente dos campos nunca chega a uma ou outra; fica estagnada.

— A cultura ou a corrupção — repetiu Dorian. — Conheci-as um pouco. Acho inconcebível agora a aproximação dessas duas palavras. Hoje tenho um novo ideal, Harry, quero modificar-me e penso que já o consegui.

— Tu não me disseste ainda qual foi a tua boa ação... Ou me contavas que havias praticado mais de uma? — indagou lorde Henry, enquanto seu companheiro lhe punha no prato uma piramidezinha de morangos aromáticos e a cobria de açúcar com uma colher em formato de concha.

— Posso descrevê-la a ti, Harry, pois não é uma história que eu conte a todo mundo. Poupei uma mulher. Isto parece jactância, mas tu compreenderás o que quero dizer... Ela era belíssima e assemelhava-se extraordinariamente a Sibyl Vane. Penso que esta circunstância foi a que mais me atraiu para ela. Lembras-te de Sibyl, não é? Como tudo me parece distante! Hetty não era de nossa classe, naturalmente era uma simples moça de aldeia. Eu, porém, a amava. Durante esse soberbo mês de maio que tivemos, eu já me habituara a ir vê-la duas ou três vezes por semana. Ontem ela me encontrou em um pequeno jardim. As flores da macieira cobriam-lhe os cabelos e ela ria. Nós devíamos partir juntos essa manhã, ao despontar. Subitamente, decidi deixá-la, deixando-a em flor, como a havia encontrado...

— Quero crer que a novidade da emoção deve ter-te produzido um estremecimento de verdadeiro prazer, Dorian — interrompeu lorde Henry. — Entretanto, eu posso terminar por ti o teu idílio. Deste-lhe muito bons conselhos e... partiste-lhe o coração... Era esse o começo de tua reforma?

— Harry, tu és mau! Não deves dizer coisas iníquas! O coração de Hetty não se partiu. Ela chorou, isto se compreende, mas foi tudo. Não está, afinal, infamada e pode viver como Perdita, no seu jardim, onde brotam a hortelã e os cravos-de-defunto.

— E chorar sobre um Florizel sem fé — acrescentou, rindo, lorde Henry, recostando-se no espaldar da cadeira. — Meu caro Dorian, teus processos são curiosamente infantis... Pensas que de hoje em diante essa moça se contentará com qualquer um da sua igualha? Admito que ela se casará qualquer dia com um rude carroceiro ou um tosco camponês; mas o fato de haver-te amado lhe fará detestar o marido e ela será logo uma infeliz. Sob o ponto de vista moral, não posso dizer que sou levado a bons augúrios a propósito do teu grande renunciamento. Para uma estreia é pouco. Ademais, podes tu garantir que o corpo de Hetty, a esta hora, não está ainda flutuando em qualquer tanque de moinho, sob a luz das estrelas, rodeado de nenúfares, como o de Ofélia?

— Não quero pensar em tal, Harry! Tu zombas de tudo e, assim, sugeres as tragédias mais sérias. Custa-me declarar-te, mas não presto mais atenção ao que me dizes. Sei que procedi bem, agindo assim. Pobre Hetty! Como eu fosse a cavalo à herdade, essa manhã, vi-lhe a face branca na janela, como um ramalhete de jasmim... Não falemos mais disso e não procures persuadir-me de que a minha primeira boa ação, praticada depois de anos, o primeiro pequeno sacrifício de mim mesmo, seja uma espécie de pecado. Preciso fazer-me melhor. Eu me torno melhor... Fala-me de ti. Que dizem na cidade? Há alguns dias não vou ao clube.

— Fala-se ainda do desaparecimento desse pobre Basil.

— Pensei que o assunto já fatigasse — disse Dorian, servindo-se um pouco de vinho e franzindo levemente os supercílios.

— Meu caro amigo, há apenas seis semanas que se tem discutido isso e o público inglês não suporta mais de um assunto de conversação a cada três meses. Ele esteve, entretanto, bem dividido recentemente: tratou-se do meu próprio divórcio e do suicídio de Alan Campbell; presentemente, trata-se do desaparecimento misterioso de um artista. Acredita-se na Scotland Yard que o homem de *ulster* cinzento, que deixou Londres por Paris, em 9 de novembro, pelo trem da meia-noite, era esse pobre Basil: mas a polícia francesa declara que Basil jamais chegou a Paris. Apraz-me pensar que, dentro de uma quinzena, saberemos que ele foi visto em São Francisco. É um fato bizarro, mas em São Francisco veem-se todas as pessoas que supomos desaparecidas. Deve ser uma cidade deliciosa; possui todos os atrativos do mundo futuro.

— Que pensas ter sucedido a Basil? — perguntou Dorian, erguendo o copo de vinho da Borgonha à altura da luz e maravilhando-se da calma com que ele próprio discutia o assunto.

— Não alimento a menor ideia. Se Basil quer ocultar-se, nada tenho com isso. Se morreu... não preciso pensar em tal. A morte é a única coisa que nunca me assombrou. Eu a odeio!

— Por quê? — perguntou preguiçosamente o outro.

— Porque — respondeu lorde Henry, passando pelas narinas o gargalo dourado de uma vinagreira — sobrevive-se a tudo nos nossos dias, menos a isso. A morte e a vulgaridade são as duas únicas coisas inexplicáveis do século XIX. Vamos tomar café no salão, Dorian. Tu me tocarás Chopin. O *gentleman* com quem minha mulher se foi interpretava Chopin admiravelmente. Pobre Victoria! Eu a amava bastante; a casa ficou um pouco triste sem ela. A vida conjugal é simplesmente um hábito, um mau hábito. Mas lastima-se até a perda dos maus hábitos; talvez seja mesmo o que mais se lastime. Os hábitos são uma parte essencial da personalidade.

Dorian nada objetou. Erguendo-se da mesa, passou à sala vizinha, assentou-se ao piano e deixou seus dedos errarem sobre os marfins brancos e negros do teclado. Quando trouxeram o café, ele parou e, mirando lorde Henry, perguntou-lhe:

— Harry, nunca te veio à ideia de que Basil houvesse sido assassinado?

Lorde Henry teve um bocejo:

— Basil era muito conhecido e trazia sempre um relógio Waterbury. Por que haveriam de assassiná-lo? Ele não era bastante hábil para ter inimigos; não falo do seu enorme talento de pintor. Mas um homem pode pintar como Velázquez e ser tão apagado quanto possível. Basil era, realmente, um pouco bronco. Ele interessou-me uma vez, quando me confiou, há anos, a agreste adoração que tinha por ti e que eras o "motivo" dominante de sua arte.

— Gostei muito de Basil — disse Dorian com uma entonação triste na voz. — Não se diz, porém, que ele foi assassinado?

— Sim, alguns jornais... Mas isto não me parece provável. Eu sei que existem alguns sórdidos recantos em Paris, mas Basil não era homem que os frequentasse. Faltava-lhe curiosidade; era este seu principal defeito.

— Que dirias tu, Harry, se eu te declarasse que assassinei Basil? — perguntou Dorian, observando atentamente o companheiro, enquanto falava.

— Eu te diria, meu caro amigo, que afetavas um caráter que não te assenta. Todo crime é vulgar, como toda vulgaridade é crime. Não te ficaria bem praticar um homicídio. Sinto ferir, talvez, a tua vaidade falando assim, mas asseguro-te que é a verdade. O crime pertence exclusivamente às classes inferiores. Aliás, eu não as condeno, absolutamente. Imagino que o crime é para elas o que é para nós a arte — simplesmente um método de obter extraordinárias sensações.

— Um método para alcançar sensações? Admites, pois, que um homem, tendo cometido um crime, possa recomeçar esse mesmo crime? Não me digas isso!

— Qualquer ato torna-se um prazer quando repetido muitas vezes — afirmou, rindo, lorde Henry. — Aí está um dos mais importantes segredos da existência. Admitirei, entretanto, que o assassínio seja sempre uma falta; nada se deve fazer que nos impeça de conversar após o jantar... Deixemos, porém, o pobre Basil. Desejaria crer que ele chegasse a um fim tão romântico, como o que supões; mas não isso... Ele talvez caísse de um ônibus no Sena, sem que o condutor o percebesse. Sim, talvez tenha sido o seu fim mais provável. Vejo-o perfeitamente, mergulhado nas águas verdes, com pesados barcos a passarem-lhe por cima e fiapos de ervas na cabeleira. Não creio que tivesse produzido boas obras ultimamente. Durante os dez últimos anos, sua pintura decaía bastante.

Dorian suspirou e lorde Harry, atravessando a sala, foi coçar a cabeça de um curioso papagaio de Java, grande pássaro de plumagem cinza, com a crista e cauda verdes, que se balançava num bambu. Como os dedos afilados o tocassem, o pássaro ergueu o dartro branco das pálpebras mostrando as pupilas de vidro negro.

— Sim — continuou lorde Harry, tirando o lenço do bolso —, era uma decadência. Parece-me que perdera alguma coisa. Perdera o ideal. Quando vocês cessaram de ser grandes amigos, ele deixou de ser um grande artista. Qual o motivo da separação? Creio que ele te aborrecia. Se foi isso, nunca ele te esqueceu. É o hábito de todos os aborrecidos. A propósito, que fim levou aquele esplêndido retrato? Nunca mais o vi depois do dia em que o terminou. Ah! Lembro-me que me disseste tê-lo mandado para Selby, onde o perderam ou roubaram. Nunca mais o viste? Que pena! Era, de fato, uma obra-prima! Desejei comprá-lo, outrora. E ainda hoje, eu o compraria. Era da melhor época de Basil. Depois as suas obras mostraram essa curiosa mistura de má pintura e boas intenções, que dão a um homem o mérito de ser considerado representante da arte inglesa. Tentaste encontrar o quadro? Devias ter posto anúncios.

— Não me lembro. Creio que sim. Mas desse quadro não gostei eu nunca. Lastimo ter posado para ele. É odiosa a sua lembrança. Faz-me pensar naqueles versos de uma peça conhecida, *Hamlet* creio:

Like the painting of a sorrow,
A face without a heart.

"Sim. Exatamente isso."

Lorde Henry pôs-se a rir.

— Se um homem vive como artista, seu cérebro é o seu coração — disse ele, afundando-se numa poltrona.

Dorian abanou a cabeça e fez soar alguns acordes no piano. *"Como a pintura de uma aflição"*, repetiu ele, *"uma figura sem coração..."*.

O outro se recostou, olhando-o com os olhos semicerrados.

— A propósito, Dorian — interrogou depois de uma pausa —, "que vantagem há para um homem que ganha o mundo inteiro e perde — como diabo era? — sua própria alma?".

O piano desafinava. Dorian interrompeu-se e, fitando o amigo:

— Por que me perguntas isso, Harry?

— Meu caro amigo — disse lorde Henry, arregalando os olhos com um ar de surpresa —, eu te faço a pergunta por supor que podes dar-me uma resposta. Eis tudo! Domingo último, achava-me no parque e, junto ao Arco de Mármore, havia um grupo de sujeitos mal trajados ouvindo um vulgar pregador de viela. Quando eu passava, ouvi esse homem fazer a mesma pergunta ao auditório. Ela impressionou-me por ser bastante dramática. Londres é fértil em incidentes deste gênero. Um domingo úmido, um cristão bizarro em *mackintosh*, um círculo de brancas figuras doentias sob um teto desigual de guarda-chuvas a pingar, uma frase maravilhosa lançada ao vento como um grito de lábios histéricos. Tudo isso era uma coisa verdadeiramente bela em seu gênero e deveras sugestiva. Pensei em dizer ao profeta que a arte tinha uma alma, mas que o homem não a possuía. Creio, porém, que ele não chegaria a compreender-me.

— Não, Harry. A alma é uma terrível realidade. Pode-se comprá-la, vendê-la, negociá-la, enfim. Podes envenená-la ou fazê-la perfeita.

— Tens certeza disso, Dorian?

— Certeza absoluta.

— Ah! Então é uma ilusão. O que se tem como absolutamente seguro nunca é verdadeiro. É a fatalidade de fé e a lição do romance. Como te fazes grave! Não fiques assim tão sério. Que temos nós em comum, tu e eu, com as superstições do nosso tempo? Nada. Estamos desembaraçados de nossa crença na alma. Toca alguma coisa, Dorian. Toca um noturno e, enquanto fores tocando, conta-me baixinho como pudeste conservar a mocidade. Deves guardar qualquer segredo, pois sou mais velho do que tu apenas dez anos e estou enrugado, gasto, amarelado. Tu és realmente estupendo, Dorian! Nunca estiveste tão belo como esta noite; lembras-me o primeiro dia em que te vi. Eras um pouco cheio e tímido, mas extraordinário. Mudaste, certamente, não na aparência. Bem quisera que me contasses o segredo! Para reaver a juventude, tudo eu faria no mundo, exceto praticar exercícios, levantar-me cedo ou mostrar-me respeitável. Ó juventude! Nada te iguala! Que absurdo falar da ignorância dos jovens! Os únicos homens dos quais ouço respeitosamente as opiniões são os mais moços que eu. Parecem caminhar diante de mim. A vida lhes revelou seus últimos prodígios. Quanto aos velhos, sempre os contradigo. Faço-o por princípio. Se lhes pedires o parecer sobre um sucesso de ontem, repetem-te gravemente opiniões correntes em 1820, quando se usavam meias compridas... e se acreditava em tudo e não se sabia absolutamente nada. Como esse trecho que estás tocando é belíssimo! Imagino que Chopin o tenha composto em Maiorca, enquanto o mar gemia em torno de sua casa, com as vidraças salpicadas de espuma salgada! É singularmente romântico. Que bem possuirmos ainda uma arte que não seja de imitação! Não pares; preciso de música esta noite. Parece-me que tu és o jovem Apolo e, eu, sou Marsias a ouvir-te. Tenho minhas próprias mágoas, Dorian, das quais nunca soubeste nada. O drama da velhice não está em ser velho, mas em já se ter sido jovem. Eu, às vezes, me espanto da minha própria sinceridade. Ah! Dorian, como tu és feliz! Que rara vida é a tua! Tu saboreaste descansadamente todas as coisas. Esmagaste uvas maduras em tua boca. Nada te foi oculto. E sentiste tudo isso como o som de uma música; nada te atingiu. És sempre o mesmo.

— Não sou o mesmo, Harry.

— És o mesmo, sim. E o será pelo resto dos teus dias. Não te estragues com renúncias. Tu és, atualmente, um ser acabado. Não procures tornar-te incompleto. Tu hoje não tens falha alguma. Não abanes a cabeça; tu bem sabes. Entretanto, não busques ilusões. A vida não se governa pela vontade ou pelas intenções. É uma questão de nervos, de fibras, de células lentamente elaboradas, onde se oculta o pensamento e onde as paixões têm seus sonhos. Tu podes te acreditar salvo e forte; mas um tom de cor entrevisto no aposento, um céu matinal, um certo perfume que amaste e te desperta sutis recordações, um verso de poema esquecido que te volta à memória, uma frase musical que não tocas mais, é de tudo isto, Dorian, asseguro-te, que depende a nossa existência. Browning descreveu-a não sei onde, mas os sentidos nos permitem imaginá-la facilmente. Há momentos em que o aroma do *lilás branco* me penetra e em que eu penso reviver o mais excêntrico mês de toda minha vida. Eu quisera poder trocar-me por ti, Dorian. A sociedade esbravejou contra nós dois, mas sempre te conservou e sempre te conservará para adoração. Tu és o tipo que nossa época procura, mas que receia ter encontrado. Estimo que nunca tenhas feito nada: nem modelado uma estátua, nem pintado uma tela, nem produzido outra coisa senão tu mesmo. Tua arte foi tua vida. Tu mesmo te puseste em música. Teus dias são teus sonetos.

Dorian levantou-se do piano e, passando a mão pela cabeleira:

— Sim — murmurou ele —, a vida foi para mim especial, mas eu não quero viver mais a mesma vida, Harry. E não deverias dizer-me tantas coisas extravagantes. Não me conheces por completo. Se soubesses tudo, creio bem que te afastarias de mim. Ris? Não rias.

— Por que paras de tocar, Dorian? Volta ao piano e toca ainda esse noturno. Contempla essa grande lua cor de mel que se eleva no céu sombrio. Ela espera que a encantes. Se tocares, ela se aproximará da Terra. Não queres? Então, vamos ao clube. O serão foi encantador e precisamos terminá-lo bem. Há alguém no *White* que deseja infinitamente conhecer-te: é o jovem lorde Pool, o mais velho dos filhos de Bournemouth. Já copia as tuas gravatas e pediu-me que o apresentasse a ti. É deveras agradável e quase se parece contigo.

— Talvez não esteja lá — disse Dorian com um olhar triste —, mas eu me sinto fatigadíssimo esta noite, Harry: não irei ao clube. São quase onze horas e quero deitar-me cedo.

— Fica... Nunca tocaste tão bem como esta noite. Havia alguma coisa de nova na tua maneira de executar. Havia um sentimento que eu ainda não percebera.

— É porque vou tornar-me bom — respondeu Dorian, sorrindo. — Já estou um pouco mudado.

— Tu não podes mudar comigo, Dorian — notificou lorde Henry. — Sempre seremos dois amigos.

— No entanto, um dia já me envenenaste com um livro. Não esquecerei isso... Harry, promete-me não emprestar jamais esse livro a ninguém. É tão nocivo.

— Meu caro amigo, começas a pregar moral. Daqui a pouco, estarás como os convertidos e os "revivalistas", prevenindo todo o mundo contra os pecados de que eles próprios já se acham fatigados. És muito encantador para te meteres a fazer isso. De resto, isso de nada serve. Somos o que somos e seremos o que pudermos ser. Quanto a ser intoxicado por um livro, nunca se viu nada que tal lembrasse. A arte não tem influência alguma sobre as ações; ela aniquila o desejo de agir; é soberbamente estéril. Os livros que a sociedade qualifica imorais são os que lhe exibem a sua própria vergonha. Eis tudo. Mas não discutamos literatura... Vem amanhã. Montarei a cavalo às onze horas. Poderemos fazer um passeio juntos e, em seguida, levo-te a almoçar em casa de *lady* Branksome. É uma dama excelente e deseja consultar-te sobre uma tapeçaria que quer comprar. Queres vir? Ou almoçaremos com a nossa duquesinha? Diz ela que não te vê mais. Talvez estejas enfastiado de Gladys... Eu pensava... Seu espírito talvez te ataque os nervos. Em todo caso, vem às onze horas.

— Será mesmo necessário que eu venha, Harry?

— Certamente. O parque é admirável atualmente. Creio que nunca teve tantos lilases, desde o ano em que nos conhecemos.

— Muito bem, estarei aqui às onze horas — prometeu Dorian. — Boa noite, Harry...

Chegado à porta, Dorian hesitou um momento, como se ainda tivesse qualquer coisa a dizer. Depois suspirou e saiu.

Fazia uma noite deliciosa, tão doce, que Dorian dobrou a capa no braço e sequer envolveu o pescoço no cachenê. Como se dirigisse para casa, fumando um cigarro, dois jovens, em trajes de recepção, passaram junto dele e um murmurou ao outro: "É Dorian Gray...". Ele lembrou-se de seu contentamento outrora, quando os sujeitos o designavam, o espiavam e conversavam a seu respeito. Hoje, estava cansado de ouvir pronunciar o seu nome. Parte do encanto que o prendia à pequena aldeia, onde tantas vezes estivera ultimamente, provinha do fato de ninguém aí o conhecer. Muitas vezes dissera à jovem por quem se fizera amar que ele era pobre, e ela acreditara. Certa vez lhe dissera que era mau; ela se pusera a rir, respondendo-lhe que os maus eram sempre muito velhos e muito feios. Que lindo riso tinha ela! Dir-se-ia a canção de uma patativa! Como era graciosa nos seus vestidos de algodão e com seus enormes chapéus! Nada sabia da vida, mas possuía tudo o que ele havia perdido.

Quando Dorian chegou a casa, encontrou o criado que o esperava. Mandou-o deitar-

-se, atirou-se sobre o divã da biblioteca e começou a pensar em algumas frases que ouvira de lorde Henry.

Seria certo que ninguém jamais poderia transformar-se? Então sentiu um ardente desejo de reaver a imaculada pureza de sua adolescência rósea e branca, como uma vez lorde Henry a definira. Agora se convencia de haver desluzido a alma, corrompido o espírito e criado infernais remorsos; capacitava-se de que tivera sobre os outros uma desastrosa influência e que nisso encontrara um perverso prazer; persuadia-se enfim de que, entre todas as vidas que haviam atravessado a sua e ele havia contaminado, a sua era ainda a mais bela e a mais cheia de promessas...

Tudo seria irreparável? Não haveria mais esperanças para ele? Ah! Que tremendo momento de orgulho e paixão, aquele em que pedira que o retrato assumisse o peso de seus dias, enquanto ele próprio conservasse o esplendor íntegro da eterna mocidade! Toda a sua desgraça provinha daí! Não teria sido melhor que cada pecado de sua vida já tivesse vindo acompanhado de rápida e segura punição? Há uma purificação no castigo. A prece do homem a um Deus justo, longe de ser: "perdoai os nossos pecados!", deveria ser: "castigai-nos pelas nossas iniquidades!".

O espelho curiosamente trabalhado, que, em tempos idos, lorde Henry dera a Dorian, repousava na mesa e, como outrora, os Amores de marfim riam em torno. Dorian segurou-o, como o fizera nessa noite inquietadora, quando, pela primeira vez, surpreendera uma mudança no fatal retrato, e lançou seu olhar carregado de pranto sobre o cristal polido e oval. Certa vez, alguém que, prodigiosamente, o havia amado, escreveu-lhe uma carta louca, terminada com estas palavras de idolatria: "O mundo está mudado porque tu és feito de marfim e ouro. As curvas de teus lábios escrevem novamente a história!". Esta frase veio-lhe à memória e ele a repetiu várias vezes. Subitamente, sentiu aversão pela sua beleza e, atirando o espelho ao chão, esmagou os estilhaços sob os pés! Era a sua beleza que o havia perdido, essa beleza unida a essa mocidade, pelas quais ele tanto havia rogado. Sim, porque sem essas duas coisas, sua vida poderia ter sido sem mácula. A beleza só lhe fora uma máscara e a mocidade uma burla. Que era afinal? Um instante vigoroso e prematuro, uma frase de humores fúteis, de ideias doentias... Por que a seguira? A mocidade o perdera.

Melhor valera não cogitar o passado! Nada conseguiria modificá-lo. Em si próprio e no seu próprio futuro é que lhe cabia pensar. James Vane jazia estirado em um túmulo sem nome, no cemitério de Selby. Alan Campbell havia se suicidado uma noite, no próprio laboratório, sem revelar o segredo que ele o forçara a conhecer. A emoção recente, despertada pelo desaparecimento de Basil Hallward, cedo abrandaria, pois já começava a diminuir. Ele estava agora inteiramente salvo. Na verdade, não era a morte de Basil Hallward que o oprimia; era a morte viva de sua alma. Basil pintara o retrato que lhe transtornara a vida, e ele não podia perdoar isto: o retrato fizera tudo. Basil dissera-lhe coisas realmente insuportáveis, que ele, a princípio, ouvira com paciência. O assassinato fora, afinal, a alucinação de um momento. Quanto a Alan Campbell, se este se suicidara, foi porque muito bem quis. Ele não era responsável.

Uma vida nova! Eis o que Dorian desejava; eis o que esperava... Seguramente, ele já a havia iniciado! Acabava de poupar um ente virginal e jamais tornaria a tentar a inocência; seria bom. E como pensasse em Hetty Merton, quis saber se o retrato da câmara fechada experimentara alguma alteração. Forçosamente, não devia estar tão repelente como havia sido. Talvez, se sua vida se purificasse, ele chegasse a limpar do rosto da pintura todo estigma de má paixão! Talvez os estigmas do mal já houvessem desaparecido. Se ele fosse verificar? Tornou a lâmpada na mesa e subiu. Ao destrancar a porta, um sorriso de júbilo se abriu em seu rosto sempre fresco e demorou-lhe nos lábios. Sim, ele se tornaria bom, e o hediondo objeto que a todos ocultava não lhe seria mais um objeto de terror. Dorian teve a sensação de já achar-se desembaraçado de seu fardo. Entrou tranquilamente, fechando a porta atrás de si, como costumava fazê-lo, e puxou a cortina de púrpura que encobria o retrato. Um grito de horror e indignação escapou-lhe dos lábios. A não ser um novo brilho de astúcia nos olhos e o aumento das rugas da hipocrisia na boca, nenhuma transfiguração existia! A figura estava ainda mais abominável do que antes; a nódoa escarlate que cobria a mão parecia ainda mais viva; aí percebia-se o sangue vertido fresco. Dorian então estremeceu. Seria simplesmente a vaidade que provocara o seu bom ato recente ou o desejo de uma nova sensação, como lhe sugerira lorde Henry com um riso de escárnio? Ou essa necessidade de desempenhar um papel que nos faz produzir coisas mais belas que nós? Ou, talvez, tudo isso junto? Por que motivo a nódoa vermelha se dilatara? Ela parecia ter-se alargado como uma cruciante chaga maligna pelos seus dedos enrugados! Havia sangue nos pés do retrato, como se neles o sangue houvesse gotejado! Havia sangue até na mão que não segurara o cutelo! Confessar seu crime? Sabia ele o que isto queria dizer — confessar-se? Era entregar-se por si mesmo à morte! Dorian pôs-se de novo a rir. A ideia era inconcebível. Ademais, se ele confessasse, quem nele acreditaria? Não existia o mínimo vestígio do homem assassinado; tudo quanto lhe pertencera estava destruído: ele próprio queimara. Os homens diriam simplesmente que ele enlouquecia. Colocariam-no entre grades, se persistisse na sua história. Entretanto, era seu dever confessar-se, sofrer a vergonha diante de todos e fazer uma expiação pública. Havia um Deus que forçava os homens a contar seus pecados, tanto nesta terra como no céu. Como quer que fosse, nada poderia purificá-lo antes de ele confessar seu crime... O crime! Dorian encolheu os ombros. A vida de Basil Hallward pouco lhe importava; ele pensava em Hetty Merton, pois era um espelho injusto, esse espelho de sua alma... Vaidade? Curiosidade? Hipocrisia? Não haveria mais nada no seu renunciamento? Ele havia percebido qualquer coisa mais. Ao menos, imaginava-o. Mas, quem poderia dizê-lo? Não, não houvera mais nada. Por vaidade, ele a havia poupado, por hipocrisia, buscara a máscara da bondade; por curiosidade, havia ensaiado o renunciamento. Agora reconhecia bem tudo isso.

Esse assassínio, porém, o perseguiria durante a sua vida inteira? Seria ele sempre subjugado pelo passado? Deveria confessar-se? Nunca! Só havia uma prova a erguer-se contra ele. Esta era o seu retrato! Ele o destruiria! Por que o havia guardado por tantos anos? Ele próprio se dera ao prazer de ver a sua transformação e a sua velhice. Desde muito tempo, porém, abandonara esse prazer... O retrato o trouxera desperto muitas noites. Quando partia da casa, era com o temor de que outros olhos, além dos seus, pudessem vê-lo. Tal obra havia lhe trazido às paixões somente tristeza e melancolia. A sua simples lembrança lhe havia feito perder bons momentos de alegria. Esse retrato fora-lhe como uma consciência. Sim, havia sido a Consciência. Ele o destruiria!

Dorian olhou ao redor de si e percebeu o punhal com que havia ferido Basil Hallward. Já o havia polido várias vezes, de modo que não havia a menor nódoa, o punhal brilhava. Como havia exterminado o pintor, assim exterminaria a sua obra e tudo quanto ela significava. Exterminaria o passado, e quando esse passado estivesse morto, ele estaria livre! Aniquilaria o monstruoso retrato de sua alma e, livre de suas medonhas advertências, recobraria a paz. Agarrou o punhal e apunhalou o quadro!

Sentiu-se um enorme grito, acompanhado de uma queda!

Esse grito de agonia foi tão lancinante que os criados, espavoridos, acordaram em sobressalto e saíram de seus quartos! Dois *gentlemen*, que passavam embaixo, na praça, pararam a observar a grande casa. Caminharam depois até encontrar um policial e o conduziram ao mesmo ponto. O homem fez soar várias vezes a campainha, mas não teve resposta. Afora uma luz em uma janela dos andares superiores, a casa estava às escuras. Passado um instante, o policial afastou-se, pôs-se de lado, junto a um portão, e esperou.

— De quem é essa casa, ó guarda? — perguntou o mais velho dos dois *gentlemen*.

— É de sr. Dorian Gray, senhor — respondeu o policial.

Os dois *gentlemen* entreolharam-se e retiraram-se rindo: um deles era o tio de sr. Henry Ashton.

Pelos cômodos da casa, os criados meio vestidos trocavam palavras em voz baixa; a velha senhora Leaf soluçava torcendo as mãos. Francis tinha a palidez de um cadáver.

Ao fim de um quarto de hora, este último subiu à sala, acompanhado do cocheiro e de um dos lacaios. Bateram à porta, sem que obtivessem qualquer resposta. Chamaram; tudo se conservava silencioso. Enfim, depois de haverem tentado inutilmente forçar a porta, subiram ao telhado e desceram pelo balcão. As janelas cederam sem esforço, por serem velhas as fechaduras.

Quando os três entraram, descobriram, suspenso na parede, um esplêndido retrato do patrão, representando-o tal como eles sempre o haviam conhecido, em todo o esplendor da sua estranha juventude e de sua beleza.

No assoalho, jazia um homem morto, trajado a rigor com um punhal no coração! Seu semblante estava macerado, enrugado, repelente! Somente pelos anéis, conseguiram reconhecer quem era...

FIM

Verissimo

ESTA OBRA FOI IMPRESSA
EM AGOSTO DE 2023